文明研究 6

河南师范大学
语言与文化研究文库

危机中的文明

阮炜 著

Civilizational Studies

现代英国小说
评论

上海三联书店

总序

近二十年来，随着中国的崛起，"文明"成为一个高频词。而讲到文明，又很难避开"文明的冲突"这个话题。东方与西方的冲突、中国与美国的冲突、伊斯兰世界与欧美社会的冲突等，更不用说非常容易使人兴奋的贸易战、科技战、金融战等，统统属于文明冲突的范畴，是国际政治、国际经济和军事学的研究对象。文明研究明显不同。它固然对形形色色的文明冲突感兴趣，但也关注文明概念的含义、文明的起源、文明间的力量消长及原因、各文明的精神形态和基本特质。它一直采用一种后来被称为"全球史"的进路，一直重视文明间从古到今的联系和互动。它甚至关注各大文明的未来走势。为此目的，将使用"文明规模""文明力""文化-技术能力"，以及"基本特质"等概念。[1]

贸易战、科技战式的文明冲突（遑论所谓"文明大战"）当然更能吸引眼球，但文明研究不能一味蹭热点，而应有更大的视野、

---

[1] 关于"文明规模""文明力""文化-技术能力"，参本书"释义"部分的相关条目。

更大的格局。几千年来，各文明之间一直发生着和平交流——技术、理念、习俗和宗教层面的种种交流。这不是热点，不太可能引人注目。但正是在这种交流中，一个文明借鉴并吸纳其他文明的长处，以弥补自己的短板。也正是在这种交流中，人类总体生存状况不断得到提升，得以演进至当今形态。所以，文明研究不同于通常意义上的历史研究、哲学宗教研究、民族史研究、民俗研究、国际政治、国际经济或文化研究等，而是一种跨学科和比较性、综合性的学问。它是长时段的，考察从古到今各大文明的历史、哲学、宗教、社会、政治、文学艺术等的总体状况，或者说，基于既有理念框架，对这一切加以总体性的分析、鉴别和评判，包括价值评判。它当然会利用各领域具体研究的成果，但是主要关注各大文明的基本特质、规模性、从古到今的互动，尤其关注文明要素的扩散、文明间的关系及其对历史大趋势的影响，从中揭示出规律。

很明显，文明研究的根本目的是鉴古知今，使日益走向世界的中国人对世界有一个更深入、更准确的认知和把握。文明研究若能使一特定文明更清楚地认识其他文明，并以之为鉴更清楚地认识自己，丰富自己，提升自己，最终丰富乃至提升人类精神和物质状况，它的目的就算达到了。文明研究也许不像贸易战、科技战等那么刺激，那么直截了当，那么容易把握，而是更深沉、宏阔。但这并不代表它与当下无关。既然中美之间会发生贸易战、科技战，甚至全面"脱钩"的新型冷战（不排除军事冲突甚或"文明大战"的可能性），而这正是其考察对象，它怎么可能与现实无关？刚刚相反，文明研究与当今每个个人及其子子孙孙的生命息息相关。在这个山雨欲来风满楼的时间节点，尤其如此。

可是，"文明"究竟为何？它既是一种跨世代的思维-信仰模式，也是一些秉有特定思维和信仰模式的人类集群。换言之，不仅有生命形态的文明，更有共同体的文明。文明是人类进入城市生活阶段的产物，往往有辽阔的疆域、庞大的人口和经济规模，涵括多个族群、多种语言，有发达的宗教、哲学、文字、文学、艺术、科技（不一定是现代科技）传统，更有发达的政治形态、法律体制、经济组织、社会组织和军事组织，以及与这一切相对应的物质表现形式。文明有其意志要表达，有其使命要完成。任何一个文明都有其优长和短板，都应给予恰当评价。现存文明都是一些庞然大物，都由较小的文化-政治实体融合而成，甚至会表现出一种整合为更大的共同体即地缘共同体的趋向。

风物长宜放眼量。判断一个文明的格局大小，不能以一时成败论英雄，而更应看其规模性和潜在力量。曾几何时，亚述人、迦勒底人、马其顿-希腊人、罗马人、匈奴人、蒙古人所向披靡，威震八方，可这并不代表这些民族拥有真正的文明规模和巨大的潜力。作为历史文化共同体的西方固然拥有强大的力量，其军力在十八世纪初至二十世纪中叶一度大大超过非西方社会，有大量殖民地、多个殖民帝国，攫取了整个美洲、澳大利亚和非洲、亚洲很大一部分土地。甚至直至今日，其基于先进科技的军力仍相当强大。但是，这一切并不意味着今日西方不处在相对衰落、东方不处在持续上升的通道中。今天，历史上存在过的文明大多已不复存在，而更多"原始社会"尚未演变为文明便消失了。不可以将它们视为失败者。作为经济、政治和文化实体，它们固已消亡，但其曾经的经济政治活动和文化创造，已然给人类总体演进打上了不可磨灭的印记。甚至在种族意义上，它们也没有真正死去，而仍然活在后起的族群中。在文化和种族的双重意义上，那些看似已不存在的文明或历史实体，实已为人类总体演进做出了重要贡献。没有这些贡献，当今人类和当今世界将面目全非。

尤其不可假定"修昔底德陷阱"不可避免，文明之间、中美之间必有一战。预言往往会自我实现，非常可怕。从人类前途着眼，中国与美国乃至其他国家只能合作，不能翻脸，尤其不能大打出手，鱼死网破。大国之间若彻底撕破脸皮，确保相互摧毁，就是人类末日。人类进化了数百上千万年，创造出了无比辉煌的文化和科技，最终归宿竟是在一场旷世冲突中种属灭绝？地球生态圈及其中的智慧生命如此悲摧，发展出了如此神奇的技术，最终命运竟是一触按钮，便自我毁灭？人类竟无一种更高远的使命，如向地外星体扩散，利用目前根本无法想象的恒星能量，形成一个太阳系文明，甚至一个跨星系文明？对于这些问题，文明研究不可能提供一个确切的答案，却能起到警醒作用。

读者也将发现，所谓"文明研究"很大程度上也是"西方研究"，或"西方学"。西方学术语言中有"东方研究""汉学""中国研究"等说法，可迄今为止，汉语中仍不见相对应的"西方研究""欧洲学"或"美国学"等概念流行。这并不公平。之所以如此，最根本原因在于，迄于今日，东西方之间力量仍不对等；也在于新文化运动以来，西方思想及学术大举进入汉语世界，其观点、方法、价值观被用来观照、阐发和研究中国问题，大大改变了汉语世界的既有认知主体，既扩大了汉语世界中人的思想视域，深化和扩展了其认知框架，也削弱了其本有的精神特质，因而使主客关系发生了混淆和紊乱，以至于时至今日，当西方及其思想、学术比以往任何时候都更应被当作认知客体来对待，比以往任何时候都更不应该被顺从、盲信时，竟难以做到。兹举一例：外国文学研究界的西方文论究竟应是一种基于自身主体性来译介、利用的学术成果，还是汉语世界的一部复读机，变着法子复述西方话语？这里主客关系是不清不楚的，本应是客体的东西僭居主体地位。

正是在此，"西方研究"这个概念的价值凸显出来。西方研究是基于汉语世界中人的认知框架来认识、研究西方及其思想、学术的学问，与产生于西方，貌似客观，却携带着西方价值观、立场、观点和方法的西方思想及学术大异其趣。当然，呼吁使用"西方研究"这个概念，并非意味着在此之前，我国学界不存在这种学问，或者说晚清以来，中国学人从来就没能把西方及其思想和学术当作认知对象来对待，从来就缺乏主体意识，从来就甘当西方话语的奴隶。至少至 2000 年代初，无数中国学人所做工作大体上仍是基于自身主体性的西方研究。中国学人对西方哲学、宗教、历史、文学、语言、政治、社会、经济、法律和艺术等方方面面的考察、分析，包括笔者本人长期从事的英国小说研究等，正是这样的学问，因认知上的误区，也因国别分类和学科方向等缘故，才未获得"西方研究"之地位。应看到，晚清至民国再至新中国，尽管汉语世界中人的认知结构和视界发生了天翻地覆的变化，其精神自主性大体而言是强健的，西方知识大体而言是被置于客体地位的，但大概自 2000 年代初以来，因实行对外开放的总国策已有二十来年，再加"入世"等因素，国门越开越大，学界（尤其是外国文学研究界）对西方学术话语的接受、认可乃至拥抱也渐渐达到了一种荒谬可笑的程度，以至于全然混淆了主客之别，全然忘记了自身的主体地位——这里最触目惊心的例子莫过于动辄将不一定具有古汉语阅读能力的西方从业者称为"汉学家"，将其成果视为行业圭臬，好像汉语不是中国人的母语，而是西方人的母语似的——，全然忘记了对中国人而言，西方及其思想和学术终究只是认知和研究对象。

　　所以，从业者不可忘记，西方及其思想和学术终归只是认知客体，只是学习、研究和借鉴的对象，甚至还可不分国别、学科，将其作为一个整体来研究。虽只有入乎其内，才能超乎其外，从业者却不可以在吸纳利用西方思想和学问的过程中，丧失自身主体性，沦为此认知客体的俘虏，而应切实将其作一个对象来对待，对之进行从微观到宏观的解析、观照和把握。从业者尤其不可以价值中立，对认知对象不作价值判断，而应基于中国文化既有的理念和认知框架，对之加以阐释、鉴别和评判，包括价值评判。在国力迅速上升的情况下，这应该不是什么难事，至少比相对孱弱时容易。这里，宋明新儒家是好榜样。周敦颐、张载、程颢、程颐、朱熹、陆九渊、王阳明等出入佛老却不为佛老所制，而是统摄佛老为我所用，借此建构起"新儒学"即理学心学，对后来中国乃至整个东亚思想产生了重大影响，在现代化运动中发挥了关键性作用。总之，从业者要强化自身主体性，要强化自身主体性，又必须切实地把认知对象当作一个对象来对待。但只有切实地把对象当作一个对象来对待了，才能真正强化自己的主体性，提升自己的精神水准，自立于世界学术之林。

目 录

释义

文明

既指一特定人类集群，也指该人类集群所特有的生活方式。具体说来，文明是人类进入国家阶段和城市生活的产物，不仅有特定的社会政治形态、哲学、宗教、语言文字、文学艺术、建筑、习俗等，而且往往拥有较大的人口、经济和疆域规模，往往涵括多个较小的政治实体。

文化

特定人类群体的生活方式，包括其世界观、信仰、文学艺术、习俗制度、社会规范等。

文明规模

也称"文明的规模性"，指一个文明基于特定自然条件和地理格局所拥有的人口数量、经济体量、疆域面积之可计量的规模性，与其精神成果积累、社会政治整合力、科技创造力和军事力之种种文化-技术能力（详下）的总和。

人口规模

影响一个文明的规模性和总体能力的关键要素；从严格意义上

讲，指在相同或相似价值观和社会政治认同的基础上形成凝聚力的大量人口，而非处在一强权国家的统治下、价值观和社会政治认同并非一致的巨量的"臣民"。

绪言

　　《文明研究》系列总序提到，"文明研究"很大程度上也是"西方研究"，或者说"西方学"。这意味着，通常所谓"外国文学研究"属于"文明研究"的范畴。这当然包括基于文本细读的现代英国小说研究。这样的文学研究与探究各文明相互间关系、其兴衰起落从而鉴古知今明显不同。它究竟算不算"文明研究"？可以肯定，这种文学研究涉及诸英语国家乃至整个西方的文化，包括其哲学、宗教、历史、社会、政治、经济等在内。不仅如此，这种研究还关涉我们如何认知相关小说家对西方文明乃至整个人类文明的思考。正是基于这种考虑，才将其纳入文明研究的范畴。当然，这是一种更为广义的文明研究。

　　本书的主体部分原作于1988－1992年间（其中评论《莱西蒙台阶》的一章更是早在1986年便已大致写成），篇幅不大，仅二十来万字。可是在此期间，这颗星球上发生了一件天翻地覆的大事，一件深刻改变了人类历史进程的大事：已存续七十来年的苏联突然间崩解。世界地缘政治格局和文明间力量的对比随之发生了巨变，西方似乎获得冷战的最终胜利，甚至"历史"也因此"终结"了。

可是苏联解体与现代英国小说研究有何关联？当然有关联。这意味着冷战结束，而冷战结束对于本书的一个基本观察——西方乃至人类文明处于危机之中——似乎构成了一种否定。不妨以威廉·戈尔丁的《蝇王》为例。这部小说是在第二次欧洲大战结束后、东西方两大阵营剑拔弩张的情势下写就的，是人类面临核大战威胁、文明面临灭顶之灾的严峻关头推出的一部警世小说。其所唱的是一个老掉牙的调子：人性本恶。除了使用现代儿童寓言的手法，《蝇王》给人的最深印象，莫过于一种几乎可用绝望来形容的紧迫感。可现在，苏联已然解体，按各当事方的说法，冷战也随之正式结束了。那么，《蝇王》的现实相关性是否仍能成立？当然成立。小说的主题——包括那种给人印象极深的紧迫感——不仅在末日气氛浓重的二十世纪五十年代，不仅在硝烟再起、危机深重的二十一世纪二十年代，而且在可见的将来，都仍将是一个重大议题。因为人性如此。因为人远不完美。所以，《蝇王》不会过时。

不仅《蝇王》提出的问题不会过时，这本书讨论的其他英国小说提出的问题也不会过时。例如，E. M. 福斯特的《霍华兹别墅》所讲的，是"连接"——不仅是"文化人"与"生意人"、"平庸"与"激情"的连接，而且是男人与女人、"野兽"与"僧侣"、机械与大自然、贫民窟与郊区、工作与闲暇、雇主与雇员等的连接。事实上，早在戈尔丁的寓言问世前半个世纪，福斯特就已在《霍华兹别墅》中用一组现代婚恋故事呈现人性的疏离、世界的分裂和文明的破碎了。他所发出的"连接吧"的著名呼吁，其现实相关性丝毫不亚于《蝇王》。如果说戈尔丁的口气近乎绝望，福斯特何尝不是？在他看来，历史的"逻辑"是无情的，演进到现在，非得有他这种现代先知出来大喝一声不可了。

如果说福斯特于各处各方的文明危机中看见了缺失，而且是严重的缺失，因而迫不及待地开出一剂"连接"的药方，那么在D. H. 劳伦斯心目中，危机中的文明的问题已不是什么"缺失"。在他看来，文明早已陷入万劫不复之境——人类、世界、文明早已不可救药地误入歧途，任何救治的企图都将徒劳无功；最干脆、最彻底的办法，是来一个末世般的大毁灭（应注意，"末世"为三大经书宗教尤其是基督教所特有的一个概念），然后由一个"新种族"的亚当们夏娃们另起炉灶，从头再来。于是，劳伦斯得出了与弗里德里希·尼采乃至法西斯主义、纳粹主义几乎完全相同的结论。

意识到人类文明出了问题的，当然不止福斯特、劳伦斯这对朋友加论敌。比如约瑟夫·康拉德在社会进步论的辉煌合唱中听见了"恐怖！恐怖！"的慨叹，于是（尽管是用不那么明言的方式）号召人们反抗黑暗，战胜野蛮，以期人性得到改善，文明取得进步。再如在二十世纪二十年代初表面的社会平静中依然飘荡着"阶级战争"的硝烟，于是阿诺德·贝内特一反那种为艺术而艺术的做作姿态，破天荒地扮演了一次先知角色，甚至敦促统治阶级向被统治阶级做出让步，以免遭灭顶之灾。又如"青年艺术家"詹姆斯·乔伊斯自以为逃离了爱尔兰 - 中世纪的愚昧和压抑，却很快发现，其所进入的新世界并非完美，而是有太多缺憾和尴尬，于是推出了一个可鄙、可笑的布鲁姆，用他来阐发现代人的平庸性。弗吉妮亚·伍尔夫也加入了这场暴露文明病疾的运动，尽管她更多是以一种积极的姿态来观照、应对文明的缺失，而非像某些论者所说的那样，仅仅描绘了一幅"精神荒原"。这种悲天悯人的传统并未因第二次欧洲大战而中断。战后才开始小说创作的艾丽斯·默多克在文明处境这一问题上，与戈尔丁的认知基本相同。在她的叙事画卷上，人性不仅包含缺失，更是严重的缺失，而缺失里裹着的是灾难的种子。为了说服那些不相信这一点的人们，她推出了一些冷酷得近乎残忍的先知形象——搞道德操纵、道德施虐的米沙、霍诺尔和朱利叶斯。这些人物虽有着玩世不恭的"非道德"外表，但默多克很大程度正是以他们来传达其道德关怀的。

大体而言，上述小说家都在艺术中呈现了这样的画面：现代文明是一个不尽人意甚至有严重缺陷的文明，现代世界是一个危机四伏、随时可能发生毁灭性灾难的地方。面对这样一个文明，这样一个世界，他们的做法是在描述它的同时，批判它，否定它。他们之间若有什么不同，那主要也只是方略和程度的不同。作为小说家，他们的职能终归只是描述和诊断，或者说，用叙事艺术的形式，把自己对于危机中的文明、危机中的世界的认知传递给读者。他们远不是什么体系构建家。他们并不讲"彻底解决"一类的话，或许只有劳伦斯是个例外。他们也远不是马克思主义者。尽管他们不可能像马克思那样，提出一套旨在根本解决问题的理论和行动方案，但这却不能成为苛求他们的理由，因为他们毕竟只是一些世俗主义的、人文主义的小说家。

二十世纪是一个急剧动荡、危机四伏的世纪。从大约五千年前人类文明肇始以来，还没哪个世纪在如此短的时间内经历了如此多的革命，还没哪个世纪在如此短的时间内经历了规模如此巨大、伤亡如此惨重的两次"世界"大战。事实上，在二十世纪战争中死去的人比以往一切战争中死去的人们加在一起还要多。当然，现代文明给人类带来的好处也是前所未有的。但是，其给人类的一切甜头似乎被惨重的代价——这不仅是两次"大战"所带来的巨大伤亡，更是工业化和现代生活方式所造成的严重价值危机和环境灾难——抵消了。面对文明所处的这样一个特定时期，面对历史所在的这样一个特定节点，艺术家们应有所回应。他们的小说便是这种回应。

第一章 面对恶，理性何能?
——《蝇王》

1953 年，温斯顿·丘吉尔以其战争回忆录荣获诺贝尔文学奖。三十年以后，英国才产生了另一个诺贝尔文学奖获得者：威廉·戈尔丁（William Golding, 1911 - 1993）。使他一举成名的作品，是发表于 1954 年的《蝇王》，主题是人性本恶。[1] 自《蝇王》后，戈尔丁发表的小说大体上都讲的是人性本恶，不同之处仅在于人物、场景和叙事方式的不同。[2] 人性本恶是个古老的命题。基督教的原罪说，其实就是一种寓言化、信仰化了的性恶论。在中国思想史上，法家学派是明确主张性恶论的，先秦唯物论之集大成者荀子更是一个有名的性恶论者。及至近现代，叔本华认为存在本身就是恶。在文学创作界，约瑟夫·康拉德以其《黑暗的心》（详下）艺术地论证了人性本恶的命题；在 T. S. 爱略特的《荒原》中，现代人的内在蛮荒与科技工商文明的外在蛮荒融为一体，不可分割，于是作者得出了回归正统宗教的结论，发出了赎救现代罪人的呼吁。

---

[1] 参见本书"专访"的相关讨论。

[2] 参见阮炜：《茫茫黑暗中的一线光明——评〈黑暗昭昭〉》，载《外国文学评论》1988 年 1 期。

很明显，戈尔丁创作《蝇王》时，是在论证一个老掉牙的论题。可是《蝇王》为什么能够取得如此大的成功？这部小说何以能够成为英国现代文学的经典，成为英语世界乃至更大世界的文学课的必读书？《蝇王》的成功，除了它那多层次、多维度但又非常明晰的象征手法外，二十世纪五十年代东西方激烈的冷战、核战阴影笼罩全球也是一个极其重要的因素。《蝇王》也许不会加强我们对人类文明的信心。读了它，我们未必会顿悟出荒芜的心灵需要拯救的道理，也未必会得出回归传统信仰的结论，但下一次人类自相残杀、种属灭绝的情景以儿童寓言的形式直观展现在我们眼前，未来人类世界通过《蝇王》儿童世界的微缩景观猛烈冲击着人们的灵魂，迫使人们反思人类文明的现状，反省人之所以为人的属性，却是可以肯定的。在"二战"近八十年后欧洲硝烟再起，俄乌危机持续甚至可能升级为全面大战的情况下，《蝇王》的现实价值不言而喻。

一 谁是头头？

《蝇王》讲了这样一个故事。在一场原子战争中，一群英国男孩从英国本土飞向海外疏散。飞机被击伤，孩子们乘坐的机舱落到一个荒无人烟的珊瑚岛上。于是无拘无束、充满新鲜感的孩子们便开始了重新创造人类历史的活动。当然，这种人类史的重演只是缩微的、寓言意义上的重演。在此伊甸园中，读者起初是看不见任何"原罪"的迹象的。在在处处都是鲜花野果（不是"禁果"）、飞禽走兽（不是猛兽）。在这"人之初"的境界里，孩子们为了自身利益，表现出了理性、合作的精神。他们自发召开了一次立宪性的全体会议，确立了"民主政治"的原则，制定了手握"海螺"（为拉尔夫所捡到）者才有发言权的规则，并推举出镇定自若、相貌不凡、恰恰又手持"海螺"的拉尔夫作为"头头"。规则明确后，孩子们为生存开始了实际行动：采野果，搭窝棚，生火堆，猎野猪。可是在召开第二次全体会议时，孩子们起初那种理性、合作的精神已遭到侵蚀，对子虚乌有的"蛇一般的东西"和"野兽"表现了极大的恐惧，尽管并无任何证据表明它们存在于岛上，更遑论将加害于他们。孩子们也对"猎野猪"[1]表现了极大的热忱，人人都全副身心地投入其中，就连认为保持作为求救信号的火堆和搭建遮风避雨的棚子更重要的拉尔夫也加入了"猎人"的队伍。

　　作者想要表达的，显然是孩子们的恐惧毫无根据，或者说，是他们在陌生外在环境面前所表现出来的种种愚昧、迷信。至于他们对狩猎的着迷，便只能用某种与生俱来的内在冲动来解释了。狩猎不仅仅是为了填饱肚子，更是为了狩猎本身的"乐趣"，这"乐趣"并不在于获得猎物，而是狩猎过程本身。这种运动是如此有效地满足了孩子们的心理饥渴，以至于使他们忽略了对于生存至为关键的任务：保持火堆。火堆的熄灭表明，伊甸园中原始的"原罪"已显露端倪，孩子们屈服于野性的冲动，开始抛弃那本来就十分脆弱的理性。这脆弱的理性是由拉尔夫、猪崽子和一群"小家伙"来代表的（随着故事展开，那可怜的一丁点理性将化为乌有），而野蛮的本能则在杰克身上得到最为集中的体现。杰克是狩猎能手，他那不时抽出的亮晃晃的刀子散发着杀机。他的全部性格都向孩子们表明：嗜杀的小野蛮人必须有个屠杀本能最强的人做头头，因此头头

---

[1]　原文中野猪是"pig"。

不应是懦弱无能的拉尔夫，而应是勇士杰克。就连很有头脑的猪崽子在第一次会议上也觉得"情况已经很清楚，头头非杰克莫属"。[1] 当然，猪崽子仍举手投了拉尔夫一票，可这是相当勉强的。这种情形说明，按孩子的本性，合法的"领袖"本应是杰克，而非风度翩翩，当时碰巧又手持海螺的拉尔夫。

杰克之应做头头，不仅在于他孔武勇猛，自带杀气，还在于他表现出了相当强的组织能力。小野蛮人若能组织起来，则野蛮的屠杀将会更有效率。当杰克第一次出现在珊瑚岛的舞台上时，一群被叫作"唱诗班"的孩子已被他组织起来，很快就被完全置于其控制之下。如此看来，拉尔夫之被选为头头，就显得更不合适了。随着孩子们的嗜杀本性越来越清楚地暴露出来，他们也被杰克组织得越来越像一支军队。这支军队对杰克的服从是无条件的，有如狩猎对于他们的存在具有绝对意义一样。这就使人很难不想到 D. H. 劳伦斯对意识或理性的鄙夷和否定，不想到他跟在某些德国思想家后面，鼓吹领袖论和英雄论（详下）。在戈尔丁勾勒的这个代表人类未来的珊瑚岛上，劳伦斯的主张活生生地具象化了；而且正如劳伦斯所希冀的那样，民主制度被孩子们抛弃，因为它既不能有效地解决他们吃饱肚子这一现实问题，也不能使他们领略"存在"的"极乐"，即嗜杀本能的释放和满足。最初制定的谁手中握有海螺谁就有发言权，以及听到海螺声大家必须聚集在吹螺人身边的规矩，现已毫无约束力。恶的冲动使大多数孩子快乐地跟随"英雄"杰克去猎杀野猪，把拉尔夫和猪崽子晾在一边，让他们捧着海螺白白吹

––––––––––––

[1] 参见威廉·戈尔丁：《蝇王》，龚志成译，上海：上海译文出版社，2015年，第20页。

着，可笑地抗议小伙伴们听到海螺声却不聚集到他们身边，倾听其发表高见。更明显的讽刺是，拉尔夫和猪崽子这两位不主张狩猎的民主论者在饥饿难忍之际竟接受了"猎人"杰克的嗟来之食。这样，理性和民主便匍匐在野蛮与独裁的脚下了。

二　独裁抑或民主？

事实上，费希特、劳伦斯、尼采等人的主张早在《蝇王》问世之前便由德国、意大利和日本的法西斯主义者大规模实施了，[1]故杰克所象征的军国主义、强者崇拜和英雄崇拜，并不是戈尔丁以其缩微人类社会对未来可能出现的情景的预测，而是人类历史上业已出现了的现实。当然，戈尔丁之所以让历史上刚刚演过的一幕戏在《蝇王》里重演，是出于警世的目的。亲身经历了第二次欧洲大战、脑海里浮现着奥斯维辛集中营情形的戈尔丁不可能附和费希特之流的老调，因而可以有把握地把杰克视为一个反面形象。但是，戈尔丁对民主政治的低效率、脆弱性也着墨颇多，如在究竟应该由谁来掌握海螺的问题上，孩子们常陷入无法可依的混乱状态。如果这可以解释为民主制尚有缺陷、需进一步完善的话，那么在另一起事件中，戈尔丁对西方民主政治的讽刺就再明显不过了：孩子们对山上和水中到底有没有"野兽"一事，不仅不去做实地调查研究，反而争抢海螺，同时对是否有"野兽"一事没完没了地进行无谓的

---

[1]　此处提到的几个思想家都属于鼓吹英雄崇拜、反对自由、民主和立宪主义的那一类人。

辩论。孩子们不仅始终没弄清究竟是否有"野兽"这个问题，更可悲的是，他们把手持海螺辩论时的意见分歧延展为彼此间的仇恨乃至屠杀。这时，以杰克为头头的一伙小孩组成了一个帮派，以拉尔夫为首的少数人形成了另一派。在这两伙人的争斗中，杰克派杀死了猪崽子。[1] 如此这般，在孩子们黑暗本性的狂热骚动中，军国主义、独裁主义取得了最后胜利，民主制遭到了彻底失败。很明显，戈尔丁这种讽刺表达了对民主制的弱点的忧虑，借此也表达了对人类向何处去的深切关注。从这种讽刺中，也可以作这种推断：正由于人性的黑暗，集权主义和军国主义便很可能是人类未来的命运。

如果说人的本性是邪恶的，对本能的崇尚又必然导致军国主义和独裁主义，那么对理性的推崇则将产生相反的结果？然而在《蝇王》的故事维度里，理性总是只有被讽刺挖苦的份儿，总是显得苍白无力、可笑甚至可怜，因而便有本能-邪恶之大行其道，理性之未能产生它所应当产生的效果。但即使在拉尔夫身上，理性也只有很不充分的表现，远远谈不上彻底。诚然，拉尔夫（主要因碰巧手持海螺）被推举为头头后，组织大家进行了许多有益的活动，但就连他最后也抵挡不住诱惑，加入了"猎手"队伍，甚至被裹挟进打死同伴西蒙的行动。这些事件表明，理性主义者拉尔夫也完全可能被其身上的邪恶所制服，所击败，沦为一个堪比杰克的野蛮人。作为大家选出来的头头，拉尔夫还在另一个问题上严重失职：在孩子们就到底有没有"野兽"这一问题辩论很久之后，他和杰克、罗杰三人一起上山侦察究竟，结果根本未能看清"野兽"（其实是将他

---

[1] 戈尔丁：《蝇王》，第217页。

们载到荒岛上的飞机驾驶员的尸体）到底为何，便因内心恐惧而吓得"大步流星"地与杰克和罗杰一起逃走了。[1]

三　成为什么人：拉尔夫抑或杰克？

同样值得注意的是，《蝇王》的整个故事基本上是通过拉尔夫的视点来展开的。像杰克和罗杰这些"野蛮人"的头头们，其视角从来没有被使用过。[2] 这说明了什么问题？戈尔丁很清楚，野蛮人虽然野蛮，但野蛮的程度却是有区别的。如果把拉尔夫写得像杰克一样嗜血成性，则《蝇王》作为一个艺术品的整体性、有机性便被破坏了，虽然表面上这么做可以加强人性本恶之命题的阐发。然而从叙事学的角度看，比故事的整体性和有机性更重要的是，作者使用谁的视角，读者就更可能同情谁，就更可能把自己的感情、观点、立场等与他等同起来；或者说谁的视角被使用，读者就可能产生自己与该人物有相似的感情、观点和立场的印象；即便这个人物有许多不是，读者也不太可能不与他产生一点共鸣和共情，因为读者很可能觉得自己就是他或她。因此，拉尔夫身上理性之被野性所击败，可以视为戈尔丁在提倡、呼吁人们进行自我反省。这么做的根据在于人性本恶这一设定。

但应看到，戈尔丁并不认为但凡是人，都将成为杰克或罗杰，而至多认为人有成为杰克或罗杰的可能性。这大概是为什么这两个

[1]　戈尔丁：《蝇王》，第 144 页。
[2]　参见阮炜《〈五镇的安娜〉中视点技巧的运用》（载《四川师范大学学报》1987 年 4 期）一文中有关小说中的视点技巧的讨论。

人物的视角根本未出现的根本原因。这就意味着戈尔丁对人性本恶的命题已打了折扣：恶是有程度区别的。虽然有极恶的杰克和罗杰，但是也有不那么恶的拉尔夫、猪崽子；更为重要的是，还有善良的西蒙（下文将重点讨论这个人物）。完全排除了杰克等人的视角，坚持使用拉尔夫的视角表明，戈尔丁心目中的人类虽不完善，却并不愿意变成以杀戮为荣的野蛮人；人类是一种有自我意识的存在；虽然嗜杀的冲动会时时表现出来，比如在拉尔夫身上所发生的那样，却不会无限制地堕落下去；人类是远不完善的拉尔夫，却并不愿成为极恶的杰克。假若人人身上的拉尔夫完全野蛮化，那么世界就是一个全然黑暗的世界。这应是戈尔丁所不愿看到的一幅未来人类景象。

四 人牲西蒙

在整个故事中，唯一对孩子们所处的危险境地有着清醒认识的是西蒙。读者发现，他第一次出现时，便患有癫痫一类的病。他讷于言辞，不甚合群，常常受其他小孩的奚落；他行动诡秘，避开其他小孩，独自一人藏在灌木丛中过夜。在对立的两大派孩子中间，西蒙是个不结盟者。事实上，他根本不属于《蝇王》的儿童世界，而是一个超越这个世界、颇具神秘色彩的人物。可这个神经不太健全的神秘人物恰恰是《蝇王》中最富于理性的人物。通过他，戈尔丁道出了人类患着"本质上的疾病"这种惊世骇俗之语。[1]

---

[1] 戈尔丁：《蝇王》，第102页。

西蒙的大智若愚在"兽从空中来"一章以及其后几章得到了最充分的体现。所谓"水中野兽"所引起的恐慌刚过，几个"小家伙"又发现山顶上有"野兽"，于是乎危机又出现了。这时，西蒙不像在"水中野兽"事件中那样与伙伴们辩论，而是独自一人爬进茂密灌木丛里去冥思玄想。就在这时，孩子们极其残忍地杀死了一头大母猪，将其五脏六腑撒了一地后割下猪头，再将一根削尖的棍子插进去，将其挑起来，棍子的另一端则插在地上。棍子上挑着的猪头很快粘满了苍蝇，这就是所谓"蝇王"（在《圣经》中，"蝇王"一词的希伯来语原文为"Bealzebnb"，即魔鬼[1]）。由于天热口渴，西蒙的病又发作了。这时，蝇王与他进行了一次对话，蝇王训斥西蒙："别梦想野兽是你们可以捕捉和杀死的东西！……我误入歧途的可怜孩子，你以为你比我高明吗？别再白费工夫了，我误入歧途的可怜孩子……不然——我们会要你的小命。明白吗？杰克、罗杰、莫里斯、罗伯特、比尔、猪崽子，还有拉尔夫会要你的命，懂吗？"[2]除了猪头或蝇王的声音外，还听得到作者-叙述者的声音："西蒙发现他在一张巨大的嘴里瞭望。里边是一片黑暗。一片漫向西方的黑暗……西蒙掉进那嘴里，他坠落下去，失去了知觉。"[3]

在蝇王与西蒙的交流层面上，还听得到"野兽即人"和"野兽在人心中"一类话。也看得到西蒙想让其他孩子明白，他的理性判断不仅无益或者说"误入歧途"，而且有害。除此以外，还有西蒙

---

[1]　参见马克·金克德—威克斯、伊恩·格勒格：《戈尔丁研究》，伦敦，1984年，第43页。

[2]　戈尔丁：《蝇王》，第170页。此处对龚译略有改动。

[3]　同上书，第170页。

即将被牺牲即被祭杀的预言。这个预言很快就应验了（"窥见死尸"章）。在作者与读者的交流层面上，可以看到，蝇王或邪恶之口犹如一个无底深渊，那里边，黑暗无边无际。在西蒙的梦魇或幻觉中，《蝇王》的主题得到了近乎明言的陈述。"大概野兽不过是咱们自己"这句话是西蒙神志正常时说的，但恰好在他神志不正常时，所谓"本质上的疾病"才通过他得到了硬核的表达。包括拉尔夫在内的其他孩子都没被用来点明主题，是因为他们太"正常"了。戈尔丁想要传达的是这个意思："正常"人被所谓"本质"或邪恶控制，却对此一无所知，因而只有西蒙这种人，才是真正觉悟的人。值得注意的是，西蒙的幻觉和大母猪被残杀的场面，是以分镜头的形式同时出现在"献给黑暗的祭品"这章里的。母猪被杀，成为供奉于人类邪恶祭坛的牺牲或祭品。与这个施虐、杀戮的场面平行的是，西蒙不仅目击了整个屠杀过程，而且恰好在这时开始神志错乱，出现幻觉。如此安排的用意应不难明白。大母猪是"献给黑暗的祭品"，西蒙又何尝不是？显然，西蒙同样是被孩子们"献给黑暗"的祭品——人牲，一种更高级的祭品。他被猪头警告，随后又掉进它那深邃的大口，这就为下一章他被孩子们当作"野兽"活活打死埋下了伏笔。

实际上，西蒙将被同伴们当作人牲献祭的暗示最早出现在"海滩上的窝棚"章。孩子们来到荒岛不久，沉浸在享用醇香熟透水果的欢悦中，"花儿与果子长在同一株树上，到处是水果成熟的醇香味，千万只蜜蜂在草地上的嗡嗡声"。在这里，西蒙被孩子们强行拉到果树下面摘水果，以满足其对食物的需求。可实际上，孩子们不仅征用西蒙的劳动，他们那"深不可测的目光"还表明，他们觊觎着西蒙身上更多的东西，他们似乎还有某种更深的需要必须得到满足，却尚未能得到满足。这难免使人想到耶稣基督被钉十字架前的情形。当然，西蒙后来的受难方式不是被钉十字架，而是被孩子们活活打死，但西蒙和耶稣基督之间显然存在着相似性。按基督教的说法，耶稣基督是上帝道成肉身来到人间拯救罪人的；他之受难是为罪人受难，是为了祛除他们身上的罪。在《蝇王》中，作为唯一弄清了"野兽"真相的孩子，西蒙是在正要把真相传达给同伴们的时刻被他们打死的。也就是说，他像一只耶稣式的替罪羔羊，在试图带走他们的"罪"时被其牺牲的。危境中的孩子们所最需要的，是一种弄清事实真相的理性态度。有了这种态度，他们才可能不至于陷入疯狂。西蒙是荒岛上唯一能帮助他们树立这种态度的人（他甚至充当了杰克与猪崽子争端的调解人；他还积极参与生火和搭棚的活动——"西蒙，他很帮忙"[1]），最终却成了被其祭杀的人牲。

　　西蒙之被打死，无异于耶稣基督之被钉上十字架。尽管按基督教的说法，耶稣基督死而复活，进入天国，可是在近代以来的世俗化潮流中，西方人已越来越不信基督教，于是有了所谓"上帝已死"之类断语。在荒岛上人类历史的微缩重演中，是西蒙而非拉尔夫，更非杰克和罗杰，才具有冷静、理智的性格与基于这种性格的勇毅；只有具备了这些品性，才可能弄清"野兽"（其实只是一具飞行员的尸体）的真相，才可能认识到所谓"野兽""不过是咱们自己"；只有排除了迷信，才可能免于陷入非理性的恐惧之中，才可能有条有理地组织健全而有效率的社会生活。简言之，只有具备了西蒙式人格，荒岛上的孩子们才可能得救。西蒙的人格就是通向

---

[1]　戈尔丁：《蝇王》，第170页。此处对龚译略有改动，第60页。

光明和拯救的理想人格。在此意义上，他就是耶稣基督，他就是上帝。孩子们之杀死西蒙，并非不可以视为人类杀死了上帝。既然基督教意义上的上帝已死，西蒙便代表了一种世俗主义、人文主义的新上帝人格，以此故，西蒙之被牺牲，就是人类再一次杀死上帝，一个人文主义的新上帝。支撑人类社会的理性和道德支柱既已被抽掉，孩子们立即陷入极度的混乱，便毫不奇怪了。他们不但不再去探究"野兽"究竟为何，反而将小伙伴们当作野兽来屠杀。猪崽子被杀死（随着他之被杀死，他所象征的民主与科学自然也被杀死了），拉尔夫被追猎；杰克一伙还放火烧山，企图把藏在灌木丛中的拉尔夫撵出来。他们甚至准备好一根两头削尖的棍子，拉尔夫若被猎获，他的头就将被砍下来，挑在棍子上，就像与西蒙对话的那只猪头或"蝇王"一样。由此可见，西蒙死后荒岛上的儿童社会已完全野蛮化，已完全被丛林法则支配。他们之所以不再对水中或空中的"野兽"感兴趣，是因为他们已在同类身上看见了野兽，或者说看见了得以释放自己身上兽性的对象。他们没能意识到，野兽其实就在自己心中，只是在处于攻势的杰克一伙人心中表现得更凶狠。正是因此缘故，拉尔夫及其同伴成为其猎杀对象，而非反之。这里，人就是野兽，而这种野兽或人兽之间的游戏规则是弱肉强食。

虽然按照《蝇王》的逻辑，野兽、蝇王、邪恶是一回事，但也应注意，野兽或邪恶同样可能产生于非理性的恐惧。孩子们首先惧怕水中的"野兽"，继而在想象中确立了"野兽"的确存在这一"事实"，而确立了该"事实"后，他们更加恐惧了。可以说，恐惧与"野兽"互为因果——恐惧即野兽，野兽即恐惧。西蒙被祭杀便证明了这一点。西蒙到山顶上调查事实真相时，孩子们正在玩着猎猪的游戏。"猎人"操起了长矛，"厨师"拿起了炙叉，其余的小孩手持棍棒，把扮演野猪的罗杰围在中间，载歌载舞，不亦乐乎："当罗杰模仿着野猪的恐惧时，小家伙们跑了起来，跳到圆圈以外。猪崽子与拉尔夫见暴雨即将来临，心情迫切，急于加入这个发狂的、却又比较安全的社会……圈子的中心空了出来，张开了口。另一些小家伙也围起了自己的圈子转个不停，似乎反复旋转就会自然而然地获得安全，一个单一的有机体在跳动和跺脚。"[1] 当西蒙这头"野兽""磕磕绊绊地爬进马蹄形的圆圈时"，孩子们齐声高唱"杀野兽哟！割它的喉哟！放它的血哟！"的歌子，同时"棍棒齐下"，将西蒙虐杀至死。在这庄严的祭杀仪式中，孩子们在"单一的有机体"中获得了"安全"或心理抚慰。也就是说，内心恐惧的软弱个体，必须加入到一个施虐同伴、迫害同伴的"单一有机体"中方能获得力量感和安全感。邪恶产生于恐惧心理，恐惧即邪恶。

五　西蒙对于文明的意义

　　最理智、最冷静、最勇敢、最富于合作精神的西蒙，是最少这种内在恐惧的人。可恰恰是最少恐惧的他，掉进了恐惧-邪恶的血盆大口中。值得回味的是，西蒙之喊叫"山上有个死人"，丝毫没能引起已排成马蹄形阵势的孩子们的注意，他们虐杀西蒙时所表现出来的残忍，与他们追杀大母猪时所表现出来的残忍没什么两样。这一残杀的场景是不能用"明晰的现实主义手法"——如许多评论

---

　　[1]　戈尔丁：《蝇王》，第170页。此处对龚译略有改动，第179—180页。

者和诺贝尔文学奖颁发者瑞典人文学院所认为的那样——来解释
的。西蒙死后,除了拉尔夫有某种犯罪感外,对其他所有小孩来
说,似乎什么事也没有发生过。代表理性的猪崽子甚至认为,西蒙
之死活该。孩子们的恐惧感缓解了,他们饥渴的恶的冲动得到了暂
时满足,可他们心中的野兽却并没有死去。不仅大母猪成了这头野
兽的牺牲品,不仅被当作"野兽"的西蒙成了这头野兽的牺牲品,
就连猪崽子也很快沦为这头野兽的牺牲品,而拉尔夫只差一点便会
落得同样的下场。在《蝇王》的故事维度中,这一切是那么符合逻
辑,以至于只有拉尔夫一个人感到歉疚。拉尔夫这种感觉似乎很符
合人类社会的现实逻辑,只是拥有这种逻辑的人在荒岛上无处容
身,因此戈尔丁不得不拉下幕布,不得不让一位英国海军军官突然
出现在荒岛上。不如此,拉尔夫将遭受与西蒙同样的命运。

但拉尔夫毕竟只是一个可能被牺牲的人,而西蒙这位"悟道
者"却的的确确被黑暗吞没了。对于陷入邪恶和野蛮的孩子们来
说,西蒙之死是一个悲剧,因为他们本来可以通过西蒙获得拯救,
脱离理性泯灭、杀戮冲动如脱缰之马的险境。对西蒙本人来说,他
的死也是一个悲剧,因为他不仅未能成功地将他所悟之"道"传达
给同伴们,而且也未能以自己的死将他们从愚昧和屠杀中唤醒。可
是对于作者和读者来说,西蒙的启示并未被忽视。西蒙这头"野
兽""在灰白的海滩上蜷缩成一团,血迹渐渐地渗透开去……当潮
水的大浪流动时,环礁湖的边缘形成了一条慢慢向前伸展的磷光
带。清澈的海水映照出清澈的夜空和光辉闪闪的群星座……潮水继
续上涨,西蒙粗硬的头发披上了一层亮光。他的脸颊镶上了一条银
边,弯弯的肩膀就像是大理石雕出来的……他的身子渐渐地浮在海
水之中。……海水越涨越高……就这样,西蒙的尸体轻轻地飘向辽

阔的大海"。[1]

　　显然，惨遭杀戮的西蒙被圣化了。"辽阔的大海"实际上就是无垠的宇宙。作者要读者相信：西蒙精神不死。从读者的角度看，这种圣化是合理的。诚如英国学者金克德-威克斯和格勒格所说，西蒙"能够结束人类那'不人道'的历史，能够是自由的，也能够使他人自由……他在更深层次上表明，只要能认识到人是邪恶的这一事实……只要能摆脱邪恶，人们就能自由地重整旗鼓，再站起来"。[2]"西蒙的尸体被美化，而不是被兽化，当我们领悟到它消失在海上这一事实时，西蒙的启示便再次发生作用了。"[3] 如果说拉尔夫代表了一种不那么健全的人格，那么西蒙代表了一种理想的人格。如果说拉尔夫代表了人类道德的实然状况的话，那么西蒙代表了人类道德的应然状况。在《蝇王》的荒岛上，大多数孩子野蛮化了，可是西蒙不属于这个野蛮社会。杰克或可视为人类目前很大程度上所是的那种"坏人"——须知，从古到今，灭族屠杀的事例数不胜数。拉尔夫或可视为人类在其现状中大体上所是的那种既不太"好"、也不太"坏"的人。西蒙则可视为人类应当成为的那种"好人"。西蒙树立了一个标尺，人类如果不朝着这个标尺努力，便会沦为杰克。这也是除了人性邪恶这一主题外，《蝇王》所着意传达的另一个重要思想。

　　《蝇王》的意义是多层次的，正如《黑暗的心》的意义是多层次的一样。西蒙是一个觉悟者，正如科兹临终前成为一个觉悟者那样。他们之间的差异在于，西蒙原本就是一个谦和、冷静、勇毅、

---

[1]　戈尔丁：《蝇王》，第 170 页。此处对龚译略有改动，第 181—182 页。
[2]　金克德-威克斯、格勒格：《戈尔丁研究》，第 46 页。
[3]　同上书，第 52 页。

富于合作精神的人，代表了一种文明存续所必须有的理想人格——相对于杰克、罗杰、拉尔夫和猪崽子来说，他是一个高度理想化的形象。相比之下，科兹是在作恶多端以后才终于良心发现，意识到了恶的恐怖深度。明白了这一点，便能发现，《蝇王》不仅以生动、形象的人物和场景传达了人性本恶的主题，而且像《黑暗的心》一样，还包含着一个救赎主题。悟道的西蒙最终虽然未能成功地传道于《蝇王》中的儿童世界，却明白无误地传道于《蝇王》之外的成人社会。西蒙虽然未能拯救荒岛上的小伙伴们，他的启示却是旨在拯救现实中的人，拯救文明本身。只要文明中的人类对西蒙的启示加以足够多的注意，便可能避免那种在热核战争中相互残杀、彻底灭亡的命运。西蒙的功能似乎在于提醒人类：他们头上悬着一柄达摩克利斯之剑。

六　对盲目乐观主义的批判

正如西蒙非但没有沦为野蛮人，反而被描写成理想的人一样，拉尔夫尽管表现出了邪恶的冲动，却也并未堕落成像杰克那样的极恶之人。由此看来，《蝇王》对人性恶的命题有相当大的保留。这种保留与戈尔丁下面这段话多少是矛盾的："经历过那些岁月（指第二次欧洲大战，戈尔丁本人从 1940 年到 1945 年在英国海军中服役了 5 年）的人如果还不了解'恶'出于人犹如'蜜'出于蜂，那他不是瞎了眼，就是脑子出了毛病。"[1] 事实上，《蝇王》中不仅

---

[1]　转引自龚译戈尔丁《蝇王》"译本序"。

有杰克，也有西蒙；不仅有"人类本质上的疾病"，也有人类认识并克服疾病的努力；不仅有邪恶、"蝇王""野兽"和恐惧，也有旨在战胜这一切的英雄主义；更重要的是，有西蒙尸体"海葬"时理想主义的神圣显现。在这出旨在表现人类现时及未来可能会经历的野蛮化的戏剧终结时，拉尔夫"失声痛哭：为童心泯灭和人性的黑暗而悲泣"。显然，西蒙的作用在于把人类从黑暗中拯救出来。如果说人性必然产生杰克之"恶"，那么它也可能或应当产生西蒙之"蜜"。如果更乐观一点，甚至可以说，人性也必然产生"蜜"。

也许是未能读出《蝇王》中"蜜"的因素，学者马丁·格林对戈尔丁作了不太公允的评论："有那么一长串作家，他们替本世纪重新发现了人类本质上的野蛮，他们骄傲地拒绝了科学和卫生，自由主义和进步。戈尔丁便是一个新近加入他们行列的姗姗来迟者。"[1] 如果说，戈尔丁仅仅"重新发现"了人性的黑暗，格林的讽刺似乎显得有道理，但如果认真考查一下东西方之间的冷战、核战阴影笼罩全球这样的时代背景，便不难看出这种"重新发现"或者说重新强调是必要的。况且，戈尔丁并没拒绝科学，只是批评了对科学的迷信；至于"卫生"，其笔下拉尔夫发出了讲卫生的呼吁，尽管理性泯灭的孩子们对他的呼吁置若罔闻。对于所谓自由主义和进步等观念或价值，也很难说戈尔丁持"拒绝"的态度。他只是表达了对这些观念或价值的前途的忧虑。

值得注意的是，学者尼尔·麦克伊万在其《戈尔丁、巴伦坦与评论家》一文中批评了《蝇王》研究中的上述倾向，即过分看重这部小说与 R. M. 巴伦坦所著、出版于 1857 年的《珊瑚岛》之间的

---

[1] 转引自尼尔·麦克伊万：《小说的生存》，香港，1985 年，第 154 页。

联系。《珊瑚岛》描写三个英国青少年即杰克、拉尔夫和皮特金在远离英国的一个珊瑚岛上的冒险经历。他们的名字与《蝇王》的主要人物相似，他们的处境与《蝇王》中的孩子们也相似，但他们毕竟是十九世纪式盲目乐观主义和毫不掩饰的殖民主义情结的产物，所以个个性格开朗、机智勇敢、患难与共，在孤岛上战胜了海盗和土人，最后胜利返回故乡。撇开《珊瑚岛》的十九世纪偏见不谈，《蝇王》与《珊瑚岛》的联系显而易见，戈尔丁之借用《珊瑚岛》中"杰克"和"拉尔夫"这两个名字便说明了这一点。更重要的是，戈尔丁"批驳""重写""修正""纠正"了《珊瑚岛》流露出来的那种十九世纪式进步主义的乐观情绪。[1]《蝇王》结束时，一海军军官如天神下凡般打断了孩子们疯狂的杀戮游戏。拉尔夫告诉他："起初玩得很好，可后来——"军官说："我知道了。蛮热闹的，像珊瑚岛那样。"[2] 这种调侃清楚地说明，戈尔丁对《珊瑚岛》的乐观主义是不以为然的。

麦克伊万认为，戈尔丁在《蝇王》中提及《珊瑚岛》只有三四次，最多只是附带批评了一下后者的主要倾向，可是批评家们却抓住戈尔丁这点讽刺不放，附和着他做出了太多的文章。作为对"批评家们"的回应，麦克伊万认为，正是由于十九世纪社会"令人作呕的"野蛮、暴力和放荡太多，所以这个时代的"作者和读者决心要在他们创作的小说中强加一种人道、文明的文化"；正因十九世纪的社会太不稳定，该时代的作者和读者便试图"通过小说来创造一个稳定的秩序"。[3] 这些看法都不无道理。麦克伊万还说："在

---

[1] 麦克伊万：《小说的生存》，第150页。
[2] 戈尔丁：《蝇王》，第242—243页。此处对龚译略有改动。
[3] 麦克伊万：《小说的生存》，第150页。

我们这个朝不虑夕的时代，戈尔丁小说的真正价值不在于它拒斥了
一个世纪前的想象中的虚妄的沾沾自喜，而在于它申言，权迷心窍
的自大狂和暴众必须受到具有'一定理智'的个人（如拉尔夫）的
抵制，即使不成功也应如此。"[1] 这也基本上站得住脚。但也许麦
克伊万太过专注于罗列评论家们对《蝇王》和《珊瑚岛》的比较，
责备他们对戈尔丁讥讽的过分附和，在明确陈述自己的看法时，竟
忽略了不止"有一定理智"的西蒙的意义。

实际上，《蝇王》的大多数批评家都忙于阐述人性本恶这个主
题，而对另一个主题即如何抵制邪恶则重视不够。[2] 这个主题当
然是未言明的，甚至是隐匿的，传达这一主题的主要人物西蒙也有
着隐匿或"隐退"的特点。他离群索居，腼腆谦和，脸色那么苍
白，身体那么瘦弱，神经那么不强健，在公共场合那么不愿意表达
自己的立场或观点，凡此种种，使读者只看得见一个若即若离、若
隐若现的西蒙。即便到了故事结尾，当《蝇王》这部袖珍版人类史
告一段落时，当拉尔夫为"童心的泯灭"和猪崽子的惨死而悲泣
时，西蒙仍处在一个很不显眼的位置。这是因为，唱主角的是拉尔
夫，是他遮蔽了西蒙。在拉尔夫的视界里，或只能看到"西蒙死
了"[3] 这一事件。然而在作者与读者的交流层次上，西蒙之更值
得"悲泣"却是不容置疑的。读者很清楚在岛上的儿童世界里，杀
戮的游戏与杀戮的现实之间并无实质差别——西蒙便牺牲于这种差
别被模糊的时候。读者也清楚地看到，当海军军官出现岛上的热闹

---

[1] 麦克伊万：《小说的生存》，第 161—162 页。

[2] 金克德-威克斯与格勒格虽用了一定的篇幅讨论西蒙，但在他们评述《蝇
王》的长达五十页的文章中，有关西蒙的讨论显得太过单薄。

[3] 戈尔丁：《蝇王》，第 243 页。

景象戛然而止时，岛上世界的黑暗现实非但没终结，反而与岛外世界的核大战现实融合在一起。读者更清楚的是，《蝇王》的小说世界与人类所处的现实世界并非是性质截然不同的两个维度。在《蝇王》中，西蒙隐匿了，隐退了，被遮蔽被杀死了，本来可能得救的孩子们在嗜杀的罪恶中越陷越深，不能自拔。在当今世界，理想人格也可能像西蒙那样，隐退，消失，甚至被杀死，这种后果借《蝇王》之鉴可谓清清楚楚。

显然，西蒙身上理性、合作、谦卑、勇毅的品质应成为人类的主体品质。不如此，未来人类社会可能变成《蝇王》式的儿童丛林世界，未来人类文明可能变成《蝇王》式的弱肉强食文明。戈尔丁不愿看到这种景象。

第二章　屋檐下的阶级战争
——《莱西蒙台阶》

一　命运多舛的经典

二十世纪前三十年英国文坛上曾有过一个小说家，现已鲜为人知。文学理论家只偶而提及他，且通常是在谈到其文坛对手维吉妮亚·伍尔夫时，才附带赏给他一点可怜的荣光。在英语文学批评界，他总是被人当作一个只关注外部世界，对人的心灵不感兴趣的写实主义者来看待的。更糟糕的是，他是个"法粉"，是法国十九世纪写实主义的钦慕者、移植者，于是又被当作法国写实主义小说家在英国的一条短促的尾巴。随着新一代小说家如伍尔夫、劳伦斯等的兴起，他很快被目为过了气的"爱德华时代人"——他的影响主要产生在国王爱德华在位的那十来年。他就是阿诺德·贝尼特（Arnold Bennett, 1867—1931）。

本文要讨论的《莱西蒙台阶》（*Riceyman Steps*, 1923）是他最重要的作品之一，甚至可以说是他数一数二的经典之作。这部小说的命运与作者相似，甚至更可悲。因为它之所以一出笼便被束之高阁，被抛入旧货仓库，不仅是因为受作者"写实主义"美名的牵连，而且是因为现代主义突然兴起，过于光辉璀璨，将贝内特小说本该有的光辉完全遮蔽了——《恋爱中的女人》发表于1921年，《荒原》是1922年，《达洛维夫人》是1925年，而《通向印度之路》是1924年，等等。事实上，二十世纪二十年代是现代主义的高峰期。《莱西蒙台阶》之所以命运多舛，根本原因在于它是一部出自通常被认为是写实主义小说家的现代主义作品。另一个重要原因在于其对象征的规模性运用以及这种象征手法的含蓄性，而二十世纪二十年代至三十年代一般读者乃至批评家对小说中的象征远不如现在这么敏感。[1]

《莱西蒙台阶》在许多方面都是独特的。贝内特在小说中用象征手法表达了对西方文明的深刻忧虑；以现代寓言的形式表现了无产阶级和资产阶级的殊死斗争；塑造了一个现代吝啬鬼形象，借此揭示资产阶级统治的不合法性；推出了一个极具神秘意味的仆人形象——她在无产阶级与资产阶级的阶级战争中扮演一个关键性的角色——以此昭示无产阶级不仅已然登上政治舞台，而且占据了重要位置，资产阶级唱主角的旧时代一去不复返了；为了拯救文明于水火，最后还抛出了一个医生救治者形象。可以说，无论在思想性和艺术性方面，《莱西蒙台阶》都堪称现代主义文学的一朵奇葩。

有证据表明，写作《莱西蒙台阶》时，贝内特正竭力摆脱他那"过时"的写实主义者形象，企图与乔伊斯、伍尔夫、劳伦斯之类"新艺术家"一比高低。在1923年9月写给安德烈·纪德[2]的一封信中，贝内特说："我马上就要发表一本叫《莱西蒙台阶》的小说。

---

[1] 康拉德直至六十年代才开始在评论界走红，这说明他的创作手法大大超前于时代。贝内特是康拉德最早的推崇者之一，二人私交颇笃。

[2] 安德列·纪德是二十世纪上半叶法国著名作家，与贝内特有很深的交情。

届时我将寄一本给你。地点：伦敦。类型：realiste。当然是过时的
罗……我们这边有几个年轻气盛的小说家，他们试图创造一种新的形
式以取代巴尔扎克的形式。他们没有成功。我也在尽力而为之。我几
乎就要成功了。当然，我会坚持不懈地干下去。"[1]这封信表明，
贝内特像当时许多作家那样，正在进行某种文学实验。他要向年青
一代作家昭示，他贝内特虽已到了"奔六"的年龄（是年他五十六
岁），但作为小说家的创作生涯还远未结束。他之称《莱西蒙台阶》
"realiste""过时"，既是一种自嘲，也表达了对流行看法的不满。

　　尽管《莱西蒙台阶》在许多方面与贝内特的早期小说大相径
庭，却仍保留了法国写实主义小说影响的许多痕迹。例如对肮脏阴
暗的城市环境极详尽的描绘，对肉体及心理上的颓废状态的着迷，
对一种幽闭恐怖的噩梦般氛围的经营——家庭内部的矛盾或"戏
剧"便在其中紧锣密鼓地展开。这些都是法国写实主义者与贝内特
本人前期创作的共同特点。《莱西蒙台阶》对吝啬鬼和仆人心态的
描写，也是法国写实主义者和贝内特本人的共同特点。[2]因此写

---

　　[1]　'Realiste'（写实主义者）这一法语拼法既表明贝内特是个法国迷，又体
现他之作为"写实主义者"的总的艺术形象。但这个字眼的自嘲口吻，也表达了他
对新一代"艺术家"的不满。

　　[2]　写吝啬鬼的十九世纪法国小说以《特勒斯·拉坎》《热尔米妮·拉瑟特》
《欧也妮·葛朗苔》等较有名。贝内特本人写同类题材的作品有《五镇的安娜》《高
明的海伦》。贝内特对仆人的社会状况的兴趣在其整个创作生涯中从未减退。1918
年，在讨论"英国家庭"时，他说："斯密斯（虚拟的中产阶级家庭）一家有个真正
的敌人。这个敌人不在外部，就在内部。这个敌人是玛蒂尔达（虚拟的家庭仆人）。
她睡阁楼，一年只挣十八镑，现在正升至二十镑。她连数数也不会，却比其他任何
因素都更能改变斯密斯一家的生活。"贝内特提醒读者注意，玛蒂尔达并没有被当作
一个人类同胞来看待，并提出了解决仆人"问题"的方案："机械发明必须加速进
行，以代替玛蒂尔达那双辛苦劳作的红红的手。而且应当有那些城郊餐馆。我将欣
喜地看到，年轻的约翰·斯密斯在他自己建造的房子里擦自己的靴子。"参见 Arnold
Bennett, *Paris Nights*, London, 1913, pp.343—346。

作《莱西蒙台阶》时，贝内特并没有完全抛弃其一以贯之的创作轨迹。凡此种种并非不可以称作"realiste"甚或"过时"。这就意味着，贝内特写给纪德的信中的语气只是一种半开玩笑半认真的语气。但是，贝内特之把这些传统和主题置入《莱西蒙台阶》的艺术实践，尤其是置入对象征手法的结构性运用，毕竟标志着其艺术生涯的一个新的开端。正是在这个意义上，他向那些"新艺术家"发出了不服老的挑战。

应指出的是，贝内特并非像许多评论家所认为的那样，只知道作"摄影式"的纪录，不知道使用更含蓄的手法。在第一部长篇小说《北方来的年青人》（*A Man from the North*，1898）中，他就以极不引人注目的方式把石印油画"科洛登之战"[1]挂到主人公拉奇在伦敦寓所的墙上，以此暗示拉奇的文学追求的最终破灭。在其代表作《五镇的安娜》（*Anna of the Five Towns*，1902）中，"修道院"之作为极重要的一章的章名，便构成了一个讽刺性极强的意象。正如在《欧也妮·葛朗苔》里那样，安娜的未来婚姻生活将像"修道院"一样，无爱情和意义可言，只有枯燥乏味。在《老妇谭》（*Old Wives' Tale*，1908）中，弥漫在贝因斯一家厨房里的幽闭感预示了康斯坦丝未来生活的平庸无为。在同一小说中，五镇（即陶镇）的有轨马拉公交车幽默地反衬出当地居民自满偏狭、不思进取。[2]但在这些较早的小说中，象征的使用是有限的，局部性的，而在《莱西蒙台阶》中，象征手法使用则贯穿于整部作品，具有重

---

[1] 这是苏格兰和英格兰之间的最后一次重大战役，以苏格兰失败而告终。自此，苏格兰之臣服于英格兰成为不可逆转之势。

[2] 法国写实主义或自然主义也并非纯粹的摄影式的纪录，其对象征的使用也相当普遍。较为突出的例子有左拉《萌芽》（1885）富于诗意的结尾。

要的主题和结构意义。

二 文明的危机

《莱西蒙台阶》是以下面这段描写开场的：

> 1919 年，在一个秋日的午后，人们可以看到在莱西蒙台阶那宽广的缓坡上，一个微微跛脚，没有戴帽子的人正在上坡。莱西蒙台阶位于克拉克维尔这一城市大工业区的中心，起于君王十字路，止于莱西蒙广场。那个人身材适中，不胖不瘦。稀疏的头发已开始由黑变灰，但肤色仍然很好。在灰黑小髭和短而尖的胡须上，两片红彤彤的嘴唇显示着令人惊诧的生命活力。至于年龄，他一定四十出头了。那人一定能够理直气壮地说，他正当壮年，正可以大干一番。他身着一套简朴素雅的深灰色西服。这西服他晚上一定是小心翼翼地折起来，以免弄皱。与它相配的，是一个浆过的白色低领和一条把衬衣前部全部遮住的黑色领带。衬衣袖口一点也看不见。他脚上穿着一双黑色的旧皮拖鞋，擦得亮晃晃的。他给人的印象是：温和、聪明、有教养、和蔼可亲，事业上正春风得意。[1]

但最引人注目的，还是主人公那双充满"情感"、闪烁着晰晰

---

[1] Arnold Bennett, *Riceyman Steps*, Pan, 1964, p.24.

光芒的小眼睛。[1] 随着故事的展开，读者渐渐发现，这里有关主
人公外表和精神状态的所有细节都是虚假的。亨利·厄尔福沃德给
人的第一印象是：除了脚有点跛外，身体上和精神上正当壮年，正
值兴旺发达之时。他的"生命活力""春风得意"和丰富"情感"
等印象为他渴望得到对维奥莱特·阿布的爱情所进一步加强，也一
定程度为他对克拉克维尔过去的怀旧追忆所进一步加强：

> 那时，这里是一片流水淙淙的绿草地，到处都看得见能免
> 健身治病的泉水、井水和溪水。溪流两岸耸立着磨房和女修道
> 院。还有贵族老爷和太太，还有那张罗上演宗教神秘剧的教堂
> 执事。[2]

这里，厄尔福沃德似乎只是一个普普通通、受人尊敬的专售旧书的
书店主。在小说开始后不久，作者只用了十分模糊的语言来暗示厄
尔福沃德的真实性格：他不使用防水布来遮盖摆在户外待售的书；
他与他所爱的女人讨价还价；他还有一种"激情"，而这"激情"
过了很久以后才被加以说明：那就是一种极端意义上的吝啬。

通过一种和缓而富于耐心的叙事节奏，贝内特逐渐摧毁了读者有
关厄尔福沃德的全部积极印象，用生动、逼真的笔触刻画出了他内心
深处的堕落景象。但只是过了相当长一段叙事时间后，这种堕落的恐
怖深度才被揭露出来。吝啬鬼不是别人，正是厄尔福沃德这个在心理
上贪得无厌地占有，在生理上顽固地自戒自虐的矛盾混合体。体面、

---

[1] Arnold Bennett, *Riceyman Steps*, p. 24.
[2] 同上书，第 24 页。

康乐、富足的外表下隐藏着的，是不可逆转的道德腐坏，而正是这腐坏最终将把厄尔福沃德引向彻底毁灭。他那"红彤彤的厚嘴唇"和丰富的"情感"，到头来将以彻底的爱欲枯竭而告终，以基本人类素质的完全否定而告终。[1] 在更广阔的意义上，二十世纪二十年代初的西方社会便犹如厄尔福沃德其人。表面的平静下隐藏着深刻的危机。这危机若得不到克服，文明便不可能延续，而将像厄尔福沃德那样遭受灭顶之灾。这便是《莱西蒙台阶》所要传达的根本信息。

可是厄尔福沃德并不是故事里唯一的吝啬鬼。维奥莱特·阿布也显示出了强烈的悭吝性情。在许多方面，她都可以看作厄尔福沃德的女性对偶。故事开始后不久，便能看见她的这幅画像：她具有一双明亮、快乐、闪烁发光的眼睛，浑身上下散发着"生命与能量"。[2] 无论是厄尔福沃德还是维奥莱特都仿佛具有丰盈的爱欲。然而，他之所以对她着迷，并不是因为她具有活力或"生命与能量"，而是因为她具有多少与他等值的内在气质。尽管她表现出丰富的外在活力，尽管他似乎对此十分欣赏，但是他很清楚："假如她是个阴沉的女人，这对我来说几乎是一回事。"[3] 显然，《莱西蒙台阶》的爱情主题和吝啬鬼主题是紧紧捆在一起不可分割的。厄尔福沃德对适合他品质的女人的洞察力被一个发现所进一步证实：维奥莱特之俭省乃至悭吝不亚于他自己；在欺骗埃尔西方面，她却是高手，大大超过了他自己。由于埃尔西不会做最简单的算术，维

---

[1]　在此意义上，贝内特给西方文学中吝啬鬼形象的群英谱增添了一个新品种。但他真正的首创性在于把吝啬鬼形象的塑造和象征手法的结构性使用有机结合了起来。

[2]　Bennett, *Riceyman Steps*, p. 36.

[3]　同上书，第 39 页。

奥莱特骗她接受了一年二十镑工资的条件：二十镑在她眼里是很大的一笔钱，她甚至不知道用五十二周来除以二十镑。就这样，厄尔福沃德对维奥莱特的爱情为后者具有"一切素质"这一伟大发现所加强。[1] 贝内特所要传达的信息是：建立在冷冰冰的金钱本能品牌上的浪漫关系注定要产生爱欲上的"跛"，无论厄尔福沃德的面色多么红润，无论维奥莱特有多少"能量"。

与厄尔福沃德式的恋爱相呼应的，是他所独有的那种豪爽和殷勤。这种素质与他那虚阔的女性气质观完全吻合。因舍不得花钱买结婚戒指，他便把维奥莱特前夫阿布先生送给她的戒指卖掉，用这笔钱为她买了一只新戒指，并骄傲地宣布在这桩买卖中，他赚了六先令六便士。厄尔福沃德所特有的男性气概还有进一步的展现。为了给新娘一个"惊喜"，他十分得意地将一个既大且重的保险箱当作结婚礼物送给她。作为一个可怪又可笑的结婚礼物，这只保险箱发挥了重要的叙事功能。它同戒指和埃尔西被欺骗之事件一起，被揉进了故事的总的象征框架中，强有力地表达了这层意思：在厄尔福沃德世界，人类的基本需要屈从于虚假堕落的资产阶级价值观，一种最终只能导致生命衰退和毁灭的价值观。

应当指出，尽管贝内特是社会进步主义者，一生都抨击着愚昧和偏狭，尽管他早于大多数英国知识分子，为当时在英国依然不被接受的法国印象派画家大唱赞歌，[2] 为劳伦斯、乔伊斯这些起初

---

[1] Bennett, *Riceyman Steps*, p.85.

[2] 在绘画艺术上，贝内特的文坛对手伍尔夫并不具有他那种艺术洞察力，可是伍尔夫以文坛精英自居，再加出身文人-贵族世家，看不起贝内特。几十年后回过头看，尽管在小说创作方面贝内特总体上看正如伍尔夫所说"过时"了，但在艺术鉴赏力或洞察力方面，贝内特却十分"前卫"，相对于伍尔夫来说是赢家。

颇遭非议的"新小说家"辩护，甚至在经济上接济他们，但他多多少少表现了对旧时代的依恋情绪。送保险箱场景不能说不带有这样的含义：中世纪的骑士精神总是与生命的保障和延续相联系（尽管这在《莱西蒙台阶》中只是一种隐约、间接的联系）的，但在资产阶级分子厄尔福沃德身上却退化成一种扼杀爱欲、否定生命的畸形行为，甚至可以说已象征性地转化成一个用于窖藏占有物的冷冰冰的金属装置。更糟糕的是，这种窖藏是一种自在自为的消极行为，一种其自身便是目的的负面行为，而不是为了扩大再生产这样的正面目的。应当看到，贝内特这种讽刺的根本原因，是对现代文明危机的思考和忧虑。对一个既不信仰共产主义，又无其他愿景的作家来说，把旧时代作为批判的参照系，是自然而然的做法。在此意义上，小说开始时主人公厄尔福沃德对"修道院""贵族""磨房"和"宗教神秘剧"等的怀念，便不能仅仅看作对他本人及其所代表的阶级的讽刺了。这种怀旧情绪多少也反映了作者本人的思想感情。事实上，故事开始时所描述的主人公那幅精细的肖像，便是以贝内特本人为模特的。既然作者可以把本人当作笔下人物外貌的原型，人物的思想活动要彻底摆脱作者的思维模式和思想倾向，也是困难的。

三　"便宜可靠"的埃尔西

与厄尔福沃德夫妇相对照，女仆埃尔西被描写成一个

强健硬朗的少妇，身段丰满、个子高挑，一举手一投足都

表明她生来就能胜任各种体力活。她那么无拘无束，那么有气力，这些都给人留下深刻印象。她的双臂和胸部长得极好。头发是蓝黑色的，眼睛是深蓝色的，嘴唇的曲线妩媚动人。那张脸长得方方正正，但很文静。她的眉毛老在额头上皱起来，那张大嘴的角老是往下耷拉着，由此可以推断，如果她有什么与众不同的地方，那就是她做事情极其认真……但是她面部器官的翘曲并不太明显，因此不会给人以不愉快的感觉。[1]

这幅画像给人勾勒出一个浑身散发着生命力量和整全感的青年妇女。随着故事的进展，读者越来越清楚地认识到埃尔西执行了众多复杂的象征功能。尽管维奥莱特和厄尔福沃德的婚姻后来证明毫无结果，甚至以彻底的毁灭告终，但毕竟是埃尔西使他们的恋爱乃至结合成为可能。她不仅是维奥莱特-厄尔福沃德世界的创生因素，也是这个世界的救助和稳定因素。例如她冒雨把拉斯特医生请来，为患病的厄尔福沃德夫妇诊断治疗；住院的维奥莱特即将动手术时，她建设性地提议厄尔福沃德给妻子写封慰问信；当厄尔福沃德之家经历着最后的危机时，是埃尔西把它管理得井井有条。但埃尔西绝非像英国文学评论家约翰·卢卡斯所说的那样，是个"为其强烈的帮佣本能所支配和迷惑的"奴性十足的仆人。[2]

---

　[1]　Bennett, *Riceyman Steps*, p.33.

　[2]　此处引文出自《莱西蒙台阶》，第35页。贝内特在这里用的是反讽语气。卢卡斯生硬地直解了这句话。他对《莱西蒙台阶》的理解存在着明显的偏误。参见卢卡斯《贝内特小说研究》（伦敦，1974）。维吉妮亚·伍尔夫显然也低估了这部小说。她说："简直是一缸洗碟水！在这又稀又淡的液体里从前曾游弋着一条羊腿（或许如此，我还怀疑呢）。"参见 David Dowling, *Novelists on Novelists*, Hong Kong, 1983, p.20.

埃尔西所代表的是什么呢？是与厄尔福沃德书店幽闭的黑暗恰成对照的朗朗光亮：“每天清晨，她将生命的气息呼入萎靡不振、黑暗笼罩的房子，使它重新焕发活力，把它由一个黑暗、无意义、无反应、死一般的牢房再度变为一个舒适的人类居所。”[1] 埃尔西也构成与 T. T. 莱西蒙旧书书店的普遍寒冷刚刚相反的温暖意象。在“楼梯平台”章里，她小心翼翼地提议把壁炉火生起来，而这火是主人出于吝啬而不愿意生的。后来，在维奥莱特为说服患病的丈夫住院而作的无望斗争中，这火成为孤苦无助的维奥莱特的温暖“慰藉”。[2] 甚至埃尔西让女主人额外地剥夺她一整夜时间（这对她特别珍贵，那晚是她的恋人乔过生日）而仅得到“一片火腿”和“六便士加班费”[3] 这种情形也不是简单的温驯、屈从，因为维奥莱特以这么少的价钱换来的关于厄尔福沃德的信息，后来注定要在其二人婚姻乃至生命上索取高昂的代价，正如这部小说的总体性象征框架所表明的那样。

当维奥莱特在故事开始时只能眼巴巴地幻想得到“男性的指导和保护”时，[4] 埃尔西却与她的工人阶级同类乔热恋着。他们的恋爱是以生命力和自发性为特点的：“她把他紧紧搂住，胸抵胸地触着他……她从他的伞下接受尽可能多的保护……她已不是做杂活苦活的女佣，她突然间已变成了一个天外来客。”[5] 后来，即使乔不在场，他也是她精神上一把有力的“伞”，而婚后的女主人公却

[1] Bennett, *Riceyman Steps*, p. 144.
[2] 同上书，第 187 页、189 页。
[3] 同上书，第 44—45 页。
[4] 同上书，第 43 页。
[5] 同上书，第 45 页。

只有一个面色苍白、慢腾腾、冷冰冰的老厄尔福沃德作她的"伞"。这至多只能算一把心理和肉体上的破伞。

如果说埃尔西在维奥莱特-厄尔福沃德联盟的形成中起了关键的推动作用，那么这个联盟的延续则更依赖她了。厄尔福沃德夫妇之所以雇埃尔西作全日制女仆，是因为她"既便宜又可靠"。在厄尔福沃德与维奥莱特举行婚礼那天，埃尔西充当了所谓"女祭司"，一人张罗安排了整场结婚仪式，因为厄尔福沃德了为省钱，竟"不落俗套"地把正式结婚仪式取消了。当他们全神贯注地打量那只绝无仅有的结婚礼物即保险箱时，新婚夫妇暂时忘记了埃尔西的存在，但她却没有忘记他们：

> 她站在楼梯高处，左手拿着一包东西，右手藏在背后……突然居高临下地伸出右手，从一个纸袋中抓出米粒，撒到中年的新郎和中年的新娘身上（这是英国婚俗）。那撒米的动作，她是以一个慈祥、和蔼的女祭司主持必不可少的庄严仪式来做的。[1]

当然，埃尔西还为新婚夫妇准备了一只"本真"的蛋糕。这蛋糕被郑重其事地切开，新郎新娘狼吞虎咽地吃了起来：

> 他们重返青春，像年青人那样不惧危险、疯狂、荒谬地放荡人生。他们出丑失态，但对此却觉得无尚骄傲，无尚荣光。这蛋糕是对存在的威胁。它像大理石一般致密耐久，像蜜糖一

---

[1] Bennett, *Riceyman Steps*, p.106.

样甘甜芬芳，像宇宙之谜一样神秘玄虚。它仿佛不可攻克、不可征服。它似乎比刀剑和葛利炸药还要致命。但他们向它发起了攻击。幸运的是，他们俩并不知道消化不良的内在含义。当亨利拿起最后一块蛋糕时，维奥莱特像小孩子一样呼喊起来："嗝，只再吃一小块！"她双眼燃烧着炽热的火焰，弯下腰，从亨利手中的那块咬下一小口，一个没人听得见的声音在亨利的灵魂深处喊叫："我活得多么畅快啊！"[1]

在这一不乏性暗示的狂吃蛋糕的情景中，新婚夫妇展示了他们"红彤彤的厚嘴唇"和"生命能量"的强大力量。然而，从接下来的故事情节看，对蛋糕发动的狂暴"攻击"触发了厄尔福沃德所笃信的"既不给也不取"信条。[2] 而此诚条的轰然坍塌，又搅乱了其伦理世界中那源于停滞的病态平静，打破了里边岌岌可危的腐坏平衡。平稳打破的直接后果，是厄尔福沃德的"消化不良"，这后来又演变成了胃癌。象征美好祝愿的蛋糕最终却带来了完全相反的结果：厄尔福沃德夫妇爱欲的枯竭、婚姻的消解，以及最后的毁灭。因此，埃尔西不仅是创生厄尔福沃德-维奥莱特联盟的媒介，而且是彻底摧毁该联盟的重要动因。

四　除不尽的灰尘

婚礼蛋糕场景中的饕餮意象构成了这部小说总的意象体系的中

---

[1]　Bennett, *Riceyman Steps*, p. 108.
[2]　同上书，第 85 页、第 103 页。

心意象。它有助于贝内特逐步揭示厄尔福沃德夫妇道德腐坏的致命深度，有效地阐明贯穿整个故事的种种对比：建设与破坏、爱欲丰盈和爱欲枯竭，以及本真无邪与堕落的老成。它也有助于阐明主人公"既不给也不取"的信条与埃尔西刚刚相反的信念和实践。前一种态度代表生命停滞和泯灭，后一种态度代表生命的繁兴和延续。

在"消化不良"这个借口的有力支持下，厄尔福沃德"恢宏的激情"（按：所谓"激情"指吝啬）奔腾驰骋起来，将他迅速载向生理上无以复加的自我否定，使他在拒绝吃牛排和拒绝住院的"战斗"中连连获胜，直至落入彻底毁灭的深渊。[1] 他至死也未能领悟到自己的一生毫无价值可言。甚至可以说，他从未真正活过，他的全部生命只是一只为窖藏而窖藏的保险箱。在 1919 年这个动荡不安的年头，一切对他而言都不真实，都不可靠，只有紧紧锁在保险箱里的黄金是个例外：

> 要是大路对面沃那大街上那些家伙得逞，一张五镑钞票还买不到一条面包……这种事已在其他国家发生了，也会在这里发生。那时，你（维奥莱特）拿你镶了金边的证券能干什么呢？……但我告诉你，有一样东西是共产主义、社会主义和谋杀等毁不掉的，它永葆其价值。[2]

这里，厄尔福沃德谆谆教导维奥莱特，他所指的东西是他锁在那保险箱里的黄金。后来，他的死也发生在黄金这"坚不可摧的堡垒"

---

[1] Bennett, *Riceyman Steps*, p. 249.

[2] 同上书，第 148 页。

旁边。

正如保险箱被紧紧锁住，T. T. 莱西蒙书店的状况也同样是封闭的。这仿佛患了幽闭恐惧症的书店由一个心态腐坏的人统治着，但贝内特之将它设置于故事中，却不仅仅是为了描写一个吝啬鬼及其两个奴隶。这书店有着"如画般的别致外观"。因处于适当的口岸，它给四周"破旧不堪、肮脏颓坏"的环境"增添了魅力"。[1]书架上放满了无数"被监禁、被束缚、被剥夺了空气、阳光和运动的书籍，毫无希望、逆来顺受的书籍"。[2]这种封闭的心态又总是与道德的颓坏相伴随的。内在腐坏在书店所拥有的大量灰尘中得到了外在体现："蓝黑色的窗帘滑落下来，释放出一块块厚厚的尘云"，而"电灯的瓷灯罩披上了一件厚厚的灰衣"。[3]由于主人的珍爱，灰尘怎么也除不去。维奥莱特给丈夫的结婚礼物便是对书店进行一次大扫除。虽然这一礼物十分奇特，但与丈夫给她的礼物相比，则是不落俗套的。可是无论她与埃尔西多么"按时"打扫，灰尘的积聚依然"不可抗拒"。

这里，灰尘具有结构和主题上的意义。扫不清、除不尽的灰尘是对它寄予极大关注的书店主人的表征。厄尔福沃德在妻子和埃尔西用吸尘器打扫书店时，显露出一种难以名状的惶惑和焦灼：对他而言，本应带来新气象的大扫除正在起刚刚相反的作用，即，打破了书店封闭的宁静。虽然本质上腐朽不堪，但书店仍然能够吸引美国顾客鲍尔什前来买书，尽管这显然也是接受店主人的欺骗和羞辱。鲍尔什不仅来一次，而且来第二次、第三次，因为书店"有他

---

[1]　Bennett, *Riceyman Steps*, p. 26.

[2]　同上书，第 27 页。

[3]　同上书，第 30 页。

所需要的东西，并且丝毫不在乎对他买，还是不买。是书店那可诅咒的冷漠在精神上击败了他，从而保证了这令人惊诧的旧体系的胜利"。[1]

这里，旧书店与"真正的古老血液"连接在一起。它与世纪初年亨利·詹姆斯笔下的旧欧洲如出一辙，是欧洲旧大陆文明的缩影，与美洲新大陆的生命活力、开放性和乐观主义恰成对照。所谓"宁静"只是腐朽实质的虚假外观，一经戳破，便原形毕露，不可收拾。这就是店主人在大扫除时所表现的那种惶惑、焦虑的根本原因。反过来看，正由于厄尔福沃德代表着旧制度和旧习俗，所以打破旧状态对于他来说，必然意味着"和平"与"安宁"的终结。可以说，主人身上所流淌着的"古老血液"与旧书店扫不尽的灰尘之间存在着一种水乳交融的关系——厄尔福沃德只有在书店灰尘的肮脏霉臭中才能活得畅快，而遍布书店的灰尘也只有在其珍惜下才可能保持扫不走、除不尽的魔力。

五 "吃"与"吻"

与厄尔福沃德-保险箱-旧书店这种组合意象恰成对照的，是埃尔西其人。作为工人阶级的一分子，她总是开放的。她为女主人牺牲了用以庆祝恋人生日的时间；她自愿（当然不乏其他动机）为卧病不起的主人请来医生，因而她的开放性就是她的主动性和无私性。如果说她在跟主人的关系上的乐于给予，是有所保留的，她对

---

[1] Bennett, *Riceyman Steps*, p. 127.

其同类乔则表现了一种可谓无限度的忠诚。更重要的是，尽管她总是乐于给予，她同样也乐于收取。她是一个充分满足自己生理欲求的健康人。只要感到饥饿，她总是本能地偷吃主人家的食物。厄尔定沃德出于悭吝而拒绝享用的鸡蛋自然成了她的滋补品。为"激情"自我所控制的厄尔福沃德拒绝消费的牛排成了她生命的贡礼。这贡礼不仅具有生理意义，更具有精神意义：

> 她仔细打量了那块牛排。只吃一口，不超过一口！……出于好奇，她把牛排拣了起来，可眨眼间它已无影无踪。牛排似乎并没有下到她的胃里去。它裂成千万个细小碎片，像火焰一般贯注到她的每一根脉络。它比白兰地更带劲，比香槟酒更能激发灵感和激情。从这一刻起，牛排变成了一只怪蛇，向她展现恶魔般的魅力，使她神魂颠倒，不能自制。[1]

这里，现实主义的贝内特已成为超现实主义的贝内特。尽管他的语气不无诙谐，但对自然本能的歌颂却是热情洋溢的。这种歌颂赋予埃尔西以某种超验意味，使她的自发性反衬出厄尔福沃德式道德观和社会观的致命扭曲，那就是：对生命本能的否定。

"吃"主题在"午夜"章里得到了进一步发挥。这里，为饥饿驱使的埃尔西简直是仪式般地享用了主人的干酪、冷土豆和一小块面包。"吃"主题在"夜访"章再度奏响。在厄尔福沃德已死，人们对 T. T. 莱西蒙的消失普遍兴奋不已的背景下，"吃"主题被赋予一个圆满的终曲："他们（埃尔西和乔）现在无家可归了。围绕

---

[1]　Bennett, *Riceyman Steps*, pp. 138 - 9.

在这无所归依之岛四周的，是一个凶猛旋转的消亡与变迁的大潮。埃尔西从盘子里取出一片黄油面包吃了起来。"[1]

与"吃"主题对应的，是埃尔西的吻。故事开始后不久，作者就热情歌颂了埃尔西在取消乔的生日庆祝活动之后对他进行的补偿性亲吻："她用空着的手将隔在他们之间的围裙撩起来。他仍然紧搂着她，她则小心地拭去他眼角上的泪水。她亲吻着他，将嘴唇紧贴在他的嘴唇上。她不停地吻着直至从他全身肌肉的微妙反应中她得知，她那温暖柔和的触摸已开始缓解和消除他的不满和怨气。"[2]在"来自雨中"章里，她一次又一次地亲吻身患疟疾的乔。后来她又"着着实实"吻了一下大胆向她提出要求的小男孩杰里·伯金斯。最后一次吻在工人们正整修书店准备易主时发生在埃尔西和乔之间。

埃尔西的吃和吻作为两个独立的意象，与《莱西蒙台阶》总的象征架构不可分割地结合在一起，对于成功地塑造一个体现力量和爱欲的无产阶级形象起到了极重要的作用。正如厄尔福沃德夫妇对蛋糕的"攻击"那样，埃尔西的吃和吻说明，当时已五十六岁的贝内特对新思想很敏感。虽然他没有使用"力比多""本我"一类术语，但他并非不知道，在弗洛伊德精神分析意义上，食欲、性欲、生命这些表面上风马牛不相及的东西具有深刻的关联性。事实上，精神分析理论在贝内特这部小说中与主题异常紧密地结合在一起。如果说埃尔西的生命力来自力比多有序而稳定的释放，来自对生命本能的尊重，那么厄尔福沃德夫妇则代表了相反的行为：要么放纵无度，要么自戕自虐。尊重生命的埃尔西本能地顺从新陈代谢的生

[1] Bennett, *Riceyman Steps*, p.184.
[2] 同上书，第46页。

命规律，故而不仅在生理意义上，而且在道德、社会的意义上被给予丰盈的活力和承续生命的使命。厄尔福沃德夫妇的旧价值体系使他们不能进行正常的生理代谢，从根本上讲是否定生命的。其所否定的不仅是生理意义上的生命，更是社会政治意义上的生命。因此，他们的世界必然毁灭。这是《莱西蒙台阶》所着意传达的一个重要信息。

六　阶级战争中的神秘武器

从上述讨论不难看出，贝内特在其创作中用象征手法也表现了这么一个意思：生命与死亡、爱欲丰盈与情欲枯竭这些相反的东西具有同时性甚至互补性，而且往往是以对比的形式出现的。实际上，在厄尔福沃德-维奥莱特世界的创生与衰败之间，只有一夜之隔。如前所述，尽管恋爱婚姻与生殖繁衍相联系，但厄尔福沃德与维奥莱特的恋爱婚姻却是以否定生命、极端变态的商业意识和实践为基础的。厄尔福沃德出于俭省而拒绝享用的食物成了给埃尔西以生命，激发其"灵感和激情"的滋补品。厄尔福沃德对自己的肠胃实行饥饿政策，而埃尔西却不顾"道德"，本能地偷食主人的食物。从《莱西蒙台阶》的总体精神来看，埃尔西的生命力如此强大，以至于死亡的气氛都不能治愈其坏毛病：她面带极度快乐的表情狼吞虎咽地生吃咸肉，与厄尔福沃德呕出"不祥的咖啡般呕吐物"是同时发生的。[1]

---

[1] Bennett, *Riceyman Steps*, p.184.

这绝非巧合，而是作者的有意安排。贝内特的用意很明显：主人疾病致命深度的披露之所以必得与仆人生命活力"极度快乐"的进发同时发生，是因为在 T. T. 莱西蒙屋檐下无硝烟的阶级战争中，一个阶级的败落必然意味着另一个阶级的兴盛，因为统治阶级的利益与被统治阶级的利益是根本冲突、不可调和的。当维奥莱特已死于子宫增生物，厄尔福沃德也行将就木，乔隐秘地病卧埃尔西的房间时，埃尔西虽有点犹豫，却仍满足了小男孩杰里·伯金斯的正当要求，"着着实实"地亲吻了他一下。这表明，尽管 T. T. 莱西蒙弥漫着死亡的气息，尽管有伦理道德的束缚，人类之间的爱，甚至"男女之爱"却仍得"着着实实"地进行。[1] 更重要的是，虽然埃尔西小心翼翼、焦灼不安地掩盖这么一个事实，即仆人的恋人正病卧在奄奄待毙的主人房子里，但这丝毫不妨碍她对他那感情充溢、温柔至极的爱。也值得注意的是，厄尔福沃德的死亡与乔的康复竟是同时发生的。同样不无巧合的是，精疲力竭的埃尔西恰好这时睡着了。不用说，睡眠对于精力的恢复，对于生命的延续，至关重要。无产阶级的兴起与资产阶级的没落必得同时发生，前者必得有后者作为陪衬。

至此不难看出，《莱西蒙台阶》故事从头至尾充满了神秘主义色彩。在诸多意象中，埃尔西的蛋糕的神秘意味是最浓的。如前所述，厄尔福沃德与维奥莱特的精神、肉体世界在他们狂食蛋糕后的

---

[1] Bennett, *Riceyman Steps*, p. 246-7. 在贝内特早一些的作品如《神圣而亵渎的恋爱》(*Sacred and Profane Love*, 1905) 里，卡洛塔之被诱奸与她病入膏肓的姨妈之死刚好发生在同一时刻；在《高明的海伦》(*Helen of the High Hand*, 1910) 里，年轻人的恋爱在坟场里进行；在《老妇谭》中，老约翰·贝因斯的死与女儿索菲同商人斯盖尔斯的调情也同时发生。

第二天便开始了解体过程。两个饕餮对蛋糕的进攻是贪婪的、放肆的、疯狂的，是在极度亢奋的状态中进行的。从表层意义上看，"消化不良"是这种放纵的逻辑或病理结果，但"消化不良"还有着某种神秘的"内在含义"。临终前，厄尔福沃德对这种"内在含义"终于有了某种领悟，把自己的疾病归因于蛋糕：

> 这消化不良太蹊跷了！结婚之前，他从未患过消化不良症，可是在新婚之夜，他吃埃尔西的婚礼蛋糕却是那么没有节制。第二天，他就患了消化不良症。[1]

但送蛋糕的埃尔西本人更加神秘。在故事的各个阶段，作者总是用这么一些词语来提及或描述她："女祭司""天国般的慈悲""神秘玄虚""神奇""具有魔力""天谴神差"等。[2] 在厄尔福沃德夫妇吃蛋糕时，埃尔西笑着向他们大声道晚安，但她的笑"包含了一丝令人惊诧的顽皮"。[3] 贝内特一再暗示，埃尔西能够以一种独特的方式来体悟"宇宙之谜"；这与莱西蒙世界芸芸众生理性的无知、逻辑的愚昧形成了鲜明对比。就连拉斯特医生这个人道主义的救治者，也难免表现出这种无知和迟钝。

在小说结尾，埃尔西把主人的死归因于她那"又大又腻的婚礼蛋糕"。[4] 她的"理论"（或"说法"）显得比邻居贝尔罗斯的解释更靠谱。这位邻居把厄尔福沃德之死归因于他运气不佳。埃尔西

---

[1] Bennett, *Riceyman Steps*, p. 248.
[2] 同上书，第 35、65、198、232 页。
[3] 同上书，第 107 页、108 页。
[4] 同上书，第 265 页。

的"理论"似乎也比拉斯特医生的科学解释优越,即更接近事情真相。她的"理论"甚至大有推翻尸检报告的势头。这份报告煞有架势地说:厄尔福沃德死于"胃靠心脏一端与食道交接处的癌瘤"。[1] 显然,埃尔西的解释具有所有其他解释都不具有的权威性。贝内特在暗示读者,埃尔西不仅是个"女祭司",而且在其无意识中还是个女巫似的人物。这女巫以具有魔力的蛋糕行巫,是厄尔福沃德夫妇毁灭的根本动因。在吃蛋糕场景中,仿佛为了保证巫术的效力,埃尔西恭敬地、最终说来也颠覆性地向厄尔福沃德和维奥莱特一人道了一个"晚安"。与这一场景呼应的是,埃尔西在故事结束时富于责任心地、按部就班地为男主人和女主人服丧。她的服丧不啻是在棺材盖好后钉上最后一颗钉子,完全可以视为无产阶级取得阶级战争胜利后必要的庆功仪式的一部分。

如果说仆人为主人服丧可以视为一种黑色幽默,身着丧服的埃尔西与乔的亲吻同样也带有犀利的讽刺意味,甚至可视为一种黑色幽默。但这种黑色幽默不仅意味着无产阶级的爱情在资产阶级的灭亡中繁荣昌盛,更意味着无产阶级已经取得了 T. T. 莱西蒙世界阶级战争的最后胜利。这个场景也使人想到贝内特成名作《老妇谭》的结尾:女主人公康斯坦丝病死后,似乎长生不老的八十岁邻居查尔斯·克里奇洛兴致勃勃地参加了她的葬礼,"心满意足地陶醉在一个接一个埋葬朋友这令人心旷神怡的任务中"。[2] 在《莱西蒙台阶》里,贝内特仍保持着一个典型的法国型写实主义作家对待死亡的超然姿态。但这一切无不指向这么一个事实:在相安无事的虚假

---

[1] Bennett, *Riceyman Steps*, p. 258.

[2] Arnold Bennett, *The Old Wives' Tale*, London, 1980, p. 571.

表象之下，统治阶级与被统治阶级之间正进行着殊死的斗争；被统治阶级根本上不可能接受其被统治现状，而只可能不断削弱乃至最终摧毁统治阶级——在二十世纪二十年代的欧洲，激烈的阶级冲突随时可能爆发为全面阶级战争。

尽管埃尔西看似有所谓"极强烈的帮佣本能"，她的"自愿"和"帮佣"却总是伴有其他动机。她之冒着生命危险擦窗子，不是因为她"忠实可靠"，而是因为那天刚好是在战争中患了弹震症的乔出走一周年，而乔正是由于"擦窗子技术高超而遐迩闻名"。[1]她甚至主动为卧病不起的主人夫妇请来医生。这从各方面看，似乎都是一种积极的救助行动，可是作者-叙述者却说，她这么做的一个重要原因，是乔那天可能回到她身边这种迷信的期待。当读者的注意力被吸引到厄尔福沃德"我不如从前强壮了"这句话所包含的哀婉讥讽——事实上他从未"强壮"过，而现在更是"一根棍子、一副骷髅"——时，埃尔西禁不住掉下了一滴眼泪，但作者又立马告知读者：这滴泪并非表达对垂死主人的怜悯和忠诚，而产生于仆人思考"宇宙之谜"时油然而生的一种存在论意义上的悲怆感和苍凉感。[2]

主仆矛盾或资产阶级和无产阶级间的微妙战争还表现在其他方面。当维奥莱特出于自己的考虑强留埃尔西陪伴她时，乔对维奥莱特相当粗暴，差点揍她一顿。乔的粗鲁导致埃尔西把他从她生活中"放逐"出去，而当一年的放逐结束，乔再次回到埃尔西身边时，维奥莱特已死在手术台上，厄尔福沃德也命在旦夕！这种时间安排

[1] Bennett, *Riceyman Steps*, p.151.
[2] 同上书，第233—234页。

不乏一种神秘的讽刺意味。如果说维奥莱特为了赢得厄尔福沃德而在无意识中导致乔出走长达一年时间，那么当这一年结束时，她努力的果实即维奥莱特-厄尔福沃德联姻已被彻底摧毁，埃尔西这个"既可靠又便宜的"无产者似乎也同样在无意识中造成了其资产阶级主人的毁灭。

作为一个人物形象，乔也很值得注意。他是《莱西蒙台阶》从多方面反映当时动荡不安政治局势的一个重要的风向标。他患有弹震症这个事实本身就不断提醒读者：第一次欧洲大战硝烟未散，其严重后果还在持续发酵。他之属于工人阶级这一事实又提醒读者：当时的欧洲是社会主义运动和革命风起云涌的欧洲。他对维奥莱特的肢体威胁不能简单地视为个人之间的事，因为当时工人阶级与统治阶级的矛盾即使在英国这个最保守的国家，也达到了相当尖锐的程度。事实上，1918—1920年期间，伦敦和其他许多英国城市都发生过程度不等的骚乱。因此，不妨把乔和埃尔西的诸多行为和行动看作工人阶级的集体无意识的表现。故从根本上讲，他们与主人的冲突、博弈是无产阶级与资产阶级的冲突乃至战争。贝内特之让埃尔西用那具有魔力的蛋糕摧毁统治阶级的代表厄尔福沃德夫妇，目的似乎是用一则现代寓言来揭露既有经济社会秩序的不合理性。他用这个寓言向统治阶级、向社会、向文明本身发出了严重警告：不可贪婪，否则自身难保，甚至可能招来全面阶级战争的灭顶之灾；因此，统治者要向无产阶级作出更多的政治和经济让步。借此，有着"为艺术而艺术"名声的贝内特向现代资本主义文明发出了先知般的警告，借此表达了其社会政治关怀。可以说，《莱西蒙台阶》不仅是当时阶级关系的真实写照，而且是当时浓厚的革命氛围和革命运动在艺术上的反响。这部小说的艺术成就固然很高，但其社会历史价值更是不可忽视的。

七 被牺牲的维奥莱特

随着故事的继续发展，同最初贝内特挖苦厄尔福沃德夫妇像小偷一般欺骗埃尔西这件事相比，他们被寄予越来越多的同情。如果说，作者只是勉强让亨利在临死前获得某种自我认识，那么他对维奥莱特的处理则充满了更多的怜悯。维奥莱特用真空吸尘器打扫书店，以此作为送给丈夫的结婚礼物。这一行为固然有点可笑，但也的确给遍布灰尘、又脏又乱的书店带来了生气和秩序，标志着书店"新纪元"的开始。维奥莱特性格中这积极的一面借着她的花盆得到了有力的体现：

> 她在窗台上放了几个花盆。丈夫给了她十先令，这使她惊诧不已。她用这钱买了鳞茎。当然也是在丈夫勉强同意之后才买的。她将那些旧花盆洗净，松了松土，把鳞茎埋了进去。白天，她把花盆搬到窗台上；晚上，她又把花盆搬进屋里。到了该浇水时，她就在浴室里给它们浇水。她像母亲看护自己的一群孩子一样看护着它们。尽管不那么引人注目，它们给她平淡乏味的日常生活带来了浪漫情趣，使她得以逃避苦恼和焦虑，使她在郁郁愁闷中得到温暖和慰藉。[1]

---

[1] Bennett, *Riceyman Steps*, p. 152.

当维奥莱特与厄尔福沃德尚在谈恋爱时，她就因为他忽略花盆而批评他。现在，通过赋予她这种"浪漫"气质，贝内特让她在厄尔福沃德的不可救药的腐坏中获得了某种程度的拯救（按：在小说的最初几章里，维奥莱特还幻想着进音乐厅听音乐，去舞厅跳舞，甚至批评克拉克维尔地区缺乏这些娱乐设施）。尽管她欺骗埃尔西，但对她偷吃东西却比丈夫宽容得多：厄尔福沃德"设计"，企图通过"正义"地诉诸道德来制止埃尔西的偷窃行为。只是在结婚后，维奥莱特才意识到自己已卷入一个险恶的心理漩涡中，而她自己的悲剧结局说到底在于她没有能力使自己和丈夫摆脱这一危险的境地。她既被厄尔福沃德控制，又很大程度在感情、心理和理念上与他疏离。如果说，厄尔福沃德被他自己心中的"恶魔"所奴役、所吞没，那么维奥莱特便是这具跛行的尸体的殉葬品。

尽管维奥莱特袪 T. T. 莱西蒙之"邪"的努力失败了，但她的努力毕竟使人产生了一种哀婉的同情。如果说，埃尔西在阴暗、冷冰冰的厄尔福沃德家中当之无愧地代表着光明与温暖，那么维奥莱特在较小的程度上也代表了这些东西。作者写道：

> 维奥莱特打开锁着的店门，让晨曦透进来。这令人心醉神迷的滋补品使她禁不住战栗起来。打开店门的行动……仿佛标志着埃尔西两小时前就已开始的过程的另一个阶段。[1]

简言之，维奥莱特大体上是一个极度扭曲的价值体系的牺牲品、殉葬品，正如美国顾客鲍尔什从她手中买走的一本书的标题"替罪羔

---

[1] Bennett, *Riceyman Steps*, pp. 117-8.

羊"所暗示的那样，也正如她手术失败而死在其中的那家医院的名字"圣巴托罗缪"所暗示的那样。[1]

八 厄尔福沃德的"激情"

《莱西蒙台阶》的艺术价值和社会政治内涵还可以到埃尔西及其蛋糕这些意象的多义性中去发掘。那神秘的蛋糕究竟是不是厄尔福沃德夫妇毁灭的究极原因呢？从小说的象征框架来看，似乎可以得出肯定的结论。然而，贝内特也说蛋糕"只是诱发了他（厄尔福沃德）身体中的某种变化"。[2]既然它只是某种诱发性因素，那么可以推论，书店主夫妇的悲剧的根本原因应当到他们的价值体系中去找，尤其到厄尔福沃德身上去找。在此意义上，他死后的验尸报告便不可能与主题毫无关联：胃癌恰恰长在紧靠心脏的部位，而非像十二指肠这种地方。在某种浅层的意义上，"毫无节制"地吃蛋糕导致其癌症，如厄尔福沃德所相信的那样；在一个更深的层次上，他的机体（"机体"的原文为 system，也可译为"体系"，但在厄尔福沃德身上这不仅是生理意义上的体系，更是道德意义上的体系）很久以来便处于腐朽状态，因此任何"变化"都可能引起蛋糕所引起的后果。婚姻本身带来的变化与蛋糕所诱发的变化同样重

---

[1] 圣巴托罗缪是基督教圣徒。他的象征是一把刀子，意指他于公元 44 年 8 月 24 日被活活剥皮处死。8 月 24 日因此成为圣巴托罗缪日。1572 年 8 月 24 日，在法国巴黎和其他许多省份开始了对胡格诺教徒（法国的新教徒）的大屠杀，总计约有五万人被杀。自此，圣巴托罗缪日更多被用来指这天开始的大屠杀，所谓"圣巴托罗缪日大屠杀"即是。

[2] Bennett, *Riceyman Steps*, p.248.

大。简言之，真正引起癌症的，不是外在原因，而是内在本质，即极度的贪婪。换言之，贪婪就是癌。

厄尔福沃德不是一个夏洛克，后者聚敛了一大笔财产却把它用于复仇。他也不是一个葛朗苔，后者攒下了一大笔钱，只是为了让钱生出更多的钱。夏洛克和葛朗苔都是典型的资产阶级商人形象。用现代性理论来观照他们，不难看出他们是在经济追求中寻找灵魂拯救的那一类人；即便这是一种被扭曲的灵魂拯救，其最终实际结果也是政治权力和社会控制。厄尔福沃德之所以不同，是因为他那恶魔般的"激情"纯而又纯，自成一体，其本身不仅仅是手段，而且是终极目的。正是这种至高无上的"激情"，对厄尔福沃德自己及维奥莱特实施了毁灭性的控制。由于缺乏通常意义上的商业内涵，厄尔福沃德的吝啬获得了其他吝啬鬼形象所根本不具有的意味。这赋予《莱西蒙台阶》以一种现代主义道德寓言的价值。该寓言主要是一个警世寓言，目的是要规劝和警告一个患了重病的文明。

如前所述，厄尔福沃德的贪婪不仅表现为心理上极端的占有冲动，也表现为肉体上的毫无节制；厄尔福沃德那"红彤彤的厚嘴唇"不单是狂暴地"攻击"了一只蛋糕。他并非像许多评论家所认为的那样，缺乏性能力。这一点在"前一天"章中看得最清楚。即使死亡在一步步逼近，厄尔福沃德也并非没有注意到年轻女佣人的性魅力：

> 他第一次不把她当作先前那种干杂活的女人，而现在是女仆这么一个人来看待，而把她当作一个浑身上下散发着生命能量的

年青姑娘来看待。她那慈祥的面容使她显得美丽动人。[1]

如果说，对女仆人的觊觎是垂死的主人回光返照，因而不能作为具有说服力的证据，那么吃蛋糕所表现出的狂野又说明什么？新婚之夜新婚夫妇对结婚蛋糕所发动的疯狂"攻击"本身难道不暗示情欲的放纵？这种狂野本身就可以看作一种情欲亢进。这就意味着，第二天开始的消化不良乃至最后死于癌症的原因，也应到他们的婚姻本身中去找。

九　拉斯特医生能拯救文明吗？

如果说文明的病因在于资产阶级的极度贪婪，那么这极度贪婪的外在表征则是某种堕落的老练或老成。与此相反，是无产阶级埃尔西单纯的直觉。凭这直觉，她准确地把握住了厄尔福沃德价值观的虚妄性、荒谬性和致命性。作者明言，她能"感觉"到而非像医生那样"诊断"出主人疾病的不可救药性："她以某种魔力窥见了未来事态的发展。"[2] 显然，埃尔西身上的原始性神秘和不可抗拒的生命力含有一种健康的精明，这正是厄尔福沃德及所代表的文明所欠缺的东西。故此，埃尔西形象本身便代表一种救世药方，而其身上的非理性元素清楚地表明，贝内特接受了当时非理性主义思潮的影响。但对非理性因素的颂扬只是《莱西蒙台阶》的一个次要方

---

[1]　Bennett, *Riceyman Steps*, p. 209.
[2]　同上书，第 198 页。

面，而且是一个服务于社会政治主题的成份。

无产者埃尔西的独特精明，使她对现实有着比厄尔福沃德夫妇之类的有产者清醒得多的认识。厄尔福沃德的真正悲剧不在于他那深不见底的道德腐坏，而在于视而不见或不愿意承认这种腐坏。维奥莱特很大程度上是她丈夫统治着的世界的一个局外人，故而她对危机四伏的现实能够有一定程度的认识，并强迫亨利承认这一现实，从而挫败他掩盖事实真相的可笑而可悲的努力。她迫使亨利承认她是他的奴隶，而他又是他心中"恶魔"的奴隶这一事实。她这样做的结果，是"把家庭内部搅得天翻地覆"。[1] 但她的"变法"彻底失败了。更糟糕的是，她自己也无意承认自己与丈夫同样病入膏肓，因为她心甘情愿让患了贪婪之癌的厄尔福沃德奴役她、蹂躏她，不采取任何决定性措施至少使自己摆脱那危险的心理深渊。

在 T. T. 莱西蒙书店里，心理和生理上完全健康的人只有埃尔西。她在与主人夫妇的奇异的三角关系中，是厄尔福沃德-维奥莱特联盟的一个局外人。只有她才具有迫使维奥莱特面对险恶现实的能力："唉，太太！难道你不知道你已病了好几周了吗？维奥莱特像犯了罪一般羞红了脸。"[2]

尽管从多方面看，埃尔西是一个健康、健全的形象，但作者明确表达的一个意思是，重病在身的文明的最终救治并非来自她，而是来自拉斯特医生（他的职业本身也含有这样的意蕴）。埃尔西代表了爱欲丰盈和健康单纯，但在故事结束时，她仍然是个仆人。在厄尔福沃德死后的阶级关系中，人道的拉斯特医生是主人。这意味

---

[1] Bennett, *Riceyman Steps*, p.135 - 7.
[2] 同上书，第 154 页。

着，无论作者对无产阶级是多么同情，他终究不愿一个消除了主仆对待的新社会诞生。在名为"埃尔西与孩子"（Elsie and Child, 1926）的短篇小说中，埃尔西仍是个仆人，只不过是仁慈的新主人拉斯特医生的仆人。他与拉斯特的女儿的关系是以忠诚和友谊为特点的。[1] 这是否表明，到了1926年，政治危机已大为缓解，因而这种新型主仆关系具有充分的合理性或事实根据？其实，这种安排只能说明现实生活中的贝内特在政治上是保守的；从根本上讲，他并不愿意看到无产阶级从沃那大街对面闯过来，没收厄尔福沃德保险箱里的黄金。当然，厄尔福沃德必须毁灭，这是《莱西蒙台阶》着意传达的重要信息，但埃尔西却不应成为主人。这是贝内特未言明的一个根本看法。所以，厄尔福沃德死后的世界理所当然地应当由人道主义者拉斯特作为主人，有着健全生命本能的埃尔西作为仆人。在这个新世界，资产阶级与无产阶级间的紧张关系已得到调整，已大大缓解，但孰为统治者、孰为被统治者是不容含糊的。也就是，阶级关系一如既往，只是统治者个体换了人。新世界充满了和谐，但这种和谐的源头活水，却并非无产阶级埃尔西，而是中产阶级拉斯特医生。

作为文明的拯救者，拉斯特健全的道德素质是不容置疑的。虽然埃尔西富于自我牺牲精神，但她对拉斯特医生真心诚意的帮助却可以作出错误的判断。例如，乔患疟疾后她向拉斯特医生求医求药，却怀疑医生会势利眼，不会把她所要的奎宁送来。当医生确然把宝贵的奎宁送过来了时，埃尔西顿时"对自己的苛刻判断感到惭

---

[1] 该故事发表于1926年，其中埃尔西、拉斯特医生及其女儿都是《莱西蒙台阶》中出现过的人物。

愧"。[1] 拉斯特医生道德上的居高临下地位还表现在这一场面：当他出现在 T. T. 莱西蒙书店时，维奥莱特"看上去就没有负疚感了"，甚至心中有那"恶魔"作祟的厄尔福沃德也停止了"对健壮人的可笑模仿"。[2] 尽管拉斯特只是一个次要人物，但他毫无疑问是正义、理智和人道的化身。他身上有着一个健康的人、健康的社会所必须有的一切素质。假如厄尔福沃德式腐朽文明的拯救者必须从《莱西蒙台阶》之奥林匹斯山下凡的话，那么这个神或神人非拉斯特莫属。拉斯特是有着唯美主义之名的贝内特从其巍峨的艺术殿堂派遣下来的一个罕见的理想化人物。较之贝内特抨击了一生的狄更斯笔下那些道貌岸然的正面形象，前者笔下的这个极端理想化形象可谓有过之而无不及。这很反常，可归因于贝内物对危机四伏的时代的忧虑，是可以理解的。

应当看到，拉斯特这一救世主形象是单薄、苍白的。其所具有的社会政治内涵并未得到应有的开掘和铺陈。因此，《莱西蒙台阶》的拯救主题只是一个次要主题，警世主题重要得多。当然，警世说到底是为了救世，故也可以说，法国牌号的写实主义者贝内特终究没抛弃英国文学传统中更为常见、也更为突显的社会关怀，终究没强装出他钦慕了一生，并在其前期文学创作中努力模仿的法国写实主义小说的那种"非道德"模样。正是这种社会道德关怀和创造性艺术的结合，给予《莱西蒙台阶》一种现代主义经典作品的地位。这是一部可与乔伊斯、伍尔夫等人的现代主义代表作比肩的小说，使我们多少有理由替贝内特摘掉那顶戴了太久的"乏味的写实主义者"帽子。

---

[1] Bennett, *Riceyman Steps*, p. 273.

[2] 同上书，第 162 页。

第三章　文化人与生意人，"连接"吧!

——《霍华兹别墅》

一　文化人怎能与生意人连接!

在一封写给福斯特（E. M. Forster, 1879 - 1971）的信中，D. H. 劳伦斯对其朋友说："你在《霍华兹别墅》中美化了生意人，这是个近乎致命的错误。做生意可不是什么好事情。"[1]此话出自劳伦斯之口不足为奇。作为"强力意志"和"血性意识"[2]的信奉者，劳伦斯跟在尼采和其他德国思想家之后，不仅对现代科技工商文明持一种彻底否定的态度，而且还要对自苏格拉底以来欧洲整个思想形态的演进作一番彻底的清算。这里的"生意人"是指威尔科克斯家族。庸俗、狭隘、愚钝、虚伪，甚至还能做出极不负责任的事来的亨利·威尔科克斯居然成了优越道德的体现者；知识广博、善解人意、精神生活丰富的玛格丽特·施莱格尔之类的文化人

---

[1]　重号为劳伦斯所加。见大卫·道林编《小说家论小说》（香港，1983），第 116 页。

[2]　劳伦斯诗作《皇冠》语，转引自弗·比·皮尼恩《劳伦斯指南》（Bristol, 1978），75 页。所谓"血性意识"当指与理性或"意识"相对待的生命本能，为尼采哲学的核心概念。"强力意志"则更是尽人皆知的尼采哲学术语了。

竟心甘情愿地拜倒在他脚下，不顾羞耻地委身于他。这种结合对于劳伦斯来说是完全不可接受的。

无独有偶，英国著名文学批评家弗·雷·利维斯几十年后评论这部发表于第一次欧洲大战前夕的小说时，对玛格丽特与威尔科克斯的结合也表示了愤慨，认为这种安排是"不真实"的，传达了一种"怪诞的意图"，其效果是"对知识分子的背叛"（原文为法语）。[1] 甚至二十世纪最著名的美国文学评论家之一莱昂奈尔·特里林也说，玛格丽特与威尔科克斯的结合是《霍华兹别墅》（*Howards End*, 1910）的败笔，尽管他对此书的同情非一般评论家能比。[2] 事实上，玛格丽特与威尔科克斯的婚姻成为批评界的众矢之的。如果说劳伦斯"做生意不是好事情"这个判断显得轻率的话，利维斯不太好意思地用法语讲的"对知识分子的背叛"却可能是深思熟虑后讲出的话。他之所以不那么义正词严，是因为他知道，即使福斯特的意图"怪诞"，这种怪诞也事出有因。[3]

在欧洲，伴随着工业革命的历史进军，法国大革命的狂热骚动，兴起了文化和政治上的保守主义。1790 年，英国思想家爱德蒙·柏克的政治保守主义代表作《对法国革命的思考》问世；迄于1850 年，苏格兰思想家托马斯·卡莱尔的主要著作已全部发表，在维多利亚时期英国的先锋思想界引发了一场批判科技工商文明及工业化社会弊端的思想运动。及至 1869 年英格兰思想家和文学评

---

[1] 弗·雷·利维斯，"E. M. 福斯特"，参见马尔科姆·布拉伯里编：《福斯特》（New Jersey, 1966），第 41 页。

[2] 莱昂奈尔·特里林：《福斯特与自由主义的想象》，见上引布拉伯里编：《福斯特》，第 77 页。

[3] 参见上引布拉伯里编：《福斯特》，第 41 页。

论家马修·阿诺德发表《文化与混乱》（*Culture and Anarcky*）时，拒斥机械文明和直接涉身于这种文明的运作的"腓力士人"似乎已成为知识界、思想界的老生常谈。文学创作虽然晚行一步，但因受众面广，终究是后来居上。在其早期作品中，查尔斯·狄更斯社会批判的锋芒所针对的是旧贵族，而对于新兴工商实业阶级，相对说来却持一种同情和乐观的态度。然而，在《艰难时事》（*Hard Times*，1854）以及《我们共同的朋友》（*Our Mutual Friend*，1864—1865）等晚期作品中，他已对这个阶级表示了失望，甚至对它所代表的价值观作了毫不含糊的批判，并将维多利亚时期英国社会的种种弊端归咎于这个阶级的兴盛与格拉格兰德们[1]功利主义的人生观。到了十九世纪末二十世纪初，因社会主义思想的广泛传播和群众性社会主义运动的兴起，文学界（当然也是整个知识界）对工商实业阶级的批判更获得了坚实的理论基础和群众基础，因而显得更系统、更执着、更热烈。这种思想氛围熏染着英国文坛，批判"有产业的人"（高尔斯华绥最有名的小说的标题）成为时髦。正当其时，福斯特在这场颇具声势的合唱中发出了不和谐声。

当然，在《霍华兹别墅》之前，福斯特还发表了《漫漫旅程》（*The Longest Journey*，1907）。这部小说也刻画了一个资本家家族。但彭布罗克斯们毫无德行可言，而是一些令人厌恶的地地道道的"腓力士人"，或高尔斯华绥小说中"福尔赛"式的人物。为什么到了《霍华兹别墅》里，威尔科克斯们就被赋予那么多的正面品性？就值得施莱格尔姐妹这样的文化人与之"连接"（按：《霍华兹别

---

[1]　狄更斯小说《艰难时事》中的主要人物之一。他只相信所谓"事实"和"统计数字"，对人的生命中的灵性、情感等非理性因素不屑一顾。当然，他是狄更斯笔下一个最有名的被漫画化了的人物。

墅》的卷首语为 Only connect……）？如果说施莱格尔姐妹——不妨
把她们视为福斯特的化身——在这部小说中是商业与文化连接中的
主动者的话，那么在《通向印度之路》（*A Passage to India*，1924）
中，亨利·威尔科克斯的变体莫尔太太已经从连接行动中的被动角
色转化成了主动角色了，而且这种转化是在一个更加广阔的层面上
发生的。这里，使福斯特着迷的连接主题是在东西方文明及其哲
学、宗教、伦理、种族和社会政治等方方面面的冲突中展开的，而
两个文明的连接人不光是里西尔·菲尔丁（他又很大程度上是福斯
特本人的投影），而且还有莫尔太太这个正直、公正、仁慈、温和
的英国中产阶级女性形象。可见，福斯特对"知识分子的背叛"有
一个逐步发展的过程，越到后来这种"背叛"就越彻底。

福斯特为何有这种敢冒天下之大不韪的气概呢？他并非不熟悉
欧洲大陆的哲学思潮。他与劳伦斯私交颇深，而后者是德国浪漫主
义哲学的信徒。他笔下的人物玛格丽特和海伦·施莱格尔本身就不就
有一个地道的德国姓吗？难道她们不是"黑格尔和康德的同国人，
是唯心主义者，喜欢想入非非"吗？[1] 作为布鲁姆斯伯里小组的
重要成员，福斯特无疑站在英国知识界的前列。在《霍华兹别墅》
问世之前，他已发表了三部颇有影响的长篇小说和众多短篇小说，
在文学界并非无名之辈，因此其文化与商业的结合虽属反潮流之
举，但显然不是为了反潮流而反潮流，更不是要以此出风头。事实
上，现在福斯特公认最有名的作品是《通向印度之路》，而非《霍
华兹别墅》，就是说后者虽在评论界引起了诸多争议，但并非像许
多作品或其作者那样，因有争议而有名。福斯特的"出格"从根本

----

[1] E. M. Forster, *Howards End*, New York, 1985, p. 21.

上反映了科技工商文明的一个两难处境：物质生产与精神创造的疏离乃至冲突，工商阶级与知识分子的分离乃至冲突。无论玛格丽特与威尔科克斯的结合多么勉强、"不真实"，多大程度上"背叛"了知识分子，福斯特都以这种结合展现了他作为一个自由主义知识分子的诚实和责任心。

　　也许由于英国人务实的性格，或一种重经验、重事实的品质，福斯特才经营出了文化与商业的这种结合。玛格丽特之所以趋向于，甚至一定程度上认同以威尔科克斯为代表的中产阶级世界，是因为她勇于舍弃浪漫主义的夸夸其谈（如像海伦那样），清醒地认识到她这种文化人之所以处在那种可以"看见事物的全貌"之优越地位，是因为有无数埋头于实际事务的人在为她（他）们创造物质条件，而由于从事实际事务，这些人有自己的局限性，即往往只能看见"事物的局部"。[1] 在玛格丽特-福斯特看来，"要是英国千百年来没有威尔科克斯这种人劳作生息，你我就不可能太太平平地坐在这里，也不会有火车和轮船供我们文化人乘坐，甚至不会有田园土地，而只有野蛮蒙昧。不，恐怕连这也没有。没有他们那种精神，生活也许不可能摆脱原始状态，我越来越感到不能既领取我们的收入，又对保障这种收入的人嗤之以鼻！"[2] 这是几乎每个评论《霍华兹别墅》的人都要引述的一段话。作为一个中产阶级自由主义者，福斯特不可能将在更真实意义上"劳作生息"，即创造现代物质文明的主体阶级——工人阶级——记入功劳簿，小说中所谓"连接"也主要指的是知识分子与中产阶级上层（由威尔科克斯家

---

　　[1]　E. M. Forster, *Howards End*, New York, 1985, p. 138.

　　[2]　同上书，第 137—138 页。

族代表)和中产阶级下层(由伦纳德·巴斯特体现)人士的交往、沟通甚至联姻。他们之间的关系说到底是中产阶级内部不同阶层之间的关系。

但如果把上述引语简单地看作福斯特-玛格丽特对工商金融界的中产阶级分子的感恩戴德,则所谓"连接"就势必是肤浅的、庸俗的。在玛格丽特的文化世界与威尔科克斯的商业世界之间,无疑存在着一条鸿沟。跨越这条鸿沟的企求即使在海伦·施莱格尔看来,也是匪夷所思的(至少在故事上半部如此)。这意味着对自己原有生活信念和价值观念的否弃。可是,玛格丽特终究朝着这种相互理解乃至肯定跨出了第一步,尽管他与亨利·威尔科克斯的结合远非完全和谐。但这第一步的意义却非同小可,因为它是勇于面对现实从而最终改造现实的第一步。这种挑战在福斯特身上又多少表现为一种自我挑战,或至少是一种理论上的自我挑战。玛格丽特与海伦的分歧和冲突何尝又不是传达这同一个主题的两个不同旋律呢?福斯特之所以起初让海伦愤怒地谴责玛格丽特,不过是为了最终让妹妹对姐姐的选择心悦诚服罢了。这实际上是作者用小说艺术的形式进行的自我问答。

二 文化得有实业撑腰

在《霍华兹别墅》中,文化与商业"连接"的第一步之所以意义重大,是因为它象征着这两个世界在现代文明的大背景下所进行的一次严肃的对话。而"不真实""背叛"一类的批评,其本身就包含着文化与商业绝对对立这一假定。退一步说,即便这种对立的确具有现实依据，批评者们也显然不打算改造这种现实，除非他们认为这种对立是天经地义、理所当然的。而在劳伦斯那里，连这种假设都没有；文化与商业是毫不含糊地势若水火，因此就有如此赤裸裸的表白："做生意绝不是好事情。"福斯特之所以比劳伦斯们、利维斯们、特里林们持论更公正，是由于他清醒地意识到了这种根本的不公平：社会由大多数人专门人士枯燥乏味、艰辛困苦的物质生产，从而使少数人能够专门进行精神创造——如果不是养尊处优的话。即使承认文明的进步需要大多数人作出物质上的牺牲，那些处于社会金字塔顶尖、有机会高瞻远瞩的人也应时刻记住：支撑在他们脚下赋予其优越地位的是一个巨大的锥形体，一个由无数个体组成，不得不做其所做的社会锥形体；这大多数人正是因为处在较为下面位置甚或底部，目光所及范围自然小得多。因此，一个有着健全思想、进行着诚实思考的知识人必须意识到，文明的演进和文化的发展，是以社会不公平的惨烈代价换来的。不公平终究是不公平。从根本上讲，它并不因为社会的发展而获得其正当性。[1]

不幸的是，迄今为止，文明发展在很大程度上仍然遵循着上述机制，虽已隐隐约约看得见一线希望的曙光：在一个消灭了阶级、社会差别，甚至社会分工的理想社会里，将会出现一个全新的精神创造机制。这将不是柏拉图的"理想国"。这位西方古典时期的哲人与大约同时期的另一位哲人亚里士多德都公开宣称，奴隶的存在正是为了使哲学家能够思考，能够统治，也就是说，奴隶制是建立一个"理想国"的必要条件。到了十九世纪，西方社会的精神创造

---

[1] 当然，若揠苗助长，在条件不成熟时就想一举消灭这种不公平，其结果便必然是灾难。

已进入更为人道、更为合理的现代科技工商文明阶段，于是哲学家叔本华可以无忧无虑地坐吃父亲传下来的一大笔钱的利息，写出了关于生命本体论的鸿篇巨制；为了充分领略自己著作产生影响的喜悦，他还用他那用钱生出来的钱雇人到处打听各界对其哲学思想的反应。可是所谓更人道、更合理毕竟是相对的，与理想状态（如果真有这种"理想状态"的话）相去甚远，而更糟糕的是，现代科技工商文明虽然使每个现代人获得了前所未有的社会主体性，但也许由于更为严密的社会分工，工商界与知识界的二元分化乃至对立似乎加深了，生意人与文化人的分离似乎加剧了。

当然必须看到，先前奴隶、农奴与奴隶主、农奴主的社会对立已大体消失，直接从事物质生产的人已成为工人、企业家和商人。这些人由于社会经济结构的变化而获得了强烈的主体精神。正是这种主体精神使现代社会那种相对合理和相对公平成为可能。于是有了柏拉图和亚里士多德式逻辑的销声匿迹，有了社会主义运动的蓬勃发展。知识阶级的自我认识加强了；这种自我认识很大程度上是以对直接从事物质创造的阶级的认识为条件的，亦即这两种认识是不可分割、相辅相成的。这大概就是福斯特发出"连接"呼吁的大背景。

其实，福斯特对自己的做法意味着什么，是有清醒把握的。海伦就传达了当时欧洲知识界的普遍倾向。作为一个艺术形象，海伦的典型性和概括性至今依然有效，甚至涵盖面更广。毋庸置疑，利维斯和特里林传达了二十世纪四十至五十年代欧美思想界的普遍看法。[1] 这种看法上承劳伦斯、阿诺德、卡莱尔乃至欧陆浪漫主义

---

[1] 上文提到的利维斯的文章首次发表于1938年，1952年又收入他的一个评论集中。特里林的文章发表于1943年。参见布拉伯里编：《福斯特》，第35页和第71页。

思潮，下启欧美二十世纪六十年代的"文化革命"，目前在相当大的程度上仍是欧美思想界的主流。从小说的故事发展来看，利维斯之所以指责福斯特"背叛"了知识分子，是由于海伦的观点和态度最终被证明是错误的，甚至是灾难性的。海伦是福斯特身上那个与劳伦斯们一致的自我。但在其姐玛格丽特看来，威尔科克斯之类生意人是制造火车轮船的人，是使英国的所谓"伟大"成为可能的人，甚至就是英国民族的中坚和核心。可在海伦的心目中，尽管"头脑健全"的英国人建立起了"帝国"，使全世界"天翻地覆"，使全世界不得不接纳、吸收英国人所谓"常识"，但其认知格局毕竟有限，甚至一旦对其提及"死亡的概念"，他们立马会觉得"受辱"。[1]

　　玛格丽特与海伦的思想冲突不仅反映了福斯特内心观念上的矛盾，而且如前所述，也体现了现代资本主义文明的那种根本的两难处境。工商实业与科学技术的现代发展固然使人类获得了驾驭自然的空前能力，但这不仅带来了环境、人口、异化、核武器威胁等诸多问题，而且也根本没能解决长期以来困扰着人类的生死问题，或存在意义的问题，亦即精神生命的最终归依问题。"死亡的概念"与"常识"和"健全头脑"的对抗虽然由海伦表达出来，但福斯特根本无意否认这种对抗。海伦虽是玛格丽特的陪衬，但姐妹间也有一种互补关系。现代文明的两难困境这个主题是通过二重奏的形式表现出来的。试图解决这个问题的"连接"方略也是由一主一副两个旋律来传达的。但文化人主动的"连接"行动究竟能否使中产阶级的亨利·威尔科克斯和伦纳德·巴斯特领悟"死亡的概念"呢？

---

[1]　Forster, *Howards End*, p. 188.

对于这个问题，《霍华兹别墅》的回答仅就巴斯特而言是否定的，就威尔科克斯而言则是模糊的。巴斯特之所以不可能觉悟，是因为他的出身太低微，或处在中产阶级下层的边缘："他的头脑就像他的躯体那样，从来就没有喂饱过，因为他很穷。"[1] 作为中产阶级的一员，巴斯特有过受教育的机会。但由于处在这个阶级的最下层，他受到的教育又远远不能同施莱尔格尔姐妹相提并论。于是文化于他，就像同情他的施莱格尔姐妹一样，仅仅是他倾慕的对象，却丝毫没有也不可能加强他的社会地位。他与她们的邂逅带有《仲夏夜之梦》城外森林中那种神秘色彩，也可以说福斯特在这里采用了狄更斯式的叙事模式。但这种邂逅的结果则找不到类似的文学渊源。这种邂逅将巴斯特深深卷入一个复杂的关系网络之中，使他与威尔科克斯家族也发生了联系。如果说亨利·威尔科克斯的金融咨询使他破产失业，查尔斯·威尔科克斯（亨利的长子）用佩剑击打他，引起他心脏病发作，那么埋葬他的却是他所信赖和爱慕的施莱格尔姐妹的祖传书籍。颇可回味的是，巴斯特心脏病发作后恰恰倒在施氏姐妹的书架上——书架被碰倒后，书籍纷纷砸在他身上。

巴斯特为海伦提供了"连接"的机会——海伦之所以委身于他，并非出于爱，而是多少带有补偿性质，因为威尔科克斯的金融咨询是通过她传达给巴斯特的，因此他的破产使她感到内疚，感到是自己害了他。这种"连接"显然勉强，甚至产生了致命的后果。联系海伦对威尔科克斯家族的激烈批评态度来看，她之选择"低就"巴斯特的方略几乎是不可避免的。她的"低就"以及巴斯特的

---

[1] Forster, *Howards End*, p. 35.

悲剧结局表明，文化本身是脆弱的，不具备"健全头脑"的人不可能使文化坚挺起来。巴斯特那颗"没有喂饱过"的头脑不仅没能给海伦提供终极的慰藉（小说结尾时，海伦终于向姐姐承认，她不再爱巴斯特，而且正在"忘掉"他），[1] 而且因其本质上的不足乃至缺陷，必然走向毁灭。这里是一个悲观的命题：缺乏物质基础，精神追求不仅不可能，而且具有危险性，甚至会带来灾难。不论巴斯特这个人物形象多么"不真实"，[2] 福斯特要传达的信息都不外乎是：文化必得有实业撑腰，必得有具备"健全头脑"的人所经营的"健全"生意来撑腰。

三 文化与生意能够婚合吗？

尽管在许多评论家看来，玛格丽特与威尔科克斯的联姻比海伦与巴斯特的结合更"不真实"，但福斯特并非没看到这种"高攀"所遇到或可能遇到的种种障碍。玛格丽特与亨利的婚后关系是以诸方面的严重分歧和冲突为特点的。事实上，海伦听到姐姐将与亨利结婚的消息后，说那将是"恐怖和空虚"。[3] 从后来的故事发展来看，海伦的预言很大程度上应验了。在玛格丽特尚未与亨利结婚前，亨利就不顾她的请求，极不负责任地拒绝帮助巴斯特，而后者是在接受亨利的金融咨询（当然是间接接受）之后，才沦落到向他求职地步的。但更严重的危机，是在发现住在霍华兹别墅的海伦未

---

[1] Forster, *Howards End*, p. 266.
[2] 按：《霍华兹别墅》的评论者大多持这种看法。
[3] Forster, *Howards End*, p. 135.

婚而孕——孩子的父亲是地位低下的穷职员——之后爆发的。玛格丽特与亨利之间为此发生了一场激烈的道义冲突。后者完全不能容忍如此不"贞洁"的行为发生在自己的房子里。或许正是由于亨利这些不负责任、偏执、虚伪的行为，许多评论家认为他比小说中其他人物更符合现实。亨利自己有过一个情妇，玛格丽特原谅了他，但当妻子的妹妹有了情人，他却要把这个情人赶出去。再加上亨利向巴斯特提供低劣的金融咨询导致后者的全部存款化为乌有，事后又否认自己负有任何责任，凡此种种使玛格丽特得出了这一结论：亨利不懂逻辑，看不出"事物之间的联系"。[1]

威尔科克斯在工商事务中虽精明能干，头脑"健全"，但在伦理道德上却并非如此。尽管这种道德上的麻木不仁为《霍华兹别墅》赢得了批评家们的些许首肯，但他们显然又不能忍受亨利从道德麻木中苏醒过来（即便这种苏醒远说不彻底），而恰恰是这种觉醒保证了玛格丽特的"连接"努力获得一定程度的成功。这种态度本身包含了一个逻辑矛盾。假如亨利有上述种种蛮横行径，对所谓"事物之间的联系"或人与人的基本伦理关系视若无睹，那么他后来的觉醒就势必显得勉强；反过来看，假如他的觉醒"不真实"，他的道德麻木也完全可能不真实。可是正是这种麻木不仁为玛格丽特的连接努力提供了道德上的动机，因为在她（或者说作者）眼中，麻木产生于长期直接从事物质创造的需要。做生意固然可以使人肤浅、狭隘、缺乏想象力和同情心，甚至还可能产生更糟糕的结果，但也可能使人变得精明干练、不尚空谈，具有所谓"健全头脑"，所谓"常识"。

---

[1] Forster, *Howards End*, p.243.

后一组素质恰恰是玛格丽特-福斯特认为自己所缺乏的东西。这就像文化世界由于其本身的虚弱性要给自己寻找一个坚实的根基。说到底，这就是物质生活的根基。社会的精神创造必须有物质生产作为后盾。这一点没有人会否认。可现代人对文化与生意的分离乃至冲突有比古代人强烈得多的意识。因此玛格丽特与亨利的结合所象征的与其说是文化与生意间简单的取长补短，倒不如说是一种理想主义的气概，一种欲使不可能成为可能的希冀。这种精神与马克思主义者为之奋斗的目标是一致的：社会主义的根本目标就是要消灭体力劳动与脑力劳动之间的差别（当然，不可否认的是，威尔科克斯家族并不直接从事体力劳动）。

正是在这个意义上，才可以说福斯特的立场从根本上讲，比劳伦斯、利维斯等的立场更可取。对所谓"背叛"的恐惧，也许可以作这种解释：它表达了现代西方知识分子的政治忧虑，即现代科技工商文明不仅在经济上造就了一个金融工商阶级，而且也赋予这个阶级以很大的政治权力——也许是太大的权力，因为他们所从事的活动并不直接关涉人的精神生命的和谐与福祉。这种社会职能终究是由知识分子一类人来执行的。于是学者大·斯·萨维奇忧心忡忡地问道："难道精神生命仅仅靠与尘世王子的妥协就可以维系和发展吗？"[1] 他也指责福斯特"背叛"了知识分子。这种指责已明显

---

[1] 大·斯·萨维奇：《E. M. 福斯特》（1950），载布拉伯里编：《福斯特》，第 66 页。学者萨维奇之所以称威尔科克斯为"王子"，是因为在《霍华兹别墅》27 章末，巴斯特（而非玛格丽特）有如下心理活动："无论如何，威尔科克斯是这个世界的国王。"萨维奇应注意到了福斯特是用一种近乎嘲讽的口气来描写巴斯特的。另外，如果说巴斯特可以甘认威尔科克斯为"国王"——因为他们同属于金融工商世界——施莱格尔姐妹则完全是另一回事。不用说激进的海伦，就连玛格丽特的"连接"行动在道德上也多少是居高临下的。因此，把"王子"论归因于施莱格尔姐妹显然是站不住脚的。

带有政治色彩。萨维奇与福斯特的根本分歧在于：前者认为金融工商阶级与知识分子是根本对立的，他们之间的矛盾是不可调和的；后者认为虽然存在着对立和矛盾，但这不是绝对的，更重要的是，知识分子应有意识地减少对立，消解矛盾，直至矛盾最终消亡。因此，便有了《霍华兹别墅》招来太多非议的文化与生意的婚合。

依照萨维奇，这种结合是毫无根据的，只有一个理由似乎站得住脚：即，大龄未婚的玛格丽特对于当老处女的前景感到"恐慌"。[1]事实上，《霍华兹别墅》充满了狄更斯或莎士比亚式的巧合，谈不上所谓"生活的真实"。海伦在音乐会上拿错了巴斯特的伞，于是"连接"机制启动了。后来，施氏姐妹发现亨利以前的情妇恰恰是巴斯特现在的妻子，于是威尔科克斯对巴斯特的欺侮和压制就不仅仅限于金融领域，而带有人格侮辱的意味了。偶然性中当然包含必然性，但更重要的，是福斯特通过一个个事件和场景所象征的东西。喜欢书、向往文化的巴斯特死时，砸在他身上的正是施氏姐妹的书。查尔斯·威尔科克斯为了维护虚妄的家族尊严而同巴斯特发生争执，用佩剑击打他。这把剑恰恰是施氏姐妹的传家之宝。这种安排的寓意是："连接"若是高攀性的，或反方向的，其结果必然是灾难。可如果说这个事件象征现代科技工商文明中人与人交往、沟通的艰巨性，也许更恰当。几乎没人否认福斯特大量使用了象征手法，但萨维奇却指责他把象征手法与现实主义的描写混淆了起来。这种指责是没道理的，因为它本身也包含着象征手法与现实主义描写应该分离这一假设，而在实际艺术创作中，两种手法可以是甚至不可能不是水乳交融、不可分割的。

---

[1] Forster, *Howards End*, pp. 66 - 67.

四 "连接"终有限度

小说中最重要的象征，当然还是霍华兹别墅本身。它位于伦敦远郊，一旁有长着种种罂粟的草地，四周是生机勃勃的麦田。从地理位置意义上讲，霍华兹别墅多少是服务于福斯特返归自然、回到大地怀抱的呼吁的。在玛格丽特看来，"将来的历史学家将注意到中产阶级不扎根于土地，却财富日增，也许会在这里边发现他们想象力贫乏的秘密。"[1] 这种批评表明，福斯特对科技工商文明的种种欠缺有着清醒的认识。在他看来，正是这种文明造成了人际关系中前所未有的疏离，导致了城市与乡村的分离、文化与生意的对立，于是"连接"成为必要，成为当务之急。福斯特站出来呼吁，于是他背上了"背叛"知识分子的黑锅。然而，因福斯特对于消除这种种离异的前景并非乐观，于是《霍华兹别墅》也呈现出了这么一幅景观：蔓延扩张着的伦敦城这个巨无霸终将吞噬别墅，工业文明的红色铁锈终将淹没绿色的草地和麦田。因此，与其说霍华兹别墅象征了田园牧歌般的宁静与和谐，倒不如说它为这一美妙图景谱写了一曲哀歌，渲染了一种无可奈何的怀旧情绪。现代人、城市人应该返归土地；玛格丽特、海伦和亨利们应该远离尘嚣，住进霍华兹别墅一类地方。可是，这世外桃源却并非永恒，别墅之被伦敦城威胁着这一情形本身便是一种警告。

在人际联系的意义上，别墅的象征功能也非常明显，而且乐观

[1] Forster, *Howards End*, p.67.

意味也强烈得多。巴斯特之死使得查尔斯锒铛入狱，这又在亨利身上触发了某种良心发现，于是海伦便得以在霍华兹别墅名正言顺地住下，抚养她与巴斯特的私生子。毋庸讳言，巴斯特之死为亨利的"觉醒"提供了最便当的契机。换句话说，亨利的狭隘与虚伪似乎必须用巴斯特的血才能涤尽。只是在这种意义上，才可以说亨利对"死亡的概念"有了一些认识。亨利的前夫人由于对玛格丽特的好感，在遗嘱中将整座别墅赠给她，而后者又将它传给其私生子侄儿，因此亨利在经济上和人格上对巴斯特的侮辱便多少被抵消了。更重要的是，私生子"婴儿"是小说中四个主要人物之间"连接"努力的结晶，他身上不仅流着施莱格尔家族和巴斯特的血液，而且他还是威尔科克斯家族财产的合法继承人。这就意味着，至少在《霍华兹别墅》的故事维度里，"连接"的呼吁终于有了一个具体结果，而别墅及其未来的拥有者之具有同等重要的主题性和结构性意义也就彰显无遗了。

别墅与"婴儿"赋予文化与生意的婚合以某种永恒价值，使得福斯特的"连接"主题得以自圆其说。别墅与"婴儿"所象征的文化与生意的和好以及一种新型社会和新型人格的出现，也是理想主义的，不乏乌托邦色彩。在这种新型社会中，将不再有从前的种种离异，而这种新人格将以一种务实的理想主义为特点。[1] 从这个意义上讲，对知识分子所谓"背叛"的指控就站不住脚了。福斯特以其特有的方式展示了知识分子的良知，在一种更深宏的层面上保卫了知识分子的良心。

---

[1] 按，法国大革命热血沸腾的理想主义固可歌可泣，但一种少流血的革命也并非不可能。纳粹主义的意识形态若能称之为理想主义的话，那显然也是一种病态、疯狂、破坏性极强的理想主义，故希特勒建立世界新秩序的企图注定要失败。

　　《霍华兹别墅》的主题之所以体现和捍卫了知识分子的良心，也因为作者对于"连接"的艰巨性作了充分的描写，丝毫也没有低估它。也许正是由于对这种艰巨性的承认，福斯特的批评者们才认为亨利显得真实可信。可是，福斯特何尝不可以把亨利写得更富有人情味一点呢？劳伦斯之所以指控福斯特"美化"了生意人，主要是因为玛格丽特这理想化的知识分子、文化人居然可以拜倒在他们脚下，被他们的肮脏金钱收买。但福斯特为什么不可以把亨利写得更好一些，从而使玛格丽特的选择显得更合理一些呢？况且现实生活中"好"的生意人比比皆是，对亨利的"美化"程度再高一点也并非说不过去。福斯特所考虑的，也许是《霍华兹别墅》作为一个艺术整体的有机性和完整性。但更重要的原因，也许是对现代文明的欠缺和不足的忧患意识，一种要改造这个文明的冲动。

　　霍华兹别墅及住在其中的"婴儿"固然呈现了一幅乌托邦美景，但"连接吧"毕竟是一个单纯的号召，而非一个形而上的思想体系。因此小说所要传达的，更多的是一种行动的哲学。另外，福斯特作为一资产阶级民主主义者，一个政治上的自由主义者，不是没有其局限性的。作为一个象征，霍华兹别墅固然具有诸多正面价值，但毫无疑问也体现了财产私有制神圣不可侵犯这一自由主义原则。玛格丽特虽然可以在心底里质问，亨利究竟有什么权利拥有那么多财产（不妨视为福斯特本人的追问），但也就到此为止。再追问下去，社会主义乃至共产主义就完全合法了。再追问下去就意味着"发疯"，而她自己"也有一些钱，也能买一幢新房子"。[1] 由此可以认为，虽然福斯特表现了一定程度的社会民主主义倾向，但

　　——————————

[1]　Forster, *Howards End*, p.85.

终究是有限度的。当然，这并不意味着他对阶级间的不平等置若罔闻。除了玛格丽特对亨利占有如此多财产的质疑，亨利在多个方面对巴斯特的欺侮和压制以及作者对亨利毫不客气的批评（主要借玛格丽特来传达），凡此种种都无不说明了这一点。

亨利身上的种种弱点给故事的和和美美的结局制造了诸多困难，使"文化"与"生意"的甜蜜的"连接"姗姗来迟，使人际间的沟通付出了非常大的代价。巴斯特死后，小说以亨利的"觉悟"为轴点匆匆收场，时间一下子向前跃进了十四个月，海伦的孩子已经在别墅旁边的绿草地上玩干草了。这仿佛又是一种狄更斯小说或莎士比亚喜剧式的皆大欢喜式的结局，但是在亨利宣读他那关于别墅的拥有权的遗嘱时，玛格丽特竟在她的"胜利"中感觉到了某种"怪诞"的意味。[1] 这种"怪诞"一方面产生于玛格丽特那"从不期望征服别人"却又获得"胜利"的感叹，一方面也产生于亨利的子女们对她所仍然抱有的敌意。尽管按照玛格丽特的愿望，亨利把自己的全部动产都留给了儿女们，但这丝毫没有改变他（她）们对玛格丽特的态度。福斯特对其极尽揶揄之能事，充分展现了其作为"福尔赛""腓力士人"的丑态。在他（她）们与玛格丽特冷冰冰地道别时，"再见"的字眼"像垂死之海的退潮一般，一次又一次坠落下来"。[2] 这表明，虽然亨利勉强"觉悟"了，其作为"生意人"的种种负面品性却将由他的无数同类继承并发扬光大。文化人与生意人的"连接"即沟通和理解终究是有限度的。实际上，充满整部小说的，是施莱格尔姐妹与威尔科克斯家族的冲突。这也就是

---

[1] Forster, *Howards End*, p.270.
[2] 同上书，第270页。

文化与生意的冲突。没有冲突，便不可能产生"连接"的动机。冲突的解决来得那么迟，则表明福斯特在犹豫。犹豫使冲突的解决多少只能停留在象征层面上，这反过来又也再次说明，福斯特对现代人处境的深深忧虑。

五　"文化"抵制文明的"逻辑"

正是这犹豫，使利维斯一方面指责福斯特制造了一种"背叛知识分子"的印象，另一方面又认为福斯特"怪诞的意图"是有它的缘由的。[1] 按上文的讨论，福斯特这么做从根本上讲是出于一个知识分子对现代文明的思考，表现和捍卫了知识分子的良心，代表了一种独特的诚实。至于玛格丽特与亨利的结合是否"真实"、可信，这种结合究竟在故事维度中在多大程度上是成功的，这些问题毕竟是次要的。事实上，福斯特本人对于文化与工商业的和谐以及对于人际间某种普遍的交往、沟通与和好（reconciliation）的前景是相当悲观的。

这不仅表现在《霍华兹别墅》的结尾，也是福斯更著名的跨文明小说《通向印度之路》故事收场时的主要思想。骑着马的英国人菲尔丁与骑着马的印度人阿奇兹医生相互搂着，他们要做"朋友"。可是，他们各自的马却"突然转向"，分道扬镳了。不仅马，而且"大地……神庙、监狱（象征英国殖民当局的权威）、宫殿、鸟儿、动物、腐尸、客栈……所有这一切众口一声地说：'不，不在此

---

[1]　参见布拉伯里编：《福斯特》，第41页。

时.'苍天应道：'不，不在此地.'"[1] 这里，"不在此时此地"所传达的悲观情绪所关涉的，已不仅仅是社会阶级或阶层之间的关系，而是不同文化、不同宗教、不同国家、不同种族之间的和睦与和谐了。推而广之地说，当今人类尚无实现世界大同的可能。在《霍华兹别墅》中，按照玛格丽特和海伦的看法，不仅伦敦城将吞没霍华兹别墅，就连伦敦城本身也陷入一个更大的不可抗拒的过程中："生活将被熔毁……霍华兹别墅、奥尼顿、珀贝克草丘、奥德伯格，所有这一切全是幸存下来的东西。熔化它们的大炉已经准备好了。从逻辑上讲，它们是没有权利存在的。人们只能寄希望于逻辑的脆弱。"[2]

既然是"逻辑"，便不可能是脆弱的。所谓"逻辑"是指现代科技工商文明不可阻挡的发展和扩张。马克斯·韦伯的著名比喻"铁笼"也许最准确、形象地概括了现代西方人对待现代工业资本主义文明的矛盾心情。人一方面获得了驾驭自然的空前能力，一方面又为这种能力带来的种种难题所困扰，因而有了消极意味极浓的"铁笼"说。早在十九世纪六十年代，思想家马修·阿诺德已这样写道："文化（指精神生命的温馨的完美）欣然承认，大赚其钱和工业主义的扩张是必然的、必要的，未来将从中获益，但同时也坚持，几代工业家……将如过往烟云，为这种必然性所牺牲。"[3] 按照阿诺德的观点，将被"牺牲"的除了工业家外，还有搞群众性体育运动者、清教主义者，以及言论自由的倡导者。总之，在他所谓

---

[1] E. M. Forster, *A Passage to India*, New York, 1952, p.322.

[2] Forster, *Howards End*, p.268.

[3] Peter Keating (ed.), *Essays of Matthew Arnold*, London, 1982, p.218.

"文化"取得支配地位前，现代人将无精神生命可言，无灵魂可言。

阿诺德这位现代先知所看见的种种问题不仅在福斯时代仍是问题，即使在当前，也远未得到解决。相反，人们对现代文明所具有的种种欠缺比阿诺德时代的人认识得更加清楚、更加真切，因为当前人类所面临的问题比阿诺德时代更严重了。这不仅是灵魂的麻木枯死，就连肉体的生存也因核武库和核军事基地遍布全球、生态环境遭到严重破坏而受到了巨大威胁。因此，福斯特关于所谓"逻辑"的深深忧虑并非空穴来风。"逻辑"像阿诺德的"必然性"、韦伯的"铁笼"说一样，具有一定的负面性。如果说阿诺德和韦伯是一个有欠缺的文明所产生的理论上的批判者，那么福斯特就是这个文明所产生的叙事艺术领域的批判者。他们的批判对于这个文明的运转是不可或缺的，而且只有在这个文明的"逻辑"或"必然性"已然在充分发生作用时，他们的批判才是成立的。况且"逻辑"或"必然性"这些字眼本身一定程度也是中立的。威尔科克斯们也并非绝对不可救药。他们是值得玛格丽特式的文化人去与之"连接"甚至婚合的。这种结合的果实或可能就是阿诺德意义上的"甜与光"或"文化"。"文化"抵制着"逻辑"，极力克服"逻辑"。除了"文化"，还有什么能赋予铁一般的"逻辑"以慈悲、以柔情、以冲动、以憧憬呢？即使理想在时空洪流中的"此时此地"不可企及，"文化"也愿手持长矛，堂吉诃德般地凶猛冲杀，奋力夺取。

这种态度比之韦伯的"铁笼"说显得更乐观。《新教伦理与资本主义精神》这部名著的结尾是以重重疑虑和困惑为特点的："没有人知道未来谁将生活在这个牢笼之中，或在这场巨大发展告终时，是否会出现面貌一新的先知，或是否会出现旧观念、旧理想的大复兴；如若两者皆非，是否会出现病态的、以自我陶醉为粉饰的机械僵尸。因为就这种文化的最后发展阶段而言，确实可以这样说：'专家们没有灵魂，纵欲者没有肝肠，这一切皆无情趣的现象，意味着文明已达到一种前所未有的状态。'"[1] 韦伯为现代科技工商文明兴起中新教伦理的作用提供了一个自圆其说的解释，对这种文明的前景发出了深深的叹息。但如果说他没能像马克思那样建构一个旨在最终消灭这种文明的理论体系，他也没能像自由主义知识分子福斯特那样提出一个旨在消除这种文明弊端的行动哲学。对于如何从根本上解决现代文明所固有的种种问题，甚至可能是极其严重的问题，韦伯并无表态。

相比之下，福斯特采取了一种更加积极的立场。不可否认，福斯特的"连接"药方无论从哪种意义上讲，都不能与马克思主义相提并论。如果说他表现出了任何进步性的话，那也必然是一种资产阶级民主主义意义上的进步性。然如所周知，马克思主义的历史唯物论充分承认资本主义的历史进步性，认为社会主义、共产主义是一种资本主义充分发展后的历史必然。在此意义上，指控他"美化"了生意人的劳伦斯的不足就显而易见了。劳伦斯除了决绝地否定现代科技工商文明，狂热地鼓吹原始主义、动物主义外，并没能提供一个比福斯特的行动哲学更富于积极意味的方案。他的代表作《恋爱中的女人》的旨趣至多只能视为维系现代文明正常运作的一种必要的艺术批评。

---

[1] 马克斯·韦伯：《新教伦理与资本主义精神》（黄小京等译），成都：四川人民出版社，1986年，第173页。按：本段引文中的引文在黄译本中未注明出处。

第四章 "血性意识"与"恶毒的咒骂"[1]

——《恋爱中的女人》

E. M. 福斯特在谈到朋友劳伦斯（D. H. Lawrence, 1885 - 1930）时，曾如是说："他一生既显示了敏锐的洞见，又沉溺于恶毒的咒骂中，二者浑然一体，不可分割，可追溯到卡莱尔。"[2]实际上，劳伦斯创作中的这种双重品格用不着上溯那么远。自世纪之交始，尼采和瓦格纳等人已在欧洲风靡一时，纳粹主义已在酝酿之中。有一个德国情人的"德粉"劳伦斯[3]即便幼时所受教育有限，也比高尔斯华绥、贝内特和威尔斯之类"爱德华时代"小说家——或者说更"英国"的作家，虽然贝内特同时是一个公认的"法粉"——能更直接地接受德国思想的熏陶，成为德国思想在英国文学界乃至知识界、文化界的倡言人，否则何以解释劳伦斯的思想倾向与纳粹主义那种惊人的一致？（详下）

所谓"洞见"，是指劳伦斯对现代科技工商文明的深刻体察和

---

[1] 参见本书"专访"的相关讨论。

[2] David Dowling, *Novelists on Novelists*, Hong Kong, 1983, p. 165.

[3] 1912 年，劳伦斯他与诺丁汉大学分院德语教授恩斯特·威克利的妻子弗里达·威克利于私奔至德国、意大利等地；1914 年，弗里达与威克利离婚后与劳伦斯结婚。这在当时成了轰动一时的丑闻。

批评；所谓"咒骂"，则指他对这种文明的激烈否定。事实上，对资本主义文明的批判，对自然本能或动物性生命的赞颂，是贯穿劳伦斯艺术生涯的一个核心主题。继早期的《白孔雀》（*The White Peacock*，1906—1909）、《儿子与情人》（*Sons and Lovers*，1913）和《虹》（*The Rainbow*，1915）以后，劳伦斯于1916年至1917年写的《恋爱中女人》（*Women in Love*，1920年）再次阐发了这个主题。他写这个主题的最后一部小说《查特莱夫人的情人》（*Lady Chatterley's Lover*，1927）则更是尽人皆知的作品了。但随着时间的推移，《恋爱中的女人》越来越受到学术界、批评界的重视，以至于现在被公认为劳伦斯最重要的作品。这部小说之所以走红，主要是因为除了传达上述核心主题外，劳伦斯还表达了诸多其他重要思想；他对科技工商文明的批判也比在其他小说中表现得更充分、更集中、更尖锐。与此同时，他还以模糊的象征手法预言了旧文明的消亡，新文明和"新种族"的创生。

一 文明的解毒之药

厌倦文明并颂扬自然当然不是劳伦斯的发明，当然不是其所独有、所专美的思想和艺术实践。近一点说，在他之前，托马斯·哈代在其小说中已有系统而优美的自然描写。稍远一点说，卢梭早在一个半世纪以前便高擎回归自然的大旗，开启重视情感、直觉和本能的浪漫主义传统。再远一点说，古今中外，一直都有诗人贤哲讴歌山野田园的静谧，吟哦自然风光的秀美，借此表达对文明生活的厌倦，对城市喧嚣的怨艾。可以说，返璞归真的冲动在任何一个发达的文明中都是普遍存在的。但是，劳伦斯不同。他身上的这冲动有着二十世纪发达的科技工商文明这么一个前所未有的历史背景。对于一个生长在工业革命核心地段英格兰中部的知识分子来说，这种文明对人的异化作用以及其所带来的种种社会心理问题，是一种真切的经历，一种痛切的感受。再加第一次欧洲大战期间及前后欧洲社会普遍的动荡不安，战争对人类肉体和心灵造成的巨大摧残，欧洲知识界笼罩着普遍的精神失落，凡此种种怎么能使劳伦斯不得出文明已然腐坏这一结论？

在《恋爱中的女人》中，按照工厂主老托马斯·克里奇的说法，大战之前社会动荡不安的根本原因在于，人们把"普天之下人皆平等"这种形而上的宗教理想"物质主义地现实化了"。[1] 这里，似乎有必要把纠缠在一起的平等诉求和物质主义的贪婪区分开来。可这显然是一件棘手的事，因为"每个人都在宏大的生产性的机械神性中要求平等"。每个人都以为自己是这机械神性的一部分，都有权分享这种神性，于是"最富有机械性的头脑便是上帝在尘世间的最纯粹、最高级的代表"。[2] 根据劳伦斯的一贯思想和说教倾向，把老克里奇这种态度看作劳伦斯本人的态度应是不成问题的。但如果说这是对绝对平均主义的批评倒也罢了，可实际情形是，英国社会的分配不公由来已久，直至眼下也仍是一个问题。贫富悬殊太大，正是当时社会主义运动蓬勃发展的社会经济缘由。[3] 在老克里奇看来，无产阶级安于天国中灵魂的平等不就行了吗？为什么

---

[1] D. H. Lawrence, *Women in Love*, Penguine, 1965, p. 253.

[2] 同上书，第253—254页。

[3] 按：北欧国家及东亚发达国家或地区在社会分配上比英国（不仅当时，而且现在）更为合理。

要在这个世界的物质分配上如此认真呢?

劳伦斯的克里奇所不能理解的是,基督教之所以产生,很大程度是因为古典时代无产阶级不仅没有物质平等可言,而且无人权可言。如果他们仍是奴隶,就连自己的生命都属于奴隶主。他们的现世生活与畜生无异,于是便有了欲求天国福乐、寻觅灵魂归依的必要。科技工商文明的发展铲除了奴隶制和封建制,并且使普及教育成为可能,而十九世纪末二十世纪初英国的社会主义运动在很大程度上是二十世纪六十年代通过的义务教育法的直接结果。更为重要的是,科技工商文明使人类获得了驾驭自然的空前能力,使人类第一次看见了实现人间天国的曙光。现代文明使发达工业社会人口的总体素质得到了很大的提高,而这种提高的一个重要表征又是社会下层民众主体精神的提高。物质生产的进步及其种种社会后果是劳伦斯所不愿看到的。在他和许多现代文明的批评者看来,他们所处的时代物欲横流、灵魂枯槁,仿佛世界末日就要来临。

如果说劳伦斯批判的目的是要给有着诸多缺失的现代文明注入一点精神、一点灵性、一点活力,使其朝着更合理的方向发展,使其日益完善,则无论他怎么批评这个文明的“机械”性及种种社会后果,都是可以理解的。可实际情况是,劳伦斯不仅彻底否定了物质意义上的科技工商文明,而且还要从思想上把这个文明的根底掏出来加以清算和否弃。他似乎没有意识到,他这个出身于矿工家庭的小说家,只有他所唾弃的那个文明才有可能造就。于是《恋爱中的女人》里便出现了关于原始主义和神秘主义的大量说教,劳伦斯正是以它们来批判乃至否定理性这一现代文明的根本要素的。

老克里奇的儿子、现代工业家、故事男主人公之一杰拉尔德·克里奇便是劳伦斯心目中的理性的集中体现。凭着科学的管理方法，凭着现代化的采矿机械设备，杰拉尔德"成功"地经营着从父亲手中继承的矿山。可是这种成功所带给他的，却并非喜悦和满足感，而更多是一种心灵的空虚，一种无时不在的"恐怖"。即使拼命阅读关于原始人的书，关于人类学的书，关于思辨哲学的书，杰拉尔德都不能驱散这么一种感觉：他的心灵是一个"围绕着黑暗漂浮拍打的水泡，毫无意义，顷刻间便会化为乌有"。[1] 显然，杰拉尔德的理性是不能提供精神生命的慰藉的。按照劳伦斯艺术批判的一个根本的出发点，理性只能是使灵魂麻木，使灵性丧尽的毒物，只能是"血性"的敌人，所谓"血性"或"血性意识"是劳伦斯从尼采那里借用的术语。在《恋爱中的女人》里，代表"血性意识"的人当然就是劳伦斯的自我投影，故事另一个男主人公鲁珀特·伯金。

伯金在许多方面都与工业大亨杰拉尔德形成了鲜明对照。在整个故事中，劳伦斯正是通过这位学校检查员来表达他对大自然热情洋溢、毫无保留的赞颂的。与文明中人们的交往所产生的烦恼，使得伯金不由自主地来到野草、鲜花和树丛中，脱掉全身衣服，一丝不挂地躺下让樱草花轻轻抚摸他的腿、膝和胸："在黏乎乎、冷飕飕的风信子嫩草中滚动……却感受榛木条在肩上的轻轻拍打，却拥抱那滑溜溜的白桦树干，用胸膛摩擦它那光滑圆润、它那坚实硬朗、它那生命四溅的节瘤。"[2]

与大自然的这种交流给予伯金一种无与伦比的欣喜和完成感。在这种文明的叛逆者与绿色草木的神秘婚合中，劳伦斯-伯金返璞

---

[1] Lawrence, *Women in Love*, p. 261.
[2] 同上书，第119页。

归真，回到大地母亲的怀抱。在这"疯癫"的结合中，劳伦斯实现了与理性人类的"陈腐不堪的伦理和道德"一刀两断。这已不是亘古有之的那种对田园景观的单纯吟哦，而是一种全副身心的实践投注。它似乎给厌倦了工业文明、希望回到大自然的人们指出了一条道路。它包含了这么一种假设：大自然是绝对完美的，未受文明污染的自然人是绝对完善的；动物性的自然人在蛮荒状态中能过一种悠然自得、无忧无虑的生活。它彻底排除了这么一个事实：自然界本身也可能是残酷的，为丛林法则所支配，而文明虽有它的问题，却可能减轻自然界的这种残酷，抑制丛林法则的作用。文明出现之前，一切都趋向文明；文明一旦出现，随即产生了批评、贬抑文明的必要甚至风尚。文明是不完善的，它甚至包含大量毒素，所以就有返璞归真的吁求以为其解毒之药。可这解毒之药本身难道不是文明的一个组成部分？任何一个文明从其诞生起，便必然产生某种使它能够正常运作的自我批评机制。劳伦斯-伯金的立场大概也可以视为一种现代文明的解毒之药，大概也执行了这个文明所需要的批评机能。

二　毁灭性的"意志"

在劳伦斯-伯金看来，理性的杰拉尔德用科学方法所经营的矿山实现了对大地、对自然的高效率掠夺，理性的逻辑结果——科技和工业化大生产——使现代人得以对地球进行空前的凌暴。现代人这种作为必将产生灾难性后果，这就是战争，但战争不一定是坏事。《恋爱中的女人》写于第一次欧洲大战期间。大战不可能不对劳伦斯产生影响。这部小说于 1916 年 11 月完稿时，劳伦斯便惊叹道："这太像世界末日了。"[1] 但那种惶惶不可终日的感觉劳伦斯不是在 1916 年才有的（事实上，整个大战前后及期间，许多欧洲知识分子有同感）。在写于 1914 年的《托马斯·哈代研究》中，劳伦斯便认为现代人"追求各种各样不必要的自我保护：如法律、妇女选举运动……这一切的必然后果就是战争。战争的唯一好处就在于它能够使我们认识到心灵革命的必要性"。[2] 劳伦斯之所以认为战争有这种效用，显然是因为他正处在"末日"感的符咒之下，而据他的一贯思想，"末日"感的最终根源还在于人类"血性意识"即本能的麻木浑噩与"大脑意识"即理性的大行其道。在大战后发表的《无意识幻想曲》（*Fantasia of the Unconscious*，1922）和《亚伦的黎杖》（*Aaron's Rod*，1922）里，劳伦斯仍暴露出赤裸裸的帝国主义思想。他所倡言的"血性意识"不仅在时间上表现出相当明显的连贯性，而且总是伴之以对战争的颂扬。在二十世纪二十年代初，这种思想态度只有纳粹主义可与之媲美，而纳粹主义从尼采的"血性意识"中获得的灵感实在不少。

在《恋爱中的女人》里，劳伦斯张扬"血性意识"的一个重要手段，是大规模地（在艺术上极不成功地）运用象征手法从反方向批判"理性认识"。于是，杰拉尔德之用科学方法和现代化设备高效率地攫取大自然蕴藏物被呈现在读者面前。杰拉尔德让人想到哈代《卡斯特布里奇市长》（*The Mayor of Casterbridge*，1886）里的唐诺德·法弗里，尽管二人很不一样。法弗里只有科学脑袋，只会

[1] 转引自弗兰克·克默德：《劳伦斯》（胡缨译），北京：生活·读书·新知三联书店，1986 年，第 74 页。
[2] 同上书，第 49 页。

作精明的筹算，像机器人一样准确无误，故在工商经营中总能立于不败之地；但他缺乏一个至关重要的素质，即情感，因此是个冷血动物。但在《恋爱中的女人》里，杰拉尔德虽能用冷酷的理性管理矿山，却不乏所谓"血性"。因了这"血性"，他简直就是男性气概的体现，甚至干脆是一匹雄赳赳的"种公马"。[1] 可是在伯金看来，杰拉尔德这种人的"血性意识"已走火入魔，已转化成一种破坏性极强的"意志"。[2] 他与女主人公之一古德兰的全部性爱关系，便是以双方都具有的那种极富攻击性的"意志"为基调的。这里不难读出两个劳伦斯：一个是杰拉尔德-劳伦斯，另一个是伯金-劳伦斯。不难发现，二者相比，前者总是处于被动地位，或者说总给人一种劳伦斯本人反对他的印象；而后者总是处于主动位置，或者说给人一种劳伦斯本人认同他的印象。但很可能这是只是一种假象。劳伦斯笔下的人物不等于他本人。他与之保持距离甚至看似对其进行批判的人很可能代表他的真实立场，而看上去他十分认同甚至将其作为自己传声筒的人很可能代表了一种他所反对的立场。也存在这种可能性，即两个人物都可能在不同场合讲出完全可以视为劳伦斯本人观点的话。

特别值得注意的，是"煤尘"这一章。这里，骑着一匹母马的杰拉尔德在一长列的运煤车隆隆驶过来时，把吓得浑身颤栗、拼命退缩的母马一次又一次地掉回头，强迫她忍受尖锐刺耳的汽笛声和车轮轧在钢轨上的呻吟声。杰拉尔德残忍的马刺把母马的腹侧刺出了血，可他仍然以一种"机械般的冷酷""镇静地"在血肉模糊的

---

[1] Lawrence, *Women in Love*, p. 540.
[2] 同上书，第45页。

伤口处使劲蹬，使劲压。古德兰目睹了这场"男人与母马的战斗"，[1] 但她不像他姐姐、另一个女主人公厄秀拉那样对这种行为感到憎恶，反而产生了某种性反应。后来，在她与杰拉尔德的关系中，古德兰屡屡对后者施以暴力，以获得一种"绝妙透顶、淫亵的狂喜"，一种"淫亵的快感"。[2] 这里发生了角色转换，古德兰成为一个施虐者，而从前的施虐者杰拉尔德被她转变成受虐者，扮演一种曾被其施虐的那匹母马的角色。写作《恋爱中的女人》时，弗洛伊德的精神分析说已经出笼。尽管劳伦斯一再否认他受了弗洛伊德的影响，但要完全避免接触这位奥地利精神治疗学家的理论，几乎是不可能的。[3] 因此，完全可以把杰拉尔德的"机械般的冷酷"和性虐狂视为"本我"（或"意志"）的理性体现。这是一种毁灭性极强的东西。在劳伦斯看来，杰拉尔德残忍地折磨母马，不仅是理性的现代人对具有精微感觉的生灵的侵凌，最终说来还是理性对感性的侵犯，是体现了"意志"和理性的意识对感觉的踩躏。杰拉尔德有其女性对应体，她就是对其施虐的古德兰。

与杰拉尔德的男性气概相呼应的，不光是古德兰在母马受虐时所表现出来的一种移情的兴奋。在"煤尘"章中，还可以看到古德兰路过矿工宿舍区时所表现出的性冲动："他们嚷嚷的说话声带有浓重的本地口音，土味十足的方言令人惊诧地抚弄着生命的血液。这方言仿佛把古德兰搂入一个劳工的爱抚中去。整个地方都……充

---

[1] Lawrence, *Women in Love*, p. 124.

[2] 同上书，第 127 页。

[3] 这就正如不得不把劳伦斯的法西斯主义追溯到德国、意大利那样。因为当时的英国并不存在法西斯主义的社会根源和思想氛围，而德、意两国则存在这些东西；劳伦斯与德国和德语文化的那种特殊关系是尽人皆知的事实；在《恋爱中的女人》里，他还把大量德语复合词译成带有连字符的生硬的英语复合词。

满了矿工们浓烈的雄性气息，这真是令人心醉神迷。"[1]古德兰的
性冲动与矿工的劳作、采矿机器所表现出来的性吸引力混合缠绕在
一起，不可分割："在他们的说话声中，她听得见黑暗发出的激发
性欲的振荡，那无意识、紧硬强劲、非人的地下世界发出的淫猥振
荡。那淫猥冷冰冰、硬梆梆，像铁铸机械的淫猥一样。"[2]杰拉尔
德既已被刻画成一个负面性十足的雄性实体，古德兰这个雌性对应
体的存在便十分符合逻辑。这种人物性别上的对偶，对于《恋爱中
的女人》的象征结构和叙事框架来说都非常重要。如果说，杰拉尔
德对母马和对矿山的侵淫象征着机械文明中的现代人对大自然的劫
掠，古德兰对矿工、矿山和机械的想入非非又何尝不是呢？从这个
角度看问题，最后发生在提罗尔雪山上他们两人间的施虐-谋杀的
寓意便不难理解了。在劳伦斯看来，欧美各主要工业国为争夺奴役
大自然的权利，而最终分化成诉诸大规模、机械性武力的两大集
团，其结果必然是两败俱伤，正如古德兰被杰拉尔德勒得半死，而
杰拉尔德在杀人的亢奋后终于为提罗尔山的风雪所吞没一样。

实际上，杰拉尔德代表的科技工商文明的危机早在"水上晚
会"这章便爆发了出来，而杰拉尔德的死则象征着这个文明的最终
毁灭。他的"意志"是克里奇家族乃至整个西方文明这一饱含毒汁
的基质上长出来的一只毒瘤。依照劳伦斯，现代工业文明及其所标
榜的"进步"发展到二十世纪初叶，已离不开某种机械的、盲目
的、但又是系统的控制，离不开某种冷冰冰的"生产性意志"。一
旦缺少了这些因素，克里奇家族及其所代表的那个文明便将蒙罹灾

---

[1] Lawrence, *Women in Love*, p. 128.

[2] 同上书，第128页。

祸。在一年一度的水上晚会上,欢乐祥和的气氛因死神的突然光临而荡然无存。可是杰拉尔德之妹戴安娜及其未婚夫之死并不是简单的乐极生悲。他们是在杰拉尔德不在场时被淹死的。这一事件暗示,文明的秩序被打乱了,而秩序的混乱则需要由秩序赖以形成和延续的机械性控制来恢复。杰拉尔德闻讯赶来,多次潜水救人的意义便在于此。只是秩序一旦被打乱便是江河日下,不可收拾,要想恢复如初是不可能的——杰拉尔德的救助企图不乏歇斯底里的意味,终究一无所获;老克里奇在此灾祸打击后便一蹶不振,卧病不起,最后郁郁而终。这种情节安排绝非没有深刻的哲学、宗教和社会学含义。老克里奇是基督教伦理的代表。在劳伦斯看来,这种伦理不仅拯救不了现代文明,最终还会淹没、消亡在现代文明中。

三 死亡、爱情与"血性意识"

戴安娜及其未婚夫之死标志着贯穿小说后半部分的死亡意象启动了。除了这两个人的死以外,还有托马斯·克里奇之死,杰拉尔德把古德兰勒得半死,以及杰拉尔德本人在杀人的狂喜后的冻死、累死。此外,还有他小时候不慎扣动猎枪扳机打死他弟弟;作者清楚地告诉读者,杰拉尔德决非无辜,因为"在这事背后有一个意志"。[1] 这一系列死亡构成了弥漫在整部小说中的死亡意象。死去的人无一例外都属于克里奇家族或与之有婚恋关系。这仅仅是一种巧合,还是作者另有什么意思要表达?这就触及到小说的两个具有

---

[1] Lawrence, *Women in Love*, p. 57.

对比和对偶关系的主题：性爱与创生的联系，性爱与死亡的纠葛。前一主题与伯金-厄秀拉关系相关联，后一个主题则主要与杰拉尔德-古德兰关系有关。

必须看到，杰拉尔德向古德兰表白爱慕之心，几乎是与他妹妹落水同时发生的事。后来当失去知觉的老克里奇奄奄待毙，杰拉尔德那饱含死亡因子的性欲变得空前强烈起来。在"死亡与爱情"这一章里，杰拉尔德与古德兰的调情由于笼罩在克里奇家族头上的死亡气氛而显得格外活跃，仿佛爱情必得由死亡来滋补。杰拉尔德与古德兰散步时按捺不住内心欲望的骚动："他急切地抱住她，似乎要把她聚拢，把她搂入他身中，把她那温暖的躯体、那柔软的躯体、那令人艳羡的沉沉躯体搂进他身中，把她那弥漫一切的肉体存有喝下去，贪婪地喝下去。"[1] 即使在老克里奇死去的那一刹那，照料他的年轻护士的性魅力也未能逃过杰拉尔德的眼睛。死亡与性爱的骚动在他心中产生的"狂喜"如此强烈，以至于使他感到了"恐惧"。在将父亲的死讯告诉弟弟巴斯尔时，他也差点按捺不住他那无比亢奋的声调。[2] 正如杰拉尔德那充满淫亵意味的机械意志具有否定生命、酝酿毁灭的内在本质，这种意志表现在性爱上，也总是与死亡纠缠在一起。很显然，《恋爱中的女人》的"死亡与爱情"主题强化了劳伦斯对现代科技工商文明的批判。

正如在"母马与男人的战斗"等场景中，古德兰是杰拉尔德的一个不可或缺的对应体那样，在"死亡与爱情"主题中，古德兰也是其十足的对偶。在戴安娜和未婚夫被淹死时，古德兰正与杰拉尔

---

[1] Lawrence, *Women in Love*, p. 273.

[2] 同上书，第 377 页。

德热恋着。在老克里奇悒郁病死的整个过程中，古德兰都是克里奇家族中的一个显著的存在（她是杰拉尔德之妹温妮弗雷德的家庭美术教师）。可以说，她与杰拉尔德一直都在老克里奇之死的阴森旋律中跳着"死亡与爱情"的双人舞。双人舞的高潮在老克里奇死后第三天终于来到。靴子上带着父亲坟墓的泥土，杰拉尔德来到古德兰的屋子里与她交媾。在这里，劳伦斯再次表明，性爱的白热化后面是一片死亡的阴影："她，服帖的她接纳了他，就像接纳了一壶装满死亡苦汁的药水……她心中充满了死亡的摩擦之狂暴，她在服顺的狂喜中接纳了这狂暴，在狂野感觉所致的剧烈阵痛中接纳了这狂暴。"[1] 当然，以后在提罗尔雪山上，他们还将体验更为剧烈的死亡的"狂喜"和"狂暴"，可这已不是老托马斯之死的感应了，而是杰拉尔德本人之死，更是他所代表的文明之死。因此，"死亡与爱情"主题不仅批判地映照出劳伦斯心目中资本主义文明的现状，而且表明，这个文明的再生机制丝毫不具有积极意义的再生功能，或者说这个文明是不可能担当起创生新人类、延续新生命的任务的。依照劳伦斯，杰拉尔德与古德兰的性活动既然为死亡所驱动，以死亡为内涵，那么它除了繁衍死亡还能产生其他什么结果？如果文明本身具有消亡与毁灭的因子，它那执行再生机能的亚当和夏娃所产生的，便不可能不是消亡和毁灭。在这个意义上，杰拉尔德和古德兰及其所代表的文明的"爱情"或性爱本身便是死亡。

伯金与厄秀拉的性爱关系则具有刚刚相反的内涵。如果说杰拉尔德-古德兰关系代表了工业-机械文明，那么伯金-厄秀拉关系代表了返璞归真的冲动。如果说杰拉尔德与古德兰特别喜欢在矿井

---

[1] Lawrence, *Women in Love*, p. 388.

旁、屋檐下调情做爱的话，伯金与厄秀拉的恋爱乃至媾合则大多是在野外的鲜花、绿草及树林里进行的。伯金-厄秀拉关系以和谐性、一致性和开放性为理想。这是一种排除了"意识"或理性的理想化了的性爱-婚姻关系。在这种关系中，双方都不应寻求对对方意志的控制；双方都不应将这种关系看作是某种固定不变的东西；双方都应当承认并尊重对方的神秘性和独特性；两个人的存在应当在一种终极的"合二为一"中臻于完美。伯金与厄秀拉的关系中不存在相互盘剥、相互依赖，遑论暴力倾向。他们所追求的是一种自发、自然的感官快乐，一种双方都能得到的自足感和圆整感。当然，劳伦斯心目中这种完美的和谐不仅仅是一种性爱理想。它无疑具有更广泛的社会和道德含义。真正的文明人的一切活动都应以这种和谐为目的。可是怎样才能实现这个目的呢？劳伦斯的回答是：彻底摒弃现代文明中占统治地位的"意识"和"意志"。换句话说，现代文明之所以出现了这么多问题，是因为它的一切价值观都根源于理性和"意志"的理性体现。

只有克服了"意识-意志"，那种神秘主义的"合二为一"才可能实现。这种"合二为一"显然具有强烈的宗教色彩。这在"远足"章中有最明白无误的体现。这里，伯金与厄秀拉的第一次媾合被赋予了意味深长的背景：直耸云霄的教堂沐浴在金色的夕阳余辉中，教堂的大钟奏出了庄严肃穆的赞美诗曲调。此时此刻，厄秀拉感到世界变得"不真实"了，而她自己则变成一个"奇异而超验的存在"。[1] 她想起了在《旧约·创世记》中，"上帝的儿子"看见了"人类的儿女们"；对她来说，伯金便是"那些来自彼岸世界的

---

[1] Lawrence, *Women in Love*, p. 352.

奇异的人之一"。[1] 与伯金的媾合，不仅使厄秀拉体味到他是"上帝之子"，而且领悟到，"世界的开始"便存在于她俩这种神圣的结合中。

这是一对新文明的亚当与夏娃，只是比之人类的元初祖先，他们虽然同样具有不可比拟的神圣性，却一点也未沾上那原罪的臭味。无论如何，这里的"上帝"已然不是传统基督教意义上的上帝了，甚至这样一个"上帝"并不存在。在伯金眼中，更重要的似乎不是传统意义上的"上帝"，而是与"精神意识"相对立的"血性意识"。这是世界万物的精髓。因而毫不奇怪，厄秀拉也在伯金"大腿后、肋腹下他那生命-运动的奥秘"里获得了启示。在这对现代亚当和夏娃或劳伦斯看来，只有彻底摈弃了"精神-意志"，腐败的旧文明才能像火凤凰一般从死亡灰烬中新生，只有宏扬了"血性意识"或那"大腿后、肋腹下"主决断的"脊椎神经丛"的精神，[2] 才能从旧世界和旧人类的腐朽中创生新世界和新人类。正是在这种十分可笑的、颇具存在论意味的解剖学概念中，劳伦斯发现了他的新上帝，或者说他理想中的现代人在自己的生理性和心理性中发现了神性，借此获得拯救。正是在这种自我祝圣中，或在顺从这一按照自己的形象造出来的不伦不类的新上帝（在《旧约圣经》的创世神话中，是神按自己的形象造了人，而非相反）中，现代人终于获得了拯救。这种颠倒人神位置的自大自圣与自嗨，正是劳伦斯现代启示录的实质所在。可是劳伦斯并不是这种思想的原创

---

[1] Lawrence, *Women in Love*, p.352.

[2] 此为劳伦斯发表于 1925 年的《和平与现实》一文中的观点。见上引克默德：《劳伦斯》，第 124—125 页。

者。思想的源头应当到尼采或弗洛伊德那里去找。

"来自彼岸世界"的伯金-劳伦斯如果还算不上救世主本人的话，至少也算得上一个查拉图斯特拉式的现代先知。实际上，早在《查拉图斯特拉如是说》（*Also sprasch Zarathustra*，1883—85）中，可能并不熟悉脊椎神经丛如此功能的尼采-查拉图斯特拉便已扮演了一个与劳伦斯-伯金相似的角色，抛出了关于"血性意识"的现代启示录，预言了"超人"的出现及其对世界的主宰。尼采的"超人"便是劳伦斯的"新种族"，[1] 但劳伦斯与尼采的相似之处还不止于此。两人都以如泣如诉的优美散文诗发出了对现代科技工商文明的诅咒。如果一种思想本身缺乏内在说服力，那么为了争取听众，还可以使用华美言辞这种便捷的手段。换言之，脆弱、虚妄的思想要披上一件漂亮的话语外衣，方能赢得注意和同情。

跟福斯特救治现代工商文明之缺陷的"连接"药方相比，劳伦斯的"脊椎神经丛"似乎更"浪漫"，更具有诗意，更具有希伯来先知式的口吻，而其与性心理描写的无与伦比的融合尤其更可能打动读者的心弦。然而，对于易于想入非非的人来说，虽然这种论说可能具魔力，但它却并不比福斯特的"连接"方略更具有实质性或现实可行性。杰拉尔德的机械性破坏意志固然应被批判、被否弃，可是从"脊椎神经丛"里边能否开出一种可救文明于水火的生命力，或它究竟具有某种万能的"生殖力"与否，却是大可怀疑的。这种言说貌似科学，实则是彻头彻尾的形而上学，不可能具有实际意义，如果不是全然荒唐的话。因此劳伦斯解决现代工商文明所固有难题的奇特方案，至多只能视为一种批判性表态，而完全不能看

[1] Lawrence, *Women in Love*, p.313.

作一种具有现实可行性的方略。它所隐含的对机械文明缺陷的诊断既然非常模糊，其矫正、医治该文明的效力便不可能不大打折扣。不仅如此，以其偏激性，"脊椎神经丛"论对劳伦斯的法西斯主义倾向应负有很大的责任。

四 消亡中的新文明、"新种族"

然而，劳伦斯"新种族"的诞生是有条件的，这就是腐朽的现代文明之"黑暗之河"流到尽头。在"水上晚会"章里，伯金与厄秀拉进行了一次极重要的谈话。据伯金，那条黑暗之河滚滚向前地涌流着："正如生产向前涌流，消亡也向前涌流……这是一个持续发展的过程，最后将以普遍的毁灭而告终。"[1] 正如伯金和厄秀拉此时此刻所面对腐败沼泽一样，文明的腐坏中也长出了一些百合。百合象征"毁灭性的创生"，象征"普遍的消亡"。杰拉尔德和古德兰便是百合。但如果文明的腐殖质中能生长出百合，也能生长出一些"玫瑰"："暖色的、火焰般的玫瑰。"伯金和厄秀拉便是"玫瑰"。但只在"黑暗的消亡之河"流到尽头，归于寂灭后，"新的创生循环"才会开始。[2]

因此，旧文明的腐坏和消亡既是新文明创生循环的先兆，也是其前提。在《恋爱中的女人》中，"消亡之河"之流到尽头是由杰拉尔德之死来象征的。他死后，伯金对新文明、新种族有如下思

---

[1] Lawrence, *Women in Love*, pp. 192-3.
[2] 同上书，第 193 页。

考:"如果人类进入一个死胡同,耗尽了所有精力,那么永恒的创生之秘便将产生另一种存在,一种更美好、更精妙的存在,产生一种更新、更可爱的种族来继续那永恒的创生过程。"[1] 在故事结尾处,杰拉尔德与古德兰在提罗尔雪山上进行了一场终极的、疯狂的施虐-受虐搏斗。在极度亢奋和"狂喜"中,杰拉尔德以为已勒死了古德兰。可这时的他神志恍惚,曾经貌似强劲无比的"意志"竟弛软了下来。他在暴风雪中跌跌撞撞、挣扎着寻觅出路,但既然"意志"已经消失,他终究未能走出铺天盖地的暴风雪。这个因受困于暴风雪而毫无出路的结局似乎意味着,杰拉尔德所代表的工业文明中人在相互残杀的战争中进入了一个"死胡同",难逃"消亡""毁灭"的命运,而"消亡""毁灭"恰恰是伯金-劳伦斯心目中新文明的曙光。换言之,杰拉尔德之死吹响了创生新文明、"新种族"的前奏曲。他非死不可。他的死是劳伦式"消亡-创生"辩证体系里的一个不可或缺的环节。

被意识-意志引入歧途的杰拉尔德死了,旧文明的"消亡之河"似乎流到了尽头。依伯金,新文明中的"新种族"应该在此刻诞生。可究竟谁是"新种族"?对此,《恋爱中的女人》并没有给一个明确的说法。如果非要找出一个答案不可,那么"新种族"似乎应当由伯金和厄秀拉来充当。可是,厄秀拉对于伯金关于"消亡""创生""循环"等等的说教不仅不接受,反而总是挖苦嘲笑。当然,厄秀拉所唱的反调未尝不可视为劳伦斯的自嘲。这或许是抵御他人讥讽的最佳方略。这意味着,劳伦斯的伯金自我与他的厄秀拉自我之间存在着一定的紧张和冲突,不妨视为劳伦斯的一种自我问

----

[1] Lawrence, *Women in Love*, p.513.

答。他的厄秀拉自我，是他在自己的查拉图斯特拉式神神叨叨的预言遭到拒斥时所作的回应。这种自嘲对于劳伦斯作为艺术家的声誉至关重要。只有通过自嘲，大量可疑的说教才能登堂入室为"艺术"。事实上，劳伦斯的这一立场一直存在争议。伯特兰·罗素就认为，他的"血的哲学"是一个"会直接导致奥斯维辛集中营"的哲学。[1]

作为对罗素这个看法的反驳，文学评论者弗兰克·克默德写道："正因为劳伦斯是一个成功的艺术家，他的独裁主义、他对血和惩戒的崇拜，以及他的领袖神秘论都是毫无危险因素的。"[2]克默德的语气使人想到辩护律师，即便十分清楚被告有罪，也不得不竭力为之开脱。但"毫无危险因素"是否意味着崇拜"血和惩戒"和神化"领袖"这些立场或倾向本身是正当的呢？答案显然是否定的。更何况，用艺术宣扬那些立场或倾向到底是有害，还是无害，这本身也是一个问题。纳粹党难道没有一大批御用艺术家和理论家为其效劳？劳伦斯种种"主义"之所以没有产生多大危害，是因为其思想产品在英国没有市场。假如命运安排他降生在奥地利或者德国，没准他会成为一个希特勒。希特勒是公认具有艺术天赋的人，其少年时代的素描表明，他完全有可能成为一个画家。他在建筑艺术方面的修养达到了相当高的程度。他对贝多芬、瓦格纳、理查·斯特劳斯等音乐家也有深刻的领悟。因此，也不妨作一个相反的假设：如果命运安排希特勒降生在英国，难保他不会成为一个劳伦斯。

---

[1] 见克默德：《劳伦斯》，第34页。
[2] 同上书，第35页。

英雄是时势造就的。早在一个多世纪前的 1807 年，费希特便在柏林大学的讲坛上发表了臭名昭著的《告日尔曼人民书》，疯狂地宣扬种族主义和反犹主义。继费希特后，黑格尔开始左右德国思想界，狂热宣传国家至上论，认为它是存在论意义上"世界精神"的最高体现。此外，黑格尔关于战争对文明的净化作用的理论，以及关于命中注定要执行"世界精神"之意志的英雄的理论，对十九和二十世纪的历史进程都产生了极大影响。迄于十九世纪下半叶，尼采已在用诗化的格言警句鼓吹强力意志，宣传战争的妙用，反对议会制民主，预言主宰种族或"超人"的来临。在如此肥腴、如此饱含形而上因子的文化土壤中，能不滋生出《我的奋斗》？英国只产生了经验主义哲学，故要追溯劳伦斯的形而上学源头，就必须盯住他特殊的背景和经历。这种背景和经历不仅使他写出了《恋爱中的女人》，而且使他写出了《亚伦的黎杖》。后者是一部小说，与《我的奋斗》几乎是同时出笼的，充满了军国主义、独裁主义、种族主义和男性沙文主义的狂热说教。因此，即便辩护律师克默德也不得不承认被告有罪，承认劳伦斯是"极端反民主、反自由"的。[1]

在此可以回到前文提到的劳伦斯的自嘲方略上来。伯金不仅不被厄秀拉理解，而且遭到他的那些哲学家、艺术家和音乐家朋友的

---

[1] 克默德：《劳伦斯》，第 119 页。当然，克默德对劳伦斯是极其同情的。他固然将希特勒和劳伦斯加以比较，却得出了非常有利于后者的结论，认为出他们中一个写了《我的奋斗》，一个则写了《亚伦的黎杖》；一个"实际建立了千年王国"，一个则"只相信千年王国"；一个"制造了战争和集中营"，一个则"制造了小说"；一个使世界"听命于他的学说"，一个则"使其学说适应这个世界"。在克默德看来，劳伦斯不同于希特勒的"方法"使人们的生活性质"发生了更为微妙的变化"。至于这种变化"微妙"在何处，克默德并没有加以说明。参见克默德：《劳伦斯》，第 27 页。

无情嘲笑。这使得他颇像一个没有追随者的耶稣基督。这位孤独的救世主对自己的孤独表现出一种无可奈何的心情。对此，劳伦斯通过厄秀拉作了如下思索："人类那丑陋的现实不可能干干净净、轻而易举地消失。"[1] 这样的前景，劳伦斯看得很清楚，因此他只能让伯金扮演一个善于自我解嘲的先知。只有如此，才能保全面子。因此，完全可以把"人类那丑陋的现实"视为阿诺德式的"必然性"、福斯特式的"逻辑"或韦伯式的"铁笼"。很大程度上，它们是现代工业文明本身。

这个文明的确丑陋不堪，充满了庸俗与猥琐、麻木与沉沦、危机与风险。但它却是自觉的。有自觉就有希望。希望表现在对自由和完美的追求之中。这个现实能够使伊斯特伍德镇上劳伦斯与其年轻朋友们"一边分享着劳伦斯父亲的薪水，一边大谈尼采、瓦格纳、列奥帕蒂、福楼拜、卡尔·马克思或达尔文，或在钢琴上弹奏德彪西"，[2] 因此能够造就一个甚或多个劳伦斯。作为矿工的老劳伦斯是古代奴隶的现代对应体。他的生活远说不上宽裕，但他心甘情愿用自己挖煤挣来的血汗钱来供养儿子及其精神贵族朋友的风雅情趣。当然，精神贵族之所以能成为精神贵族，很大程度还得益于普及教育法案、小教堂教育，以及廉价或免费巡回图书馆等，更得益于社会下层人士的社会政治主体性的提升。矿工的儿子劳伦斯似乎很清楚自己从这个现代文明中得到了多少益处。但他似乎更清楚或太清楚这个文明的"丑陋"之处。这种焦虑当然不无道理，欲铲除这个文明的"丑陋"的希冀也并非不值得肯定，但是总的说来，

---

[1] Lawrence, *Women in Love*, p.142.
[2] 福德·麦多克斯·福德语，转引自克默德：《劳伦斯》，第6页。

劳伦斯走火入魔了。他的理论若付诸实施，世界即使不毁灭，恐怕也不会再产生一个劳伦斯。

五　作者的自嘲

正由于"丑陋的现实"不可能轻易消失，就伯金-劳伦斯鼓吹的消亡-创生论而言，杰拉尔德之死的象征意义便得打折扣，伯金和厄秀拉是否能充当"新种族"的亚当与夏娃这个问题便得加以审慎的探讨。如果说在象征层面上杰拉尔德其人概括了一个文明的命运，那么在现实层面，他与伯金的同性恋关系又说明了什么？在《恋爱中的女人》里，伯金-杰拉尔德关系里传达了大量信息，绝非仅仅体现在劳伦斯在同性恋问题上的开放心态。在与厄秀拉的恋爱中，伯金一再强调，单单一个男人、一个女人是不可能达到完美与和谐的，因为纯粹的男人-女人关系会使婚姻变为一种"至高无上的排他性关系"，而这正是"一切紧张、小家子气和缺陷的根源"。[1] 因此，在男-女关系之外还应有某种补充性的男-男关系。这种男-男关系在很大程度上解释了劳伦斯的这一观点：男女双方都不应当将婚姻性爱关系看作某种"固定不变"的东西；双方都应承认和尊重对方的独特性和神秘性。应当注意，劳伦斯在婚姻性爱问题上的开放性并不具有表面上看起来那么强烈的积极意味。在《儿子与情人》中，母爱是一种负面性、破坏性极强的东西，情人之爱也不乏消极意味。迄于《恋爱中的女人》，劳伦斯仍然对母亲-

---

[1] Lawrence, *Women in Love*, p.397.

女人的控制欲和占有欲心怀恐惧。

及至《亚伦的黎杖》，主人公亚伦依然以不崇拜女人为荣，依然在奋力摆脱被女人控制的命运。《和平的现实》更是露骨地鼓吹教育的根本目的，在于培养学生的所谓"独立"精神；这样的学生经过训练后，将成为合格的士兵，敢于"短兵相接"的士兵；他们将生活在这样一个理想国，在那里，"民主思想将丧失名誉，婴儿神圣论将不复存在；女人的特权尤其将被彻底铲除。"[1] 以上述劳伦斯思想的演化过程来看，他对永远只能当妈妈的乖儿子的惧怕，对被女人降服的恐惧，与尼采的"超人"理论如出一辙，使人想起了尼采通过查拉图斯特拉道出的名言："你到女人那里去？别忘了带上鞭子！"[2] 只需稍稍探究一下劳伦斯在婚姻性爱问题上的"开放性"的根源，便不难发现这开放性其实包含十分阴暗的封闭性。

这种"开放性"使劳伦斯得出了男-女关系之外还必须有某种男-男关系的结论。在《恋爱中的女人》的故事维度里，杰拉尔德最终毁灭了，他的情人古德兰跟一个灵魂和肉体都丑恶之极的虚无主义者洛尔克跑了。如此这般，创生新文明、新种族的任务理所当然应落到伯金与厄秀拉的肩上吧？可是杰拉尔德之死使伯金觉得他与厄秀拉单纯的男-女关系已不可能达至完美。也就是说，"新的创生循环"中的亚当已是一个有着缺陷的亚当。一个不健全的亚当显然是不能有效执行创生"新种族"的使命的。这里，劳伦斯的说教与其小说的象征体系之间的不平衡、不一致再明显不过。也许，虽

---

[1] 克默德：《劳伦斯》，第 125 页。

[2] 弗里德里希·尼采：《查拉图斯特拉如是说》（余鸿荣译），北京：北方文艺出版社，1988 年，第 69 页。不过对这句话的另一种解读是，男人带上鞭子去女人那里是，为了让女人抽打自己。

然杰拉尔德死了，"腐坏与消亡之河"却并未流到尽头。也许，这部小说创生主题的目的，不过是要表达这样一种情绪：腐败的工商机械文明应当终结，必须终结。

可是正如厄秀拉意识到的那样，"人类丑陋的现实"是不会轻易终结的。或者说，这个文明的终结是有条件的，但具体是哪些条件，劳伦斯并未说明。因此，《恋爱中的女人》所呈现的，绝非是一个已然消失了的文明，如杰拉尔德之死可能暗示的那样，而更可能传达了现代人的某种"终结焦虑"。[1] 这"终结焦虑"与 T. S. 爱略特的《四个四重奏》所表达的那种"没有终结的终结"的情绪是相似的。[2] 劳伦斯无疑流露出了这种恐惧：他所批判的文明虽然必须终结，但它不会终结。"没有终结的终结"这种恐惧在《恋爱中的女人》的叙事结构上得到了充分体现。故事意义模糊的结尾就是这种情绪的反映。

故事模糊的结尾像伯金-劳伦斯的自嘲那样，多少起到了某种挽救劳伦斯作为艺术家的声誉的作用。因此，克默德宣称劳伦斯反民主自由的独裁主义、军国主义的说教无害，也看似不无理由。但《恋爱中的女人》问世后的情形表明，假如劳伦斯解决文明危机的种种设想在世界范围内得以实现，将会有何后果。事实上，他的理想确然在很大程度上被纳粹主义实现了。奥斯维辛不幸成为现实。倘若作一个历史回顾，不难发现，劳伦斯"新世界"的"新种族"其实不那么新。军国主义的斯巴达人早在二千五百多年前就扮演了这个角色。柏拉图"理想国"宏图的灵感，便是由斯巴达人激发出

[1] Anne Wright, Literature of Crises, London, 1984, p. 146. T. S. Eliot, *Four Quartets*, Kent, 1983, pp. 43、47.

[2] T. S. Eliot, *Four Quartets*, Kent, 1983, pp. 43、47.

来的。与劳伦斯同时代的纳粹主义和法西斯主义则差不多把大半个欧洲变成了当代斯巴达。

幸好纳粹的"千年王国"只存在了不到十三年,并且只存在于有限的地域或范围。但它给世界留下了一个活生生的地狱景观,使人们清楚地看见:纳粹"新种族"如果在现代条件下将全世界变成斯巴达,世界将呈现出何等的景观。也许,劳伦斯骨子眼里仍是一个富于理智、"常识"的人,因而那"腐坏-消亡之河"终究没能流到尽头,因而伯金在说教之余总会自嘲一番,因而"新种族"到底创生了与否,甚至是否能够创生,小说结尾处并无交代。由于只要有这么一点点理智或"常识"就足够了,所以《恋爱中的女人》乃至劳伦斯其他著述终究只是纳粹主义一个赢弱的英国回音而已。尽管劳伦斯走火入魔,但这是在一种仍然相对健康的文化思想氛围里发生的,故克默德所谓"无危险因素"应主要归因于这种相对健康的文化思想氛围,而非劳伦斯只不过是个艺术家这一事实。

六 "全心全意"服从"领袖"

最后讨论一下劳伦斯的教育思想。这在《恋爱中的女人》里不仅得到了明言的陈述,而且与这部小说的主题有着不可分割的关联。在"教室"章里,劳伦斯对现代教育的基本原则作了相当集中的抨击。在伯金-劳伦斯看来,小学生并不会因获得知识而变得更好、更充实或更幸福。得到关于事物的知识,便会丧失对事物实质的把握。更严重的是,知识会滋长人们的自我意识,使其丧失本能地、自发地去感觉和行动的能力。现代教育会使孩子们屏蔽本能和直觉，长成一种心灵的跛子、情感的跛子。作为对人的理性或意识的抵制，伯金-劳伦斯明确张扬人的"动物性"，歌颂人的肉体。在他看来，人身上同时存在意识与无意识、意志与自发性、理性与感官性这些相互对立的两极。但仅仅认识到这些对立是不够的。还要身体力行地去弘扬无意识、自发性和感官性，去抑制意识、意志和理性。

伯金的前情人赫米恩虽然口口声声批判人的理性，颂扬人的动物性，但她并非要"做一个动物"。她之所以摆出这种姿态，仅仅是为了"观赏"自己的动物本能，从而获得一种"精神（而非感官）的快乐"。[1] 在伯金看来，这种做法无异于用意识偷换或者僭夺感性，其本身便是自我意识、意志膨胀的一种表现。这犹如在一个人镜中观赏其赤裸裸的动物自我，效果是欣赏一幅"色情画"，[2] 可耻可鄙。正是这种负面意义上的自我意识和意志导致了人们"宁死也不愿放弃的那种自以为公正道德、那种固执己见、那种任性"。[3] 在伯金看来，杰拉尔德与古德兰的全部性爱关系便以"任性"为特点。在一个更高层面，正是这种"任性"已导致文明的腐坏，并将最终将把文明引向毁灭。劳伦斯未言明的看法是：意识-意志不仅产生了以培养意识-意志为旨归的现代教育，而且是文明危机（第一次欧洲大战为其表征）的最终根源。因此，倘要克服危机，就必须彻底抛弃现代教育的根本原则：求知。

必须承认，现代普及教育问题很多。诚如一论者所说"大量生产的知识食粮既无味道也无营养……在每个人都可以受教育之后，

---

[1] Lawrence, *Women in Love*, p. 45.
[2] 同上书，第 46 页。
[3] 同上书，第 47 页。

教育的结果很可能产生功利主义思想"。[1] 在历史哲学家阿诺德·汤因比看来，黄色报纸的出现与普及教育不无关系，而更糟糕的后果则是大量"半受教育"、半愚昧的群众可能被国家宣传机器所左右，其结果便是独裁政府的出现（汤因比举例子是希特勒政府的上台）。尽管如此，现代普及教育不但不能抛弃，反而应不断改善："如果人们的灵魂想要得救的话，唯一的办法就是提高群众的教育水平，使他们对于任何强制性的侵蚀和宣传形式都能够有免疫性。"[2] 汤因比有关现代教育的观点显然比劳伦斯更平实更公允。劳伦斯因拜倒在极端反理性的形而上学面前，故而有彻底否弃知识、摈弃教育的激烈言论，尽管这种极端主义与其"新种族"理论密切相关，甚至是创生"新种族"的必要条件。诚然，对现代世界中绝大多数人来说，为求知而求知并不现实，但人类要达到一种更高层面的精神与物质生活和谐，没有知识是断不可能的。因此很明显，劳伦斯的救世药方不是前瞻，而是后顾。如果说在《恋爱中的女人》里，他仅仅号召人们回到混沌状态，那么在《无意识幻想曲》这个散文集里，其极为狂热的布道就很难说"没有危险"了。

在这本小册子里，劳伦斯呼吁人们"为了儿童而行动起来"，呼吁人们不要再把孩子"抛入学校这张自我意识之疾的温床"，呼吁人们要禁止儿童读书看报，从而使整个社会免于道德沦丧，世风日下："在一个时期内，应全然不搞读书写字的义务教育，广大的人类群众绝不应该学会读书，学会写字——决不。"[3] 用这种方式

---

[1] 阿诺德·汤因比：《历史研究》（三卷本），曹未风等译，上海：上海人民出版社，1986年，中卷，第61页。

[2] 同上书，中卷，第62页。

[3] D. H. 劳伦斯：《无意识幻想曲》，企鹅版，1975年，第87页。

铲除了令人厌恶、危险的意识或理性的现代疾病以后，人们方能开始"真正的行动"。在这种"真正的行动"的意义上，"战争（指第一次欧洲大战）是一个不错的开端。"可是士兵打完仗后要复原回国，在他们身上，意识或理性的"病毒比以往任何时候都猖獗"。怎么办呢？"我们要照看好孩子，尤其要不遗余力地防止女孩子胡思乱想。要强迫她们行动、工作、玩耍……尽一切可能不让她们闲着，要防止她们读书，以免染上自我意识的恶习。"[1]男孩子呢？对他们应采取相同的措施，要把他们培养成"士兵"。实行这种教育实际上就是"为一种崭新的生活方式，一个崭新的社会铺平道路"。在这个新世界中，"领袖将代表生活。领袖不应该让其追随者来指明前进方向……应该将全部责任交到那神圣的少数几个人手中……领袖——人类所渴望得到的，就是领袖。可人们一旦选中了领袖，便应作好准备，全心全意地服从他。"[2]

　　若能查阅一下纳粹宣传部长戈培尔的言论集或演讲集，不难发现，至少在群众和领袖的关系问题上，劳伦斯与他的腔调何其相似乃尔！至于男孩女孩的培养问题，即"创生新种族"的具体途径问题，纳粹党卫队头子希姆莱在第二次世界大战期间实际上进行了养育所谓"纯种雅利安人"的实验。[3]劳伦斯在《无意识幻想曲》中所提倡的东西，纳粹十多年后在许多方面都付诸实践了。只有摈弃读书写字这个建议没被采纳。因为即便是纳粹也懂得，其宣传机器必须以能够理解和听从宣传的群众为对象。然而，德国一般群众的确不加批判、不假思索地将自己的命运交到"那神圣的少数几个

---

[1] D. H. 劳伦斯：《无意识幻想曲》，企鹅版，1975年，第87页。

[2] 同上书，第88页。

[3] 约翰·托兰：《阿道夫·希特勒》，纽约，1977年，第1044—1052页。

人"手中，"全心全意"地服从领袖——特别是他们敬爱的元首阿道夫·希特勒。伴随着希特勒歇斯底里、催眠术般的演讲声，千百万德国人心醉神迷，沉浸在狂喜狂热之中。这大概就是劳伦斯所憧憬的那个祛除了意识-意志的新文明吧？如痴如醉的疯狂使德国人紧跟元首，朝着建立千年王国一步一步前行，直到发现这千年王国实乃一人间地狱。劳伦斯所欲建立的"新世界"，就是这样的人间地狱。

第五章　文明外表下的邪恶

——《黑暗的心》

一　何为"黑暗"？

如果有一部堪称二十世纪最佳英语中篇小说的作品，或非约瑟夫·康拉德（Joseph Conrad, 1857－1924）《黑暗的心》（*Heart of Darkness*, 1902）莫属。[1] 这部小说以其思想的深刻性，其描写的细腻，其缜密而富于开创性的叙事技巧，以及其象征手法的大量使用，在英语文学研究界享有很高的地位。

但要讨论这部作品的主题，首先得对作者所谓"黑暗"到底何指作一番梳理。对此，评论界众说纷纭。保罗·奥普莱在为《黑暗的心》所作的序中作了如下总结："'黑暗'有众多的意思：它是未知的事物，是潜意识；它也是一种道德上的黑暗，是吞没科兹的邪恶，是它认为处于存在的中心的那种性灵上的空虚；最重要的，它是神秘本身，是人类精神生活的神秘性。"[2] 这些说法当然都不无

---

[1] 参见本书"专访"的相关讨论。

[2] 保罗·奥普莱：《黑暗的心》序言，见 Joseph Conrad, *The Heart of Darkness*, Penguine, 1983, p.18.

道理。从小说中马洛这一人物-叙述者为找寻科兹而深入非洲腹地探险的角度来看,黑暗可以指未知事物。若把这种探险看作对自我的精神分析式的探究和反省,也不妨把它视为潜意识。所谓"道德上的黑暗""吞没科兹的邪恶"云云其实是一回事,而且与所谓"性灵的空虚"也不无联系。但无论对康拉德的"黑暗"作何种阐释,若不强调它所传达的人性本恶思想,对整部小说的认识便可能是不准确的。

经过数月航行后,马洛终于找到了使他着了魔似的神秘人物科兹。这便是他探险的终极点。这个白人殖民者、冒险家因长期的蛮荒生活,以及被这种生活诱发出来的一种被文明意识麻痹了的内在蛮荒,现已是身心交瘁、神志不清、奄奄待毙了。"荒野那沉重、缄默的符咒……使遗忘了的兽性本能苏醒,使餍足了的恶魔般激情回返记忆,把他吸引到它那无情的胸脯里。"[1]这是该小说中非常重要的一段话。它不仅仅是马洛历尽艰险在荒野深处找到科兹后对后者处境的描述,更重要的是,随着对"黑暗的中心"一步步深入直至终点,随着罩在野蛮身上的文明外衣被一层层剥掉直至裸露,这段话对康拉德视域里人性中根本的恶作了淋漓尽致的勾勒。这种根本性的恶由于文明的抑制和掩饰作用而隐而不见;在没有这些作用的状态下,它便暴露出其本来面目。这就是康拉德所谓的"黑暗"。

揭示这种内在黑暗固然是康拉德的根本意图,但表达其意图的方式则在很大程度上是使用明与暗、白与黑、白人与黑人一组组对比,以及在阴暗的原始森林中散发着宜人白光的象牙这一意象。在马洛对"奈利"号船员讲述的故事中,布鲁塞尔这个比利时殖民帝

---

[1] Conrad, *The Heart of Darkness*, p. 107.

国的中心被看作"白色的墓穴",[1] 这在《圣经》中常用来比喻冠
冕堂皇的外表下掩藏着实质性的腐朽和堕落。而马洛到"公司"总
部办公室报到时所见的那两个"守着黑暗之门,织黑毛线"的女
人,则把马洛深入非洲腹地的旅行置于古希腊罗马以及基督教传说
中的冥界之行这种纵向的文化视野中。[2]

随着旅行一步步深入,非洲-黑暗、黑人-黑暗之类的联想逐渐
为欧洲-黑暗、白人-黑暗等另一类联想所动摇、所取代。科兹这个
欧洲殖民主义的急先锋,这个以卑劣手段攫取的非洲象牙比"公
司"其他所有人员攫取的加起来还要多的传奇人物,奄奄一息时依
然被黑人土著当作神供奉着,因为"我们白种人因已经达到的发展
程度,在他们眼中必然显示出超自然存在的品质——对于他们,我
们具有神一般的威力"。[3] 可是,从小说读者的角度来看,这个白
皮肤的"神"却为那种"兽性本能"和"恶魔般的激情"所主宰。
他是黑暗的化身,甚至是黑暗本身。与小说描写的刚果河畔密林中
的阴森形成鲜明对照的白晃晃的象牙,也可以理解为是与殖民主义
的贪婪、文明掩盖下的腐化堕落捆绑在一起的。对马洛船上的白人
"旅行者"们来说,"象牙"这个词"在空中叮当作响,是他们顶礼
膜拜的对象"。不难看出,象牙不仅象征着殖民主义掠夺的目标,
而且作为制造"文明人"漂亮奢侈品的原料,也是殖民主义罪恶的
根源。[4]

---

[1] Conrad, *The Heart of Darkness*, p.35.

[2] 同上书,第 37 页。

[3] 同上书,第 86 页。

[4] 关于康拉德对西方殖民主义的批判,可参阅书尾"关于劳伦斯、乔伊斯、
康拉德的专访"之相关讨论。

二 文明的"结晶"科兹

然而，表现《黑暗的心》的主题的最重要手段并不在于白人与黑人的对比，也不在于象牙意象的使用。对文明的否定，顺带对欧洲文明以及伴随这个文明而产生的近代殖民主义和帝国主义的否定，是小说思想内容的一个重要方面。在故事中，这个方面与人性本恶的主题又有着不可分割的联系。达尔文《物种起源》于1856年问世。此后，生物学及哲学意义上的达尔文主义很快扩展到社会学领域，社会达尔文主义又为欧洲殖民主义扩张以及帝国主义、沙文主义提供了理论基础。在政治和文化领域，产生了诸如塞亚尔·罗兹一类帝国主义者。有证据表明，正当帝国主义言论在英国甚嚣尘上之际，作为英国海员周游世界的康拉德不仅是清白的，而且他最好的朋友爱德华·加纳特和卡宁厄姆·格拉厄姆更是激进的反帝国主义者。尽管部分由于反对德国帝国主义扩张，部分由于相信英国势力的扩张能给全世界带来"自由"，康拉德在布尔战争问题上的观点是错误的，但他对征服、奴役、屠杀土著民族的行径则持反对立场。[1]

在《黑暗的心》中，恶魔般的科兹就多少体现了帝国主义的罪恶。塑造这么一个帝国主义形象，其本身便多少是对帝国主义的否定。科兹不仅可以视为比利时帝国在刚果河流域的代表，更可以视为整个欧洲殖民主义势力的化身。这个比利时人，母亲有一半英国

---

[1] Ian Watt, *Conrad in the 19th Century*, Berkeley, 1979, p.155.

血统，父亲有一半法国血统，所以"全欧洲都为造就科兹作出了贡献"。[1] 这一欧洲文明的结晶是"镇压野蛮习俗国际协会"的一员得力干将，他以其"无穷的雄辩力量"煽动有着"利他主义情操"的人们去"消灭那些野蛮人"。[2] 因此毫不奇怪，这个文明的强行传播者，在对非洲人的掠夺中使用了比一般征服者的"暴力抢劫"和"大规模屠杀"[3] 更高明的手段——欺诈。他靠欺诈充当整个刚果部落的"神"，使黑人土著完全听命于他，借此弄到了比公司所有人所弄到的加在一起还多的象牙。在康拉德看来，欧洲人在殖民征服中之所以肆无忌惮，无恶不作，是因为他们有一种至高无上的信念作为良心的支撑："对土地的征服在大多数情况下意味着从那些肤色不同，鼻子比我们略低一点的人手里将它夺走。这种事，你要是深究，就不体面了。对于这种事，只有那意念才能补救……不是多愁善感的装模作样，而是一个意念；还有对这个意念——你可以竖立起来，对之鞠躬，并供奉牺牲——的无私的信仰。"[4] 这里的"意念"是什么？当然是"进步"。

尽管达尔文主义从哲学的角度动摇了人在众多生物中的神圣地位，从而在一个基督教传统的社会里引起了悲观主义的焦虑和幻灭，但由达尔文主义派生的社会进化论却为帝国主义披上了"进步"这样一件漂亮的外衣。打着"进步"的招牌，帝国主义者可以心安理得地杀戮、抢劫、欺骗、奴役。早在《物种起源》问世之前的1850年，思想家赫伯特·斯宾塞就提出，动物界杀死病残老弱个体这样

---

[1] Conrad, *The Heart of Darkness*, p. 86.
[2] 同上书，第87页。
[3] 同上书，第31页。
[4] 同上书，第31—32页。

一种"净化过程"同样适用于人类社会。[1] 可是到了 1898 年，随着欧洲人认知的发展，甚至斯宾塞这个从前的社会进化论的积极鼓吹者，也发出了人类"处在重新野蛮化的过程中"一类感叹。[2]

在时代思潮的影响下，康拉德也成了当时西方知识界所信奉的社会进步论的一个否定者，而他对"进步"的否定又多少与他对殖民主义、帝国主义的批判联系在一起。在这个方面，他对性恶论的关注似乎减弱了，代之而起的，是对"文明"和"进步"的白人殖民主义者的揭发，和对殖民地被压迫人民的同情。马洛在船上观察到，"罪犯"（黑人奴隶）被套上颈圈和脚链连成一串，他们的肋骨和关节"像绳子上的节"那样清晰可见。[3] 他们简直就是一些"疾病与饥饿的黑色影子"。在监工皮鞭的抽打下，这些饥病交迫的奴隶不停地做苦工，迅速死去，而"公司"却不断赚钱，不断扩张，白人职员中饱私囊，加官晋爵。[4] 通过一幅幅揭露殖民主义罪恶的画面，康拉德多少撕下了"文明"的漂亮面纱，使读者大概能看到，欧洲殖民主义者是一个个道德沦丧、罪行累累的恶魔。

三 "黑暗"无处不在

对殖民主义的批判固然可以视为《黑暗的心》值得注意的一项

---

［1］ Walter E. Houghton, *The Victorian Frame of Mind, 1830 – 1870*, New Haven: Yale University Press, 1956, p. 209.

［2］ Watt, *Conrad in the 19th Century*, p. 163.

［3］ Conrad, *The Heart of Darkness*, p. 43.

［4］ 同上书，第 44 页。

内容，但这毕竟只是顺带的。小说的主旨毫无疑问是对人性的哲学探索。但这里，重心或焦点在后者而非前者，或者说，前者是后者的一个组成部分，是服务于后者的。不难看出，康拉德象征手法的运用赋予人性本恶之命题以一种绝对的普遍性。在泰晤士河的阴暗天空下，一群海员在"奈利"号船上听马洛讲故事，小说便这样开始了。小说结尾时更有一段意味深长的话："海天相接处阻塞着一层黑云，这条宁静水道（泰晤士河）在阴云密布的天空下忧郁地流向地球上最偏远的角落。它似乎在流向一片无边黑暗的中心。"[1] 这段话是通过听马洛讲故事的一个船员的口讲出来的。正如泰晤士河连接着刚果河、连接着全世界所有江河与水流那样，马洛、科兹以及《黑暗的心》的其他人物也连接着全世界所有的人类。换句话说，全世界任何人在本质上都与小说中的人物是相通的。

在康拉德看来，殖民主义者在刚果河流域的掠夺和奴役固然可鄙可恶，但这只是文明人在特定环境中表现出的本性之恶。具体说来，这种恶便是科兹在蛮荒状态下表现出的那种"返祖"现象，或"兽性的本能""恶魔般的激情"。但这种恶不仅仅存在于白人殖民主义者的心灵中，更是刚果黑人乃至全体人类的本质属性。在心理分析话语中，它就是无可餍足的"力比多"。"改造过来的"黑人监工对其黑人同类的残酷行为，马洛所乘轮船经理的黑人侍者在其主子的骄纵和唆使下对其他白人"旅行者"的蛮横态度，乃至原始森林中黑人部落用活人作为人牲之"不可言状的仪式"，凡此种种说明，康拉德的"黑暗"人皆有之。当然，他对白人殖

---

[1] Conrad, *The Heart of Darkness*, p.121.

民主义者的罪恶的揭露更具体、更直白，而对于非洲人，其手法则是间接的、笼统的，多数情况下依赖象征的使用及一般性的哲学讨论。

所谓"黑暗"的普遍性不仅在于小说所刻意传达的其在空间上的"广袤"或无限性，其在时间上的连续性也是康拉德所着意表现的东西："沿河而上就像返回远古世界，那时地球上植物繁茂，高大的树木就是君王。"[1] 如果把这段话单纯地理解为达尔文主义在小说中的简单运用，就会削弱小说的哲学和象征意义。马洛所乘的船沿刚果河深入非洲腹地——这不啻是驶往"黑暗"的中心——这种空间上的移动也是时间上的返古；马洛不仅在空间上步步接近"黑暗"，在时间上也同样如此。显然，时空的合二为一，使小说的主题的传达得以加强。当马洛达到荒野深处，即将找到处在"恶魔般激情"的符咒之下的科兹时，他心脏的跳动与土著部落举行的"不可言状的仪式"时击鼓的节奏"混淆"在一起。[2] 如此这般，康拉德象征性地展示了"黑暗"不仅在时空上是连续的、永久的，而且是一种意识属性。也就是说，这里时间、空间和意识是融为一体，不可分割的。

在某些评论家看来，马洛沿蜿蜒曲折的刚果河深入丛林的旅行，是对母亲躯体血亲相奸似的侵凌；他克服了弗洛伊德意义上的障碍后，象征性地阻止了科兹这一父亲形象正在进行的那种"根本性活动"，那种"不可言状的仪式"。[3] 不难看出，这种赋予马洛

---

[1] Conrad, *The Heart of Darkness*, p.66.

[2] 弗里德里克·克鲁："康拉德的焦虑与我们的焦虑"，见 Watt, *Conrad in the 19th Century*, p.238。

[3] Conrad, *The Heart of Darkness*, p.67.

以恋母潜意识的精神分析不仅有抹杀《黑暗的心》揭露殖民主义罪行之正义性的倾向，也有碍于把握这部小说的哲学含义，特别有碍于对马洛向科兹的未婚妻就科兹的临终遗言撒谎这一事件的社会道德含义作出令人信服的解释。

马洛以朝圣般的毅力克服重重困难找到科兹时，"魔鬼"已按约在向这位浮士德式的"英雄"索命：精神彻底崩溃的他行将就木。正如许多评论者所指出的那样，科兹之摆脱文明的约束，在原始森林的土著部落中为所欲为地干坏事，与浮士德将其灵魂出卖给魔鬼，以换取其在人世间的全知全能不无相通之处。[1] 奄奄待毙的科兹在神志恍惚中对马洛说："我差点就成大器了。"[2] 后来他又"对某种影象，某种幻景低声呼道……恐怖！恐怖！"[3] 这就是他的临终遗言。这遗言显然不是单单针对他远在比利时的未婚妻及朋友熟人的，而按康拉德的意思，也是针对整个人类的。科兹在魔鬼规定的期限内将恶之能量释放完毕后，剩下的便是一片可怕的空虚。他以传播文明的骄傲始，以彻底的幻灭终。"恐怖！恐怖！"的惊叹以启示录般的力量指出，文明对邪恶人性的约束力何等有限。"黑暗"无所不在，无人不有，是社会和个人身上活生生跃动着的东西。如果说科兹干出了什么"辉煌业绩"，那就是他临终时面对人的"恐怖"处境讲出了真话。在此意义上，他作为故事中人物的种种恶行得到了一定程度的抵消，所以对这个人物形象的理解与分析也应作适度的调整。

---

[1] 这里的浮士德泛指欧洲文学传统中的同名人物，与歌德的浮士德有异。

[2] Conrad, *The Heart of Darkness*, p.107.

[3] 同上书，第111页。

四　恶可祛，罪可赎

也许是由于时代精神差异的缘故，同戈尔丁的《蝇王》相比，康拉德在人性黑暗这点上持相当大程度的保留态度。马洛这个重要人物作为小说的"意识中心"，不仅与众多次要人物在思想、情感、行为上保持着距离，而且跟他寻找的科兹也保持着很大的距离。但是不论马洛最终找到的是什么，他那种孜孜不倦、上下求索的精神又使他多少能够超然于故事悲观主义的哲学观念之上。1857 年出生于波兰属乌克兰的康拉德尽管在俄国、法国以及讲法语的海员中度过了青少年时代，他所选择的最后归宿，却是维多利亚时代的英国。这个时期的英国人的工作、职责、节制等富于积极意义的信条使他受到一定程度的陶冶和感染。因此马洛作为故事人物表现出一种对于目标执着探求的精神，而没有连锁反应般地发生科兹式的精神崩溃，似乎就是合乎情理的。当然，马洛的超然性并非无限度。这种超然性来自工作、职责、克制这些戒条的自我麻醉作用，也可以说，来自对人的精神堕落的苟且容忍。

从社会学-经济学的视角看，工作、职责、节制等美德可视为基督新教伦理的产物，亦即马克斯·韦伯意义上与资本主义精神的兴起有着千丝万缕联系的新教价值观和道德观。按照这种理论，西欧中产阶级的"常识"或者说脚踏实地干、不尚玄谈的作风其实源于融化在其血液中的伦理信条。在韦伯看来，"紧张的世俗活动是获得……自信的最合适的手段，而且只有这种手段能够驱散宗教的疑惑，带来神恩的确证。"[1] 实际上，这种"紧张的世俗活动"不仅能"确证"紧张工作的人们享有上帝的"恩宠"，"增添上帝的荣耀"，[2] 而且促进了科技工商文明的大发展，大大提高了人类控制和利用自然的能力。正是借着所谓"常识"和先进的科学技术，福斯特颇为同情的威尔科克斯们才创造了火车、轮船，甚至"大英帝国"。创造这些"伟大"东西的时代恰恰又是达尔文主义乃至社会达尔文主义风靡欧洲的时代。迟至十九世纪下半叶及二十世纪初，人们才猛然醒悟，明白了物质生产的进步并不等于精神生命向完美状态挪近了哪怕是一小步。于是便有马修·阿诺德意欲给科技工商文明注入"温馨和光明"的号召，[3] 也有康拉德式小说家饱含忧患意识的艺术实践。

可是，马洛-康拉德究竟找到了"温馨与光明"吗？在意识到人性中邪恶的"恐怖"深度后，马洛-康拉德究竟找到了拯救吗？工作的欲望和强烈的责任感究竟能否克服虚无主义的"恐怖！恐怖！"？知识分子的固有素质固然能够使马洛多少游离于刚果河流域的外在黑暗和科兹及小说中其他人物的内在黑暗之上，但它们终究只是搪塞问题的苟且之方、权宜之计，是逃避问题实质的一剂麻醉药。这个问题实际上也是伴随文艺复兴以来人文主义精神日益增强而产生的一个根本性问题。

十五世纪以降，欧洲人不仅复兴了古典时代的文学艺术和科学

---

[1] 马克斯·韦伯：《新教伦理与资本主义精神》，成都：四川人民出版社，1986 年，第 94 页。

[2] 同上书，第 90 页。

[3] 参见 Peter Keating（ed.），*Essays of Matthew Arnold*，London，1982，pp. 204–227。

理性精神，而且日益抛弃甚至"杀死"了上帝。[1] 在阿诺德看来，宗教改革运动只不过是文艺复兴大潮的一条"希伯来化"的支流。[2] 按照韦伯，这条支流从根本上加剧了"杀死"上帝的过程，使这一过程获得一种不可逆转的势头。正当十九世纪中下叶实证主义精神浸染下的乐观主义达到社会达尔文主义的白热化程度之际，文化保守主义的悲观主义论调也越奏越响，以至于斯宾塞禁不住哀叹人类又"重新处于野蛮化的过程中"。值得注意的是，欧洲思想界社会达尔主义的调子唱得最响亮之时，也是欧洲帝国主义在全世界范围内臻于高峰之际。作为对社会达尔文主义的反动，反对帝国主义的运动也在兴起。于是《黑暗的心》问世了。可以说，它是一部批判揭露欧洲殖民主义和帝国主义罪恶的作品，多少代表了知识分子的良心。

无论基督教的中世纪在许多人眼里显得多么黑暗，西方文明在此期间毕竟受到基督教博爱理想的陶冶与驯化，以至当这个文明凭借现代科技向全世界扩张时，丛林法则至少在理论上已不那么站得住脚了。然而实际情况与理想境界却相去甚远，故而科兹以及"公司"成员的行径与狂戮滥杀的古罗马帝国雇佣兵并无二致。在康拉德之类的文学人看来，上帝固然可以"死去"，但博爱主义理想则是亘古不易的。可是，现实中的人总是表现出种种实实在在不可否认的恶，那么人与人之间应有的兄弟手足之情去何处寻觅？《黑暗

---

[1] 弗里德里希·尼采："关于快乐的智慧"，参见 W. 考夫曼编：《存在主义：从陀斯妥也夫斯基到沙特》（陈鼓应等译），北京：商务印书馆，1987年，第103页。

[2] Keating (ed.), *Essays of Matthew Arnold*, p. 282. 在阿诺德看来，"希伯来精神"与"希腊精神"是相互对立的，前者追求心灵的完美，而后者只探求关于外界的知识。

的心》所提出的其实就是这么一个问题。它是以展现人性中的恶的方式提出这个问题的。也就是说，这部小说以艺术的形式提出的人性是邪恶的这一命题，再在此命题的基础上（当然是未言明地）重申了弘扬博爱理想的必要性。因此，这个命题是重要的。

这个命题的内涵和外延以及它之被提出的社会历史背景，都与基督教的原罪说大异其趣。基督教的"罪"指的是对上帝、对终极价值本体的冒犯，与尘世道德甚或刑事意义上的罪并非一致。按照基督教教义，自人类始祖亚当和夏娃犯下了偷食知识禁果的原初之罪以后，人便永远有罪了，而且无法仅靠自己的力量而不犯罪，故而需要由耶稣基督来救赎。基督教道德假定，上帝是宇宙万物的造物主，是宇宙万物的究极根源，也是宇宙万物的根本目的。在伦理道德的意义上，上帝同样是最终的价值尺度。故不顺服上帝、冒犯上帝就是"罪"。亚当与夏娃犯了原罪、人类此后便生而有罪这种宗教寓言或信念，使信徒们对自己负有冒犯上帝之罪的假说坚信不疑，而要靠上帝才能赎罪这种宗教话语则不仅加强了对上帝本身的信仰，而且在伦理道德领域，也有助于培养一种谦卑人格（在尼采那里，这甚至被打成"奴隶人格"）。在《圣经》中，耶稣基督教导信徒要爱邻人如爱自己，而实际上，爱邻如己的教诲是上帝要求信徒以博爱主义的实际行动来赎清自己的"罪"。

五 谎言的重要性

康拉德的"黑暗"或者说邪恶之所以不同于基督教的原罪，是因为它缺乏上帝乃万物之本、万物之目的、万物之根据这一至关重要的假定。该假定的缺失又如前所述,乃发端于人文主义、世俗主义的张扬。人既然抛弃了上帝,传统意义上的道德信念的确定感也随之烟消云散。诚然,自然科学领域仍有保留"第一推动者"的必要,但在伦理道德领域里,判断是与非的最终尺度,已不复是上帝,而是人自己。但人本身究竟可靠不可靠呢?犹如十六世纪西班牙人以上帝的名义屠杀中美洲南美洲的印第安人一样,十九世纪欧洲人以"进步"的名义干着杀戮抢劫、奴役非洲和亚洲殖民地人民的罪恶勾当。如果说一个腐坏了的上帝意念应当抛弃,那么《黑暗的心》所勾勒出来的那种腐坏的"进步"意念也应受到质疑乃至否弃。可意识到"进步""文明"这些东西在理论和实践上并非完全可靠的,还是人自己。当然,"人"在这里指的是能够代表人类思想发展方向的人。他们把阿诺德意义上的"温馨与光明",而非单纯物质生产意义上的发展或"进步"视为文明的最高理想。他们甚至可能揭露、谴责殖民主义和帝国主义的罪恶行径,高扬博爱主义旗帜,彰显人类良知。

有了被人(而非神)所掌握的"温馨与光明"和博爱主义之类的价值,"罪"之所指便能不再是那种寓言、信仰意义上的对上帝的冒犯了。康拉德意义上的罪指的是博爱主义的反面,同"温馨与光明"相对。具体说来,罪或"黑暗"就是恃强凌弱、尔虞我诈的秉性。用现代心理学术语来讲,就是"无意识"领域里的"本我"大行其道,或未经"超我"驯化和管制的那个我的膨胀。本我不知道"任何价值、任何善恶、任何道德"。[1] 说到"禀性",便避免

---

[1] 齐格蒙德·弗洛伊德:《精神分析大纲》,转引自马尔库塞:《爱欲与文明》(黄勇等译),上海,上海译文出版社,1988年,第101页。

不了道德本体论的讨论，因为这些字眼显然带有恒常、永久和普遍的意义。诚然，白人殖民主义者对非洲黑人表现出了某种兽性的残忍，但"改造过来的"黑人监工对黑人同类的行为难道不同样表现出了兽性的残忍？在康拉德看来，"黑暗"在"阴云密布的天空下忧郁地流向地球上最偏远的角落"，所以"黑暗"无所不在，无人不有。这当然是一种悲观主义的人性论。恒常、普遍的恶如此冷酷地存在着，以至于马洛不得不对科兹的未婚妻撒谎，仿佛救赎便在于对事实真相的隐瞒，而非勇敢地面对事实真相。

尽管马洛为好奇心所驱使，历尽艰辛，找到了科兹，结果却是失望，但是他并没有把这种失望情绪传染给科兹的未婚妻——马洛所讲的故事之外的普通人的缩影。科兹临终前将自己的书信托付给马洛，叫他一定带给他未婚妻。马洛在黄昏时分阴暗的住所里见到她后，后者问未婚夫临终时说了些什么，马洛"振作起精神，慢慢说道：'他发出的最后声音是——您的名字。'"[1] 马洛本来想道出事实真相，但又不忍心毁掉她的精神支柱，因为科兹在她眼里一直是个英雄，她要"珍惜"他的"每一声叹息、每一句词语、每一个手势、每一个眼神"；她坚持说"我爱他——我爱他——我爱他！"[2] 显然，她不仅一直生活在某种辉煌的幻觉中，而且决心继续在幻觉中生活下去。因为驱走幻觉会产生无尽的痛苦；与其如此，倒不如歪曲事实真相。因为道白了真相，这一切"就会太黑暗——全然太黑暗了"。[3] 在一种更广泛的意义上，马洛与科兹未婚妻这幕剧意味着，人类有意识无意识地用幻觉来屏蔽恶之事实，

---

[1] Conrad, *The Heart of Darkness*, p. 121.

[2] 同上书，第120—121页。

[3] 同上书，第121页。

有意识无意识地寻求幻觉、利用幻觉、依赖幻觉，以求得灵魂的安宁。

可是马洛的撒谎实际上也包含着一个不大为人所注意的假设，即"未婚妻"、布鲁塞尔乃至整个欧洲可能不属于"黑暗的心"的道德维度。这一假设与康拉德用象征手法提出的邪恶无所不在、无人不有的观点是相矛盾的。因为，假如"未婚妻"本来就像马洛那样清楚科兹的本性，甚或人的本性的话，那么向她道出未婚夫临终时惊呼的"恐怖！恐怖！"在道德上就并非不可。也许，马洛不愿将他的发现披露给欧洲人。这个发现就是："进步"了的欧洲人其实与他们的野蛮祖宗并无两样。如果将"恐怖！恐怖！"亦即人性邪恶的资讯扣押起来，则"白色墓穴"般的布鲁塞尔乃至欧洲就可能一直生活在一种道德上清纯天真的甜蜜状态中。这就好似布鲁塞尔乃至欧洲并非代表一个内里腐朽不堪的文明。当然，康拉德也可能想通过马洛与"未婚妻"这一场景来说明幻觉是人们的精神需要和心理需要，而非生存不可或缺的因素。甚至可以说，由于康拉德并不等于马洛，所以马洛撒谎的目的在于呼吁读者对这种撒谎的道德效用乃至最终正当性进行思考和讨论。如上所述，这种撒谎也完全可能是回避问题实质的权宜之计，根本上说是不可取的。

六　人能否得救？

但是，如果撒谎不能带来赎救，工作也不能带来心灵平静，那么究竟用什么办法才能抵抗那无所不在的邪恶，才能缓解那人人心中无不有之的"黑暗"呢？既然"上帝已死"，谁来超度黑暗世界中有着"黑暗的心"的芸芸众生呢？作为帝国主义、殖民主义的急先锋，科兹罪行累累，但他临终时"恐怖"的哀叹则代表某种良心发现。良心的坦白标志着他对自己的罪恶有了一定的认识甚至否定。这种否定大体上也是对帝国主义、殖民主义的否定。科兹的醒悟与马洛所在轮船的经理把科兹对土著部落的掠夺方式说成是"不健康""不可靠"的虚伪态度也形成了鲜明对照。在那经理看来，科兹那"不健康""不可靠"的做法可能危及"公司"的声誉，使他们不能心安理得地"传播文明"即大赚其钱。可是在马洛看来，科兹临终之前的呼喊是"一种肯定、一种道德上的胜利，是付出了无数次失败的代价，付出了极度恐惧的代价换来的"。[1] 其实，科兹的"胜利"仅仅标志着现代人对其非基督教意义上的"罪"的认识，象征着现代人对其道德处境的觉悟。科兹的"胜利"给文艺复兴以来不断加强的人文主义者、世俗主义者的乐观主义倾向画了个大问号，颇为悲观地承认，即在一个"没有上帝"的世界，人也并非没有"原罪"。既然有罪，便有赎罪的必要。在此意义上，科兹的"发现"其实也就是朝着赎救的方向迈出了第一步，也是最关键的一步。

很显然，《黑暗的心》不仅仅提出了人性本恶之命题。科兹之死本身隐含着一个未能展开的赎救主题，马洛对"未婚妻"所说的谎言以及他那上下求索的精神则已然对赎救的可能性甚至救赎的路径进行了探讨。马洛-康拉德虽然承认幻觉是人类必不可少的一种心理需要和能力，但同时又表示这还不是根本的解决办法；而马洛忘我探求的精神也说不上是根本的解决办法。相比之下，倒是科兹

---

[1] Conrad, *The Heart of Darkness*, p. 113.

之死的意义重要得多。但这并非上帝道成肉身、在耶稣基督中来到世间拯救罪人，最后被钉十字架受难而死——诚如一次约翰见到耶稣来到他那里时所说："看哪！神的羔羊，除去世人罪孽的。"[1]这也并非无数基督教圣徒的殉道行为。但在康拉德-马洛看来，觉悟是至关重要的。也就是说，在上帝"已死"的世界中，自己对自己负责的人们，必须认清自身的道德处境。科兹在先，马洛在后，他们对黑暗所作的一步步探究最终在科兹死之前的"恐怖"呼喊声中获得了一种"道德上的胜利"。作为科兹与读者之间的桥梁，马洛把这个"胜利"展示在读者面前，可假如科兹不死，则"胜利"便将失去前提，《黑暗的心》对"黑暗"的揭示也就会失去雄辩的力量。

　　科兹-马洛（这两个人物的功能，在于康拉德其人通过他们在不同层面发出不同或者相同的声音）对现代人真实道德处境的探究，在科兹临死的呼喊声中达到了高潮。这探究本身不乏深刻含义，因为它包含了一种勇于面对现实的精神。只有勇敢面对丑陋的现实，才能最终改造这现实。这种思想，康拉德早在其《吉姆老爷》（*Lord Jim*, 1900）里便借着斯泰因之口道了出来。在斯泰因看来，由于人们不能对丑恶现实总是视而不见，于是便有了"心灵的痛、世界的痛"这种真正的烦恼。[2]由于存在本身充满了种种神秘、种种险恶，故而一个人一出世，便如落水者一般"坠入梦中"。如果他像完全不会游泳者那样手忙脚乱，竭力往上浮动或爬动，以求呼吸到空气，就势必会淹死。

---

[1]《新约·约翰福音》1：29。

[2] Joseph Conrad, *Lord Jim*, London, 1983, p.213.

　　而正确的"方法"或"道",是"顺势潜入那毁灭性的水中",并"沉浸在那毁灭性的水中"。[1]这才是人生正道,这才是正确的"遵循梦幻之道"。悟"道"者应在这条"道"上坚定不移地走下去,直至梦的端头。基于这种信念,斯泰因给弃船逃命而身败名裂的英国青年吉姆以重新做人的机会,帮助他在一个马来人土著部落(这怎么可能不成为一殖民地的象征?)里隐姓埋名,重建尊严、自信和社会地位,甚至凭其勇敢和运气成为土著的宗主即"吉姆老爷",借此实现了对该部落的精神殖民。一如在《黑暗的心》里那样,《吉姆老爷》所展示的现实也是一种黑暗的现实。但走到黑暗现实之"梦"的尽头时,吉姆已脱胎换骨,摆脱了先前的怯懦,凛然担当起本不应由他承担的责任,慷慨赴死,以身殉道,赎清了弃船逃命这种可耻的现代"原罪"。[2]暂且不论吉姆形象所固有的殖民主义内涵,通过吉姆,享有道德上全知地位的斯泰因-康拉德在艺术中兑现了对克服黑暗现实的期待。

　　《黑暗的心》里的科兹在人生之梦中所遵循的"道",其实就是吉姆所循之"道"。作为一位有着现代博爱主义价值观的"上帝",康拉德之所以让科兹触及"黑暗的心脏",进入"黑暗"的纵深处,让他讲出性恶论的现代启示录,让他在"恐怖!恐怖!"的惊叹中悲怆地死去,其目的就是要让科兹成为一个替罪羔羊,让这只羔羊"除去世人的罪孽"。然而,正如吉姆"是我们中的一个",[3]在很

----

[1] Joseph Conrad, *Lord Jim*, London, 1983, p. 214.

[2] 作为"帕特纳"大客轮的值勤官,吉姆在险情发生时出于恐惧,抢先跳水而逃,把八百多名乘客丢在船上,结果客船并没有沉没,吉姆却受法庭审判,名誉扫地。

[3] Conrad, *Lord Jim*, p. xxxiii.

大程度上，科兹也代表每一个普通现代人。至少康拉德是这么认为的。现代人既有博爱主义的信念和原则，多少也兼有康拉德以及马洛、斯泰因等人的秉性。这就意味着，有着现代"原罪"的现代人应当靠自己的力量与邪恶抗争，与黑暗搏斗。更重要的是，首先应承认，这种邪恶或黑暗是存在之"梦"里的"毁灭性"因素。只有先做到了这点，现代人才可能实现自我赎救。

第六章　现代世界的恶与善

——《黑暗昭昭》

　　本章要讲的，是戈尔丁（William Golding, 1911-2016）《蝇王》之外另一部代表作《黑暗昭昭》（*Darkness Visible*, 1979）。这是戈尔丁一部重要的晚期小说，其在学术界和评论界受到的注意远多于他其他作品，只有《蝇王》是例外。在《黑暗昭昭》出台之前很长一段时期，《蝇王》一直是英语专业本科生的必读书，在中学生中也常常被改编成剧本上演，多少已成为二战后英国文学经典作品，人们对之已非常熟悉。很大程度上，也正是这部小说的成功，使戈尔丁得以捧走 1983 年的诺贝尔文学奖。由此掀起了一波新的戈尔丁热，《黑暗昭昭》也趁此喧哗热闹成为学院派大加注意的对象。[1] 由于这部小说是作者在经历了二十世纪六十年代的叙事实验运动之后写成的，所以形式上比《蝇王》复杂得多。其故事结构是复调式的，远不如单声部的《蝇王》那么清晰，故评论阐释空间非常大，至少不亚于《蝇王》。另一方面，尽管《黑暗昭昭》有很强的实验性，但它并不是以牺牲主题的明确性来换取形式的新颖性

---

[1] 参见本书"专访"的相关讨论。

的，所以并非像戈尔丁 1979 年之前大多数小说那么不可捉摸（《蝇王》当然除外）。这就是它受到评论者较多注意的一个最重要原因。另一个原因同样重要，即这部小说充满了象征和意象，文学隐喻很多，故有读头，评论空间也大。

一　索菲的黑暗与恶

如果说《蝇王》以儿童寓言的形式象征性地表达了人性邪恶的思想，以及人性邪恶所具有的毁灭性力量，那么在相当大程度上，《黑暗昭昭》以现时代的人物形象和事件与某种形式的宗教神秘主义相结合，表达了相似的内容。

故事以这样的场面开始：第二次欧洲大战期间，伦敦遭受德国飞机轰炸，正淹没在熊熊大火之中；大火中出现了一个小孩，后来人们管他叫"马蒂"；他头部的左面自头发齐面颊被灼烧，正以一种宗教仪式般的不寻常步态，沿着街道正中从容地向大火中心以外的方向走去；消防队员在自身安全无太大威胁的情况下，"奋力"把马蒂从危险区弄出来，送上救护车。如果说在《蝇王》里，戈尔丁直截了当地描写了处于野蛮状态下的儿童以屠杀为荣，那么在《黑暗昭昭》中，他则以一种隐隐讥讽的口吻勾勒出救火队员们营救马蒂时的自私心理和行为，甚至某种下意识的幸灾乐祸：

　　队长现在不在乎街道上可能伏击他的种种危险了，这些都无关紧要，他第一个到达小孩身边，以受过训练的、虔诚小心翼翼地对他进行处理……孩子被抬着时，其他队员围着他组成了一个紧紧的、不那么熟练的结，似乎靠近他就能给他点什么的。队长虽然上气不接下气，心中却充满了怜悯与喜悦之情⋯⋯

然而是队员中最迟钝的那一位表达了队友们普遍的心情。

"这没用的小家伙真可怜。"

大家立即兴致勃勃地说了起来，一个浑身赤裸的小孩竟那样从火中走出来，实在令人难以置信。[1]

当然，仅仅以描写救火队员执行任务时表现出的自私来表达作者人性本恶的思想，是远远不够的。除马蒂外，戈尔丁还塑造了长着一头黑发，有着一张甜蜜脸蛋的索菲。这个形象与《蝇王》中嗜杀成性的杰克十分相似。在很大程度上，索菲可以视为《蝇王》中恶人杰克的一个变体，不过空间背景变了，不是核大战之后一个荒岛的儿童世界，而是六七十年代英国南部的"绿野镇"。如果说《蝇王》的儿童世界全由小男孩组成，他们在孤岛上表现出的屠杀本能，是特殊环境刺激下的某种返祖行为的话，那么索菲表现出来的嗜杀倾向则是《黑暗昭昭》对《蝇王》主题在性别上的补充和发展。故事开始后不久，索菲便充分表现出一种施虐狂的、毁灭性的恶：在与男朋友罗兰"玩"的过程中，她把一把刀子刺进他的肩膀。其实，她这种施虐倾向早在孩童时期便表现出来了。同一般小姑娘不一样，索菲七八岁时便像男孩子一样喜欢扔石头玩。在某种下意识的杀机驱使下，她用一块光滑的鹅卵石打死了正在小河里游

---

[1] William Golding, *Darkness Visible*, London, 1983, pp. 14 - 15.

动的一只鹏鹏，从中获得了一种"完全的满足感"。[1] 尽管她知道用石头击中游动的小水鸟的几率微乎其微，以后也没再干这种事，但她沿河追逐、吓唬水鸟群的行为无疑显示了一种施虐性的残忍。

索菲的恶，还表现在其与孪生妹妹托妮一起迫害父亲情妇温妮的恶毒方式上，同时也表现在她在梦幻中感到的那种针对温妮和父亲的"深深的，凶猛的伤人感情的需要和欲望"上。[2] 当然，对这种恶毒的心理活动可以作这种解释，即父亲的爱迁移到另一个女人身上为她所独享，女儿们所自然产生的强烈醋意。但是对父爱的强烈占有欲，也使索菲在很小的时候便产生过要杀死妹妹托妮的下意识冲动，而这种潜藏的杀机又源于索菲自己才能感觉到的一种内在"黑暗"：

> 她对世界有所了解了。这世界从她头颅的各个方向往外延伸。但有一个方向是例外。这个方向属于她自己，因此很保险。这个方向从她后脑勺通过，那里就像今天晚上这么黑暗，她知道自己站在或躺在这个黑暗方向的始点上，如同坐在一条隧道的口子上眺望世界，无论那里是黄昏、黑夜，还是白昼。[3]

这似乎意味着，索菲不同于常人，是一个天生具有某种魔力的人，后来故事发展也表明，她确实拥有某种不同于常人的能力。

---

[1] William Golding, *Darkness Visible*, p. 109.
[2] 同上书，第 127 页。
[3] 同上书，第 112—113 页、107 页。

索菲的这种邪恶的超能力，或者说她心灵中这种黑暗或邪恶之源，自然会以某种极端变态心理表现出来。由于心灵中这种与性捆绑、魔力十足的"黑暗"，她对那些温顺、漂亮而且"可吃"小男孩们垂涎欲滴："望着这些无限可爱的目标中的一个，她在内心自言自语起来：真可爱，我的小乖乖！我真想吃掉你们。"[1] 既然普通意义上的性爱对于她"简直不比用你的舌头触弄你的面颊里边的感觉更好"，[2] 要获得终极的性满足，便只有杀死或"吃掉"那些"可爱小乖乖"了。这里，杀戮与性爱处在一种两面一体的关系之中，二者相互纠缠、不可分割，俨如一个有机整体。

当然，索菲以内心那黑暗的"东西"为动力的邪恶，远不止心理分析意义上的"吃"小孩。她伙同一群流氓无赖组成了一个恐怖集团，成为他们的"头"，左右他们，为他们出谋划策。按照她的主意，他们将绑架"绿野镇"一所小学的儿童为人质，以索取赎金，因为这样干，比抢劫巴基斯坦人的小店铺所能得到的钱要多得多。不过，除了索取赎金外，索菲还有自己的另外一种欲望即性欲要满足。歹徒们安放炸弹爆炸，使学校失火，索菲徘徊于运河附近准备接应。在神志恍惚中，索菲以为小男孩已被弄进河上的橡皮艇里，并已被捆绑好，于是酝酿情绪，直至性高潮到来。在这种性幻想中，她脱掉小男孩的裤子，像屠夫一样冷静地用刀慢慢地刺激他的生殖器，从缓慢折磨他至死的过程中，从他被杀的痛苦反应中获得一种无以名状的终极快乐。只因马蒂适时的干预，歹徒们绑架儿童的企图才归于破产。在一片喧嚣声中，索菲终于回过神来。尽管

---

[1] William Golding, *Darkness Visible*, p.176.
[2] 同上书，第137页。

从字面意义上看，她并没"吃"掉那小男孩，但这并不妨碍其心灵活动中的性施虐达到一种登峰造极的地步。她以这种特殊方式"吃"小男孩的幻觉，与完全可能成为事实的现实之间只有一毫之差。

二 托妮的黑暗与恶

如果说索菲内心的黑暗与其外形上那一头黑色头发是对应的，她那长着一头金白色头发的孪生妹妹托妮是否便是其对立面，象征着心灵的光明呢？戈尔丁在小说第二部分"索菲"一开始便说，索菲与托妮的不同，犹如黑夜与白昼。可紧接着他又说："黑夜与白昼，它们是一回事。"[1] 托妮虽然没有索菲打死、恐吓小水鸟一类的施虐行为，但她是一个无时无刻不在算计而且工于算计的姑娘。在古德查尔德的书店里，这个"可爱的"小女孩不露声色地出卖了善良的老头佩迪哥里。

这与索菲怀着对温妮的满腔妒火，使用其超能力把后脑勺释放黑暗的那部分瞄准父亲熟睡中的情妇，使其做噩梦的把戏显然是不同的。托妮对此类鬼把戏不感兴趣，但她有自己的路数，即，尽可能接近大人，把听到的情况报告给索菲。丑小鸭成长为一只黑天鹅：十五岁后，托妮从家中出走，先后卷入阿富汗、古巴等国的毒品走私与恐怖活动。

索菲以她为榜样，也加入了恐怖团伙并充当军师。这对孪生姐

[1] William Golding, *Darkness Visible*, p. 105.

妹在小说中刚出场时表现出来的性格差异——索菲为本能左右，托妮则善于冷静地盘算——越接近故事结尾，就变得越小。这时，索菲也像妹妹那样冷静地使用大脑，周密地计划恐怖活动了。绑架小孩失败以后，索菲男友盖利与托妮一块逃走。感到被众人愚弄了的索菲在极度绝望中往回走去，此时，她什么也看不见，但仍然看得见那"一片黑暗"。这时，在电视屏幕上，托妮、盖利和他们的同伙正押着人质从伦敦的机场飞往非洲。这说明，在故事情节发展的这个阶段，戈尔丁已用托妮代替索菲继续实施恐怖活动，以之代表最高的恶。戈尔丁这样做不无道理，因为这无疑是在说，索菲与托妮，"黑暗与白昼"，"你们是一回事"。

这种象征意味极浓的安排点明了小说的主题。如果说，绿野镇不仅是英国的缩影，还进一步象征着整个世界，那么索菲与托妮便是这世界上邪恶力量的化身。如果说索菲面部那双常人之眼是为白昼与光明而生的，她后脑勺上那种魔力十足的神秘"眼睛"所看到的，却只是"无限伸延的黑暗，一个由黑光组成的锥形体"。[1]《黑暗昭昭》所要告诫现代人的，似乎正是这么一种常人所看不见的"黑暗"的存在。戈尔丁之所以提出索菲与托妮即"黑夜与白昼""你们是一回事"这个悲观命题，目的是要提醒人们，其所看到的和以为的那种善与光明，可能只是一种表象，而表象下面隐藏着的，是实实在在的邪恶与黑暗。这个表面上日夜相继、貌似太平的世界，这片岁月静好的"绿野"，并非不可视作一个根本无白昼可言、完全由茫茫暗夜统治着的地狱。

索菲与托妮固然是黑暗与邪恶的化身，但戈尔丁再三表示，她

---

[1] William Golding, *Darkness Visible*, p.134.

们的行为是为普通人们所不理解的神秘力量左右的。那么是否有理由认为，她们表现出来的邪恶与现实无关，因此不具有普遍性？另外，如前所述，尽管救火队员们在进行善的活动，但他们的内心深处不一定是善，而很可能是恶，只不过这种恶是一种相对温和的恶，至多不过是对同类的痛苦表现出某种幸灾乐祸，故而只能算一种卑劣的心态。至于其他次要人物，或者说他们的自私和俗气，戈尔丁也作了或多或少、或明或暗的讥讽和挖苦。此外，即使作为索菲的对立面出现，使其阴谋最终破产的马蒂也免不了做出很坏的事。

三　马蒂：现代文明的拯救之"光"

马蒂为了探索战胜邪恶的真理，先后信奉过《圣经》与某种形式的原始宗教。在此过程中，他获得了某种直接与神灵交流的能力，他的咒语能够应验了，即具有了某种魔力。然而他起初并没能认识到自己这种超能力。这将导致严重的后果。在"绿野镇"的孤儿小学上学时，他爱着老师佩迪哥里，而佩迪哥里又爱着另外一个男孩亨德森。正当后者经受着很大的精神压力时，马蒂出于某种下意识的嫉妒心，像《圣经》中"赞美诗"的作者那样（当然他所领会的只是《圣经》的字面意义），向他认为"邪恶"的亨德森掷鞋以祛邪，而后者恰恰在这时因精神压力失足，从楼顶跌落地面而死，佩迪哥里因此被捕入狱。在马蒂看来，这是他无意中犯下的罪恶，因此有责任赎罪。在故事结尾，他确实以牺牲自己的方式赎了罪。另外，在澳大利亚期间，马蒂暂时把《圣经》撇在一边，以便从事原始宗教的巫术一类活动。在此过程中，他差点引发大火灾。这些情形似乎表明，即便马蒂也并非完全与邪恶绝缘。直到他与"精灵"们建立起直接交流的关系之后，马蒂才真正找到了"道"，明白了自己的使命，从而最终成为充分意义上的善与光明的代表。

既然马蒂代表了善与光明，索菲和托妮代表了恶与黑暗，并且他们之间进行着激烈的斗争，就有理由认为，《黑暗昭昭》中贯穿着某种类似于摩尼教的善恶二元论思想。如前所述，马蒂与索菲都具有某种形式的超能力或超自然力量。他们显然属于不同于一般人的另一层次。他们，尤其是马蒂，是戈尔丁所有小说人物中乃至整个二战后英国小说人物中少见的半神形象（当然，同一时期默多克也塑造了一些类似的人物）。如果他们一定程度属于神灵或半神的范畴，《黑暗昭昭》中众多次要人物则是地道的凡人和俗人。按照摩尼教教义，不仅善与恶、光明与黑暗，而且神界与凡世之间都进行着斗争。摩尼教徒认为自己站在善、光明和神的这一边，认为通过严格的禁欲主义方式，可以把人从其本性中较为黑暗、低劣的凡尘因素中最终解放出来。在《黑暗昭昭》的故事维度中，马蒂便有意识无意识将自己看作光明和善的代表，其使命就是要同黑暗与恶作斗争。

如果说《黑暗昭昭》中的索菲与托妮代表终极的恶，马蒂代表终极的善，那么小说中其他次要人物虽然不具有索菲式的极恶，却大多是在黑暗中俗不可耐、浑浑噩噩地苟且偷安的人。藉此，戈尔丁表达了这么一层意思，即现代人快乐地生活在邪恶与黑暗中。在他看来，现代世界中人不仅没有任何精神上的追求，而且对自身存在的前途也只有一种麻木的、得过且过的态度。这一点在《黑暗昭昭》第一章就有比较集中的象征性描述。伦敦城在德国飞机的轰炸下，烈火咆哮着，房屋建筑轰然坍塌着，延时引爆炸弹时不时爆炸着，处处是残垣颓壁，断砖烂瓦，实在是一派凄怆恐怖的景象。戈尔丁笔下的伦敦，不正像弥尔顿笔下的地狱，亦即撒旦与其他反叛上帝者被囚禁的地方吗？

> 那里没有和平与希望，那里只有无穷无尽的苦难紧紧跟随
> 永燃的硫磺不断地添注，不灭的
> 火焰，洪水般地向他们滚滚逼来。[1]

然而，在德国飞机轰炸下的伦敦这样一个人间地狱里，似乎人人都能侥幸活下来。"可尊敬的"救火队员们听着渐渐飞走的轰炸机的轰鸣声，感到"尽管一切都难以名状地可怕，他们又可以多活一天了"。[2] 眼瞎后的弥尔顿以饱满的激情所描述的囚禁着上帝的反叛者、燃烧着硫磺火焰的恐怖地狱，当然只是想象的产物，可是第二次欧战中遭受轰炸的伦敦城是不亚于弥尔顿式地狱的一种活生生的现实。但同其他地方相比，伦敦只是小巫见大巫。在 1939—1945 年的第二次大战中，现代科技工商文明中的人类终于创造而非想象出了一个个地狱般的城市：德莱斯顿、柏林、东京，等等，广岛和长崎的恐怖与惨象就更非弥尔顿所能想象的独特现代景观了。可在戈尔丁看来，现代人在自己创造的地狱里似乎活得还很不错，更糟糕的是，他们对自己的处境并无真切的意识。

戈尔丁笔下的伦敦城当然具有更广的象征意义。第二次欧洲大

---

[1] 约翰·弥尔顿：《失乐园》（朱维之译），北京：人民文学出版社，1984年，第6页。按：*Darkness Visible* 之书名便取自弥尔顿这篇长诗。

[2] Golding, *Darkness Visible*, p.11.

战结束后绵延不断的局部战争和恐怖活动，"冷战"期间两个超级大国的核竞赛、核讹诈、空间大战，以及它们所拥有的能把地球毁灭几十次的巨大核武库，凡此种种不正好印证了戈尔丁的看法？不正好证明了他通过伦敦描写而着意传达的现代文明几乎与人间地狱无异这一信息？地狱般的伦敦在时空上的延续，与索菲后脑勺上的"眼睛"所看到的那种无限深广的"黑光锥形体"相对应，构成一种复调关系，在文学象征和哲学理念两个层次勾勒出现代人的危机处境：他们苟活在一种随时可能使其彻底毁灭的黑暗恐怖中。

既然戈尔丁着意刻画了现代人的邪恶，并且把他们的处境描写得如此可怕，他之塑造马蒂——这个肩负拯救人类的特殊使命的人物——便是情理之中的事了。不难发现，假如把马蒂作为索菲的对立面来看，他是象征光明与善，同黑暗、邪恶进行着斗争这样一个摩尼教意义上的半人半神式人物；假如把他单纯当作一个牺牲自己以拯救世人的形象来看，则他更像是一个耶稣基督。《新约》中有这段经文："光来到世间，世人因自己的行为是恶的，不爱光倒爱黑暗，定他们的罪就是在此。凡作恶的便恨光，并不来就光，恐怕他的行为受责备；但行真理的必来就光，要显明他所行是靠　神而行。"[1]在此意义上，马蒂就是"光"。他之来到现代世界，颇有耶稣基督第二次临世的意味，而现代文明中浑浑噩噩的人们对此却懵然不知。他们是那"爱黑暗""不来就光"的人，他们行为应受到"责备"。

在《黑暗昭昭》的故事维度和象征层面上，马蒂肩负着神赋予他的特殊使命，降尊纡贵地生活在"爱黑暗"的现代人当中，尽管现代文明中人认识不到他就是"光"，也认识不到他们在黑暗中蝇

---

[1]《新约·约翰福音》3：19—21。

营狗苟，尽管长大后的马蒂无时不全身着黑提醒他们：你们深陷黑暗的包围中习以为常，故太喜欢黑暗了。这似乎也意味着，戈尔丁心目中的现代人并非弥尔顿式地狱里的撒旦，看不见一丝解放与希望之光；现代人固然有他们的弱点，甚至有诸多可鄙可恶之处，但还是值得拯救的——马蒂便是这救世主。一定程度上，马蒂之寻求真理虽然也可以视为现代人寻求拯救的象征，但其神秘性和超能力大大超迈于现代人的世俗性之上，所以完全可以将他视为现代文明的拯救之"光"。

四 神秘的马蒂

虽然许多人认为戈尔丁的艺术手法是现实主义的，这可能只适用于戈尔丁的早期小说，尤其是《蝇王》。在《黑暗昭昭》这部小说中，象征手法、形式对称、哲学探索，乃至宗教神秘主义才是作者的主要手法和兴趣所在。宗教神秘主义在马蒂身上表现得最明显。在故事中，谁也弄不清楚马蒂的出身："所有煞费苦心的查询所能得到的情况仅仅表明：他可能诞生于一个燃烧着的城市的纯粹痛苦之中。"[1] 在这种情况下，马蒂不可能有一个准确的姓，故而先后被称为 "Windy, Wandgrave, Windrap, Wildwort, Windwort, Wildwave, Windgrove, Windrove, Windgraff, Windrave"，等等。[2] 从构词成份来看，这些被强加于他或者说被误读的姓都与"风"

---

[1] Golding, *Darkness Visible*, p. 20.
[2] Don Crompton, *A View from the Spire: William Golding's Later Novels*, Worcester, 1985, p. 97.

"野""疯""漫游"等义有关。从神秘象征的意义上看，马蒂其实是"风"。他虽然貌似诞生于战争的大火之中，但在故事结尾，他却化为一股"风"融入永生了。需要注意的是，基督教神学的神圣三位一体中的圣灵（另两个位格是圣父和圣子），是用"风"这个意象来表征的，即为"灵风"。另外，在整个故事中，马蒂似乎都在字面和象征的双重意义上"漫游"于世。当然，他之舍己救人，把燃烧着的自己当作祭品献给神灵，在世俗眼光中又可被看作一种"疯"。凡此种种似乎都暗示，马蒂并非凡人所生，而是由神灵派遣，降临现代世界，修身求道，以最终执行一项特殊使命。

可以说，马蒂最为突出的特点是其神秘性。随着故事的发展，他不断询问自己的身份为何，自己"存在"的目的为何："我是谁？""我是什么？""我活着，是为了什么？"另外，马蒂也是一个具有超能力、能直接与精灵打交道且看得见超感觉幻象的人。逗留澳大利亚期间，在一个漆黑的夜里，他腰上扎着挂满了钢圈的铁链，独自一人擎着点燃的灯蹚过一方一人深的池塘。这是一种神秘的入门仪式，似乎表明，经过一段时间的摸索，笃信《圣经》的马蒂也接受了摩尼教一类的信仰，即，在善恶二元论的意义上，他代表光明，要与黑暗作不妥协的斗争，最终战胜黑暗。返回英国后，马蒂1966年10月3日的日记表明，指导他的精灵们对他修道有方表示满意；他们现在对他和他的使命已如此熟悉，以至于无论何时都不会忘记，他的那些凡夫俗子同类在本质上是多么的"坏"。

马蒂1978年6月17日所记，也是他最后一次日记讲：将有一个大精灵站在马蒂保护着的那个小男孩的灵魂后边；为了小男孩，马蒂将作为一个燃烧着的祭品奉献给神。当晚，索菲的同伙在汽车库里将他击昏，随即安装了炸弹，并将其引爆。学校着火后，一歹徒在混乱中用毯子裹着小男孩企图将他扛走。正在这时，浑身着火的马蒂像旋风一般冲出汽车库，旋了几个圈后，抵拢歹徒，使其在惊慌中丢掉小孩仓皇逃跑。就这样，不论马蒂是有意识还是无意识的，他最终都以身殉道，按照精灵的指示，完成了神赋予他的使命。应当注意，马蒂所救的男孩与亨德森同年。马蒂牺牲自己，将他救出，也就是将他认为先前所犯之罪——即以掷鞋为咒误杀亨德森——赎去了。通过这种神秘主义的手法，《黑暗昭昭》表达了这层意思：马蒂是黑暗人世间的一束希望之光。光明-善与黑暗-恶在他身上进行着激烈斗争，或者说通过他进行激烈斗争。当然，前者最终战胜了后者。

如果说《蝇王》结尾时一海军军官如天神下凡般在紧要关头出现，拯救困于荒岛相互残杀的孩子们——从而在象征意义上拯救文明——是开了一个叙事玩笑，那么在《黑暗昭昭》中，精灵们最后把马蒂作为牺牲供献给神，从而在象征层面帮助文明度过危机，显然是一种宗教神秘主义的故事安排。戈尔丁的用意不难理解。当然，对这种神秘主义可以作积极的解释，即，这是一种对真理的探索，或者说，马蒂以他的自我牺牲告诫人，文明要保存、要发展，人类总得付出代价。如果采用这种积极的解释，则《黑暗昭昭》似乎是要用某种新的宗教性来抵制现代文明的世俗性，那么戈尔丁这部小说也可以看作他所苦心经营出来的一个济世药方。当然，《黑暗昭昭》还有批判现代人在黑暗、邪恶中苟且偷安这层意思，甚至可以说，这是其所要传达的更重要的信息，是其一个更重要的主题。此外，从宗教神秘主义的角度看，《黑暗昭昭》也未尝不可看作一部现代启示录，马蒂的日记未尝不可视为一部现代福音，而他牺牲自己拯救的那个小孩，便是此后新福音的传播者。

另一方面，现代人内心世界固然有黑暗邪恶的元素，却并非索菲式的极黑极恶，因而是值得拯救的。也的确有一个半人半神、慈悲的马蒂与索菲式的半人半魔进行斗争。既然恶被抵制，被抗衡，甚至被击败，现代人似乎有救了，甚至可以高枕无忧了。可是马蒂挫败索菲的阴谋后，世界似乎又恢复到先前那种浑浑噩噩的状态，也即，虽无极端的恶制造混乱和恐怖，但人性中的内在之恶却是人皆有之，并未祛除，一遇适当刺激，又会以新的力量重新爆发。这意味着，《黑暗昭昭》借宗教神秘主义所传达的信息是模糊的，小说的主题是模糊的。马蒂牺牲自己以拯救小孩（广而言之，拯救人类）这样的结尾，是不是在"玩"宗教式象征、宗教式神秘呢？是不是一种非理性思维的产物，甚至一种现代迷信呢？若是，则《黑暗昭昭》的整个故事，戈尔丁所煞费苦心塑造出来那些内涵丰富的人物形象，他借着他/她们所阐发的性恶论思想，便可能成为无稽之谈。

五 "一为一"

还需要指出，戈尔丁在叙事形式上大量使用了某种对偶或"二元"手法。例如马蒂既从烈火诞生，又在烈火中归去。这是这种叙事结构上的对偶。马蒂头部肤色左明右暗（用现实逻辑来解释，这大约是他"从烈火中诞生"的一个自然结果）。这是一种人物外貌上的对称。索菲与托妮为孪生姐妹，这本身就是一种对偶。她们一个黑发、一个白发，又是一种对偶。这些对偶交相呼应，使《黑暗昭昭》形成了一个层次丰富的象征网络，对表达作者的善恶二元论思想十分有利。小说的第三部分，也是最后一部分，名为"一为一"。故事结束时，在完成了提醒大家世界乃至宇宙中存在着善与恶、光明与黑暗的搏斗这一任务后，马蒂肤色左明右暗的二元分化在焚烧中合而为一了；索菲-黑夜与托妮-白昼这种表面上的二元分化也早已随着故事的进展，而失去其虚假表象，显现出一种一元本质。这两种合而为一似乎表达了这样一种辩证法思想，即对立面既对立、又统一；对立存在于统一之中，甚至可能消解于统一之中。所谓二元或二元论说到底，是一元或一元论。

另外，马蒂和佩迪哥里的彩色气球与其拥有者之间的神秘关系，也象征性地表达了戈尔丁对灵魂与肉体关系的思考。在幻觉中，佩迪哥里的气球断了线，从他手中飞往天空，与之同一时刻，他自己在"现实"中也随之断气；本已进入超越维度的马蒂又返回世俗世界，把他亲爱的老师接到那另一个世界，另一个维度。这时，气球的断线不啻是说，佩迪哥里从阳界跨越到阴界，其灵魂脱离肉体，漂移到无限虚空中去了。这里，佩迪哥里的死是与"自由"联系在一起的。对这种象征手法可作一种悲观主义的解读，即死亡是最终的解脱、最高的"自由"。死亡是摆脱黑暗笼罩的尘世——即现代世界——的最彻底方式。在现代世界，这很难说是"正能量"，无论在哪个国家都如此。但这是艺术。艺术有艺术的自由。

最后要指出，通过佩迪哥里这个可鄙可笑却又十分善良的形象，戈尔丁表达了某种近乎人道主义的爱的理想。这个人人唾弃的"下流的老头"是同性恋者。他为世俗所不容，尤其为最俗不可耐的古德查尔德夫妇所鄙视。但他与马蒂之间有着某种特殊的精神交流关系。马蒂对他的爱慕之情与世人对他的嗤之以鼻形成了对比。

由于佩迪哥里对男孩子的爱恋基于某种不以其意志为转移的生理"节奏"，这种爱恋便与故事中的一般人基于内在邪恶而排斥同类形成了鲜明对比。佩迪哥里对小男孩所表现出的同性恋之善，与索菲作为异性对小男孩表现出的那种毁灭性的施虐式恶，形成了尤其鲜明的对照。《黑暗昭昭》中一般性次要人物的邪恶与他们的俗气这两者是不可分割的，都是不由自主的。佩迪哥里表面上基于生理需要所表现出的同性恋之爱或善也是不由自主的。从《黑暗昭昭》的叙事逻辑来看，不由自主的爱或善恰恰是现代人所最需要的东西。由于佩迪哥里的特殊品性，戈尔丁描写他时使用了一种略带讥讽但总的说来是不乏同情的语气。通过这种手法，戈尔丁似乎半开玩笑半认真地为现代人勾勒出了一种理想主义的爱的景观。

然而，按照《黑暗昭昭》的逻辑，要有效抵制现代文明的内在邪恶，要最终克服现代人内心的黑暗，不采取某种决定性行动，显然是不行的。但似乎只有在某种超越性的、神秘主义的维度里，尤其是在此维度中神力的帮助下，善才能战胜恶，光明才能战胜黑暗。《黑暗昭昭》是以宗教神秘主义为其主要卖点的。它自有其艺术逻辑。它所主要传达的，便是上述与宗教神秘主义相纠缠的人性观、文明观，以及一种基于宗教神秘主义的救世方略。

第七章　膨大的塔尖，膨大的自我
——《塔尖》

一　"塔尖"象征什么?

二十世纪六十年代，源于法国、扩散于整个欧美的新的小说理论终于使英国受到感染，使这里的小说创作结束了其实验方面的冬眠期，开始了一个与二十世纪二十至三十年代可比的热火朝天的新时代。但威廉·戈尔丁对新的小说理论没什么兴趣，或者说，即使有某种兴趣，也未能贯彻在其小说创作中。他更感兴趣的，是如何把弗洛伊德的精神分析说运用到其创作实践中。自从处女作《蝇王》问世以来，他的创作品格实际上并无太多改变，大体上可归入战后新现实主义小说这一类别。但是，就用精神分析理论来界定、探究人性而言，他这一时期所写的小说带有强烈的实验性。

另一方面，进入二十世纪六十年代后，戈尔丁的创作速度明显下降了，不像在五十年代那样几乎一年推出一部小说。迟至 1964 年，戈尔丁才发表他二十世纪六十年代的第一部小说《塔尖》（*The Spire*, 1964）。按理说，在这一段间隔期，他有足够的时间进行自我检讨，从而可望以不同的面貌复出。然而六十年代的新作品《塔尖》很难不让人得出这一结论，即，戈尔丁虽已有了较长时间的修整，但依然在五十年代即已设定的创作轨道上行进。一如以往的小说，《塔尖》仍是一部精神分析小说。

与他先前作品的一个明显不同之处是，《塔尖》不仅自始至终贯穿着精神分析理论，而且把精神分析说与对宗教心理及行为的剖析紧密结合了起来。小说的主人公乔斯林教长或可能是受荣耀上帝的动机所驱使，但更可能是出于一种将自己与上帝等同起来、至为激进以至渎神的自我中心主义，而执意要在他任职的中世纪修建的大教堂顶上加建一个高耸入云的塔尖。故事不可避免地给人这么一种印象：在精神分析层面，或者说在乔斯林的下意识中，他就是这座塔尖。在乔斯林的幻觉或下意识想象中，塔尖甚至会变成一巨大的生殖器，直指无垠宇宙，欲与一女神交媾。很清楚，这个意义上的塔尖与乔斯林自身难以区分。它已成为乔斯林力比多自我的极度膨胀和伸延。

乔斯林之所以能把这明显不切实际的工程坚持进行下去，当然靠的是堂而皇之的宗教上的理由。有了这些理由，就可以不顾该教堂并无坚固地基这一事实，就可以不顾其他神职人员和工匠的据理反对而顽固坚持己见，强迫大家施工，直至塔尖轰然坍塌。绝非巧合的是，随着塔尖的倒下，乔斯林有病的脊椎也随之断掉——他的力比多气球借塔尖的修建而不断充气、不断膨胀，现在终于被泄气、被去势。乔斯林的力比多自我既已被摧毁，其生命也就走到尽头。心力交瘁的他在饱受精神与肉体折磨后，最后被群氓活活打死。

二　祭塔的人牲

与精神分析和宗教动机的剖析紧密相关的，是戈尔丁在《塔尖》中所塑造的一些新型被牺牲者形象。[1] 在这一点上，《塔尖》固然与《蝇王》一脉相承，但这部新小说对乔斯林这一主要被牺牲者的精神受虐的刻画，却比《蝇王》对西蒙和皮吉的相应描写更为细腻。与《蝇王》中的西蒙相似，《塔尖》中第一个被牺牲者庞戈尔也是一个有生理缺陷的人：他患有阳痿。随着塔尖的不断增高，建塔工人见到地基移动而人人自危，恐惧万分。若能尊重常理常识，应立即停工，甚至放弃整个工程。但工人代表罗杰和梅森与乔斯林交涉后，给同伴带回的信息却是：他们别无选择，必须继续施工。

这时，工人们的反应是一声杀气腾腾的"凶狠喊叫"。源自恐惧心理的施暴倾向现在处于外化的边缘。可是，由谁来充当施暴对象即被牺牲者呢？似乎只有平时便饱受欺负、有生理缺陷的庞戈尔最合适。在《塔尖》的施虐-受虐、牺牲-被牺牲的逻辑维度里，正如在上古时代人类社群中那样，首先得有一个被牺牲者或人牲，然后才能做牺牲他人的人或祭杀人牲的人，然后才能在献祭他人的过程中获得某种安全感，然后才能驱走内心深处的恐惧和焦虑。不妨对世界历史上发生过的无数次多数人对少数人的迫害和屠戮作一个极简的回顾。即使想不起十六世纪屠杀新教徒的圣巴托罗缪惨案，

---

[1]　参见第一章的相关讨论，也参见阮炜：《戈尔丁小说中的殉难者形象》，载《外国文学研究》1988 年 4 期。

十七世纪遍及整个西欧和美国的驱巫、烧巫运动，也不可能想不到二战期间纳粹对犹太人的大屠杀。因此，即使《塔尖》的精神分析气息极浓，它所要传达的社会政治信息是明显的。

与现实逻辑相悖（如果不是与深层心理动机相悖的话），工人们杀死庞戈尔的直接动机，是要把他用为人牲祭塔，以期最终能将塔尖建成。具体做法是，将其活活打死后，随即将尸体填入为加固地基挖成的一个大坑里（具体操作是：从离地基较远处打一个斜坑，再往坑里填石子，同时填入尸体）。群氓之追逐殴打庞戈尔，与《蝇王》中人牲西蒙被祭杀的场面如出一辙。[1] 通过乔斯林的视角，戈尔丁对该场面作了这种野兽化描写：

> 那黑压压的一群人移动着，旋转着，喧嚣声玷污了神圣的空气（因事件发生在教堂里，故尔谓之"神圣"）……他看见有人在折磨庞戈尔，用扫帚柄顶他……他看见一个人跳着舞向庞戈尔逼近，塔尖的模型夹在他两腿之间下流地凸出来——其后是人群的涡动和喧嚣。众多野兽躯体把乔斯林猛然推到石头上，他什么也听不见，只听得见庞戈尔坍塌的声音——听得见南侧廊内这人奔逃时的狼噪声，听得见追逐他的兽群的渐渐高昂起来的嘈杂的狩猎声。[2]

既然可以为了建成塔尖而牺牲无辜的庞戈尔，那么从社会政治角度看，准确地说，在人道主义的意义上，塔尖的神圣性便已不再成

---

[1] 详本书第一章相关讨论。
[2] William Golding, *The Spire*, Bungay, 1983, pp. 89 - 90.

立，甚至其本来可能具有的神圣性已转向反面，即邪恶。《塔尖》
的这一安排固然是对乔斯林狭隘心理中的宗教神圣性的批评，但也
未尝不是对现实层面体制性宗教的抨击。

三　自我的膨大与枯萎

庞戈尔不是唯一的被牺牲者，乔斯林貌似稀里糊涂、其实是下
意识地——如果不是有意识地话——加入了被牺牲者行列：

> 他几乎喘不过气来，知道这笨蛋已经跪在他身上了，而那
> 些往下坠落、旋转着的棕色躯体的重量则压在这人身上……他
> 躺着，等待那些战栗的手臂弹起来并张开，等待那重量把他们
> 两人都压碎。[1]

这里，直接被牺牲者当然是庞戈尔，但那个由施动与受动、杀人与
被杀两方面组成的牺牲结构显然已不仅仅适用于他，而也适用于乔
斯林。后者被一种受虐-受难的冲动所驱使，不仅没主动逃避正在
形成的牺牲结构，反而期待着参与这一结构，完成这一结构，从中
领略它对自己发生效力的滋味。但令他沮丧的是，他所期望的结果
这时并未出现。他所憧憬的，要等到故事结束才最终实现。

乔斯林虽然具有明显的受虐倾向，却并不是一个《蝇王》中西
蒙那样温和无辜的人。他也有强烈的施虐倾向和毁灭性意志。正是

---

[1]　William Golding, *The Spire*, Bungay, 1983, p. 90.

他性格的这一方面，使得他把塔尖的营建转变成一种力比多的物质性外化，一种纯粹的恶。这使得他在与工人头头罗杰、梅森等谈判时，对塔尖基础不稳将导致危险这一显而易见的事实视而不见，蛮横地坚持，"即使在撒旦的牙缝里，塔尖也能修起来，也必将修起来"。罗杰辩不过他，顺从了他的意志后，乔斯林难免暗自得意和庆幸："我赢了，他属于我，是我完成职责的囚犯。"[1] 这里，乔斯林已从一个有着精神施虐倾向和破坏性意志的神职人员变成了一个宗教偏执狂。可以说，正是这种偏执狂吞噬了他的意志，他最终正是这种偏执狂的牺牲品。从根本上讲，庞戈尔之被当作人牲祭塔，又何尝不是乔斯林的宗教偏执所致。

《塔尖》既然是一部精神分析小说，乔斯林的宗教偏执狂便不可能没有性的内涵。他对正常人的正常性爱怀有一种极度厌恶的情绪。但对此稍加分析，便不难发现，这是一种由偏执狂所导致的性变态心理。乔斯林发现庞戈尔患有阳痿，其妻子古迪因而与罗杰、梅森发展了暧昧关系后，立即义愤填膺，道德怒火中烧：

> 他抬起下巴，在它上边从一个愤恨与伤痛的模糊部位迸出一个"不"字。世界上生命更新的现象对他来说仿佛立即变成了污秽不堪的东西，变成了汹涌上涨的粪肥之潮，这使他气喘吁吁，想要呼吸一点新鲜空气。[2]

可是乔斯林毕竟首先是一个有血有肉的普通人，其次才是一个虔奉上

---

[1] William Golding, *The Spire*, Bungay, 1983, p. 88.
[2] 同上书，第58页。

帝的教士。随着故事的展开，读者发现，乔斯林这个道貌岸然的教长
内心居然也觊觎着古迪的肉体。不仅如此，在下意识中，他那已与其
自我不可分割甚至等同起来的塔尖变形成为一个巨大的生殖器，向太
空无限伸延，欲与一女神交欢。也就是说，从精神分析的泛性论角度
看，乔斯林的宗教偏执狂和弗洛伊德意义上的力比多是一回事。

乔斯林宗教偏执狂的效应所及，当然不止于他本人，也同时表
现在他在极力控制他人意志时所表现出的毁灭性执着上。换一个角
度看问题，也可以说，乔斯林像基督教早期历史上圣徒们毫无抵抗
地殉道那样，也将自己的生命和意志献祭给了加建塔尖的光荣事
业。这是对其毁灭性执着的一种正面解读。

在这一过程中，乔斯林牺牲自己的冲动与控制他人的欲望是一
个硬币的两面，同一事物在本质上相辅相成的两个方面，也可以说
是其施虐-受虐本能的转化或衍生：

> 我像一朵正在结果的花。果子膨胀了，花瓣枯萎了，这花
> 却享有一种充分的关注；那整株植物都享有一种充分的关注。
> 叶子在掉落，除了膨胀着的果子外，一切都在消亡……我把自
> 己献了出来。[1]

这朵"花"当然是乔斯林，甚至这"整株植物"也指乔斯林。花-
"我"所享有的那种"充分关注"则指的是：乔斯林的功绩在上帝
眼中清清楚楚、明明白白，他不会劳而无功。植株枯萎了，"献出
自己"的乔斯林教长枯萎了，果子-塔尖却渐渐膨大起来，使他无

---

[1] William Golding, *The Spire*, Bungay, 1983, p. 97.

比喜悦，无比陶醉。其实，那正膨大起来的不是什么果子，也不是什么塔尖，而是他乔斯林本人。也就是说，植株、花、果子是一体的，不存在什么植株和花蒂（儿）了以使果子不断肥大这种事。从一个角度看，乔斯林竭其全力建造塔尖，是为了荣耀上帝；从另一个角度看，乔斯林竭其全力建造塔尖，是为了荣耀自己。

四　膨大的自我被泄气

随着故事的进展，乔斯林对其所作所为实际上是将其灵魂献给魔鬼这一点有了一些认识。他模糊地意识到，塔尖迟早要倒塌。塔之将倒这一事实，不仅导致建塔工人的恐惧和愤怒以及随后庞戈尔的被牺牲，而且还引起了所有市民的怨恨。可面对这一局势，乔斯林采取的态度竟是视而不见。他依然想入非非，继续沉溺在塔尖仍安全可靠的自我欺骗中。直到故事结束时，他向罗杰和梅森转述亚当神父所持塔尖"即使是由金刚石造成，即使固定在大地之根上"[1]也总有一天会坍塌的看法时，才最后承认塔尖即恶魔这一可怕现实，而此时对任何人来说，一味加建塔尖将导致恐怖后果早已是昭然若揭。

在最后一次同罗杰、梅森见面以争取那些"不是基督徒的人"的宽恕时，乔斯林这个从前的精神施虐者已变成了一个精神受虐者。他无比温驯（也无比享受）地接受罗杰骂他为"臭尸"。而罗杰这个从前驯服地向他作忏悔的人，这个乔斯林用来"完成其职责的囚犯"，

---

[1]　William Golding, *The Spire*, Bungay, 1983, p. 208.

现在却成了乔斯林的告解神父，反过来接受后者的告解。乔斯林是这样向罗杰忏悔的："我以为自己干了一件伟大的事，可是我所做的一切，不过是带来毁灭，酝酿仇恨。"[1]这种忏悔却并未带来他所希冀的宽恕。双方的长谈结束时，罗杰依然骂他是"臭尸"。这时，暴徒已聚集起来。一个罐子向乔斯林飞将过来，差点将其击中。乔斯林开始逃跑。罗杰紧随其后嚎叫着："真希望他们剥掉你的皮！"

可是罗杰的嚎叫声再杀气腾腾，也不可能不淹没在群氓更加凶恶的、暴风雨般的吼叫声中。戈尔丁对群氓打死乔斯林的场面也作了野兽化处理：

> 他们高声嘲笑，发出猎犬的叫声。他倚着墙，站了起来，但这些人的叫声围着他打转，把数不清的手、脚和模糊的脸带到他的器官上来……他听见自己教袍撕裂的声音……那些声音像驴一样嘶鸣，像狗一样吠叫。它们制造出了自己的嘴，这些嘴长满獠牙，淌着唾沫。他高声嚷道："孩子们！孩子们！"但是嚎叫声继续着……一片诅咒和仇恨的海洋……他想，他听见了艾沃及其朋友们唆使猎犬的声音高高回荡在上空。[2]

至此，故事的施虐-受虐式牺牲结构最终形成，持续膨大的力比多气球最终被泄气，持续膨大的乔斯林终于求仁得仁。按其力比多自我的固有逻辑，乔斯林终于找到了归宿。

---

[1] William Golding, *The Spire*, Bungay, 1983, p. 209.
[2] 同上书，第215页。

第八章 何为"巫师"? 能否逃离?
——《逃离巫师》

本章要讨论的作品是《逃离巫师》(*The Flight from the Enchanter*),其作者是艾丽丝·默多克(Iris Murdoch, 1919 – 1999)。她当然是个小说家,但同时也是一个科班出身的哲学学者,所以哲学思考贯穿在她所有创作中。她一生荣获不少重要的文学奖,六次进入布克奖短名单(终于在 1978 年以《大海,大海》夺魁),晚年被加封爵位,画像现悬挂于国家肖像馆,虽与诺贝尔文学奖无缘,但总的说来是个成功的作家。

1956 年,默多克发表了《逃离巫师》。当时英国文坛对这部作品的反应是褒贬不一,贬多于褒,有些贬词甚至近乎谩骂。这部小说的确不完美,但正如许多小说家的创作生涯表明的那样,其中许多重要角色将在作者以后创造的许多人物身上转世;许多重要场景经过改头换面,也将在她后来的小说中再现。因此,对《逃离巫师》作一个"原型"分析,将有助于全面把握作为哲学小说家的默多克。

一 神秘的米沙

首先得问的一个问题是，"巫师"是谁？他是米沙·福克斯。米沙·福克斯又是谁，他何以是"巫师"？

米沙·福克斯是来自东欧的移民，小说开始后不久出现在伦敦，但谁也不清楚他的真实年龄和背景："他可能是三十岁，也可能是五十五岁……他出生在哪里？他血管里流的是什么血？没哪个知道。"[1] 为了再增添一些神秘色彩，默多克不仅让他其貌不扬，甚至赋予他一种生理怪征：一只眼睛蓝色，一只眼睛棕色。这就使得其他人物打量他时，眼光不由自主地在蓝色眼睛与棕色眼睛之间游弋。[2] 但米沙颇有钱，在西欧颇有影响，颇有名气。这名气甚至不同于通常的名气，用他自己的话来说，"我并非以任何具体的缘由而有名。我只是有名"。[3] 与他交往的人不计其数，而且三教九流，花色品种一应俱全，从君子到无赖，从贵族妇人到失业移民不一而足。他经营了一个诡秘而庞大的信息网，如联邦调查局首领胡佛一般无所不知，虽不至于使其他人万分恐惧，也难免使他们诧异、困惑。

---

［1］ Iris Murdoch, *The Flight from the Enchanter*, Penguin Books, 1962, p. 35.

［2］ 只比默多克大一岁的另一位苏格兰女作家穆利尔·斯帕克（Muriel Spark, 1918—2006）笔下的道格尔·道格拉斯（《佩克姆莱叙事曲》，1960）与米沙·福克斯有某种相似性。作为来自爱丁堡的"人文研究员"，道格尔对于伦敦佩克姆莱地区那家尼龙厂的各色人物来说，也是一个外来者。他也洞悉人性的弱点，并因此捣乱于佩克姆来的工业世界，对那里的既成社会秩序造成了很大的破坏。同米沙相似，道格尔的生理特征也很奇特：他一只肩高、一只肩低。很难说默多克的造物对斯帕克的造物不负有一定责任。

［3］ Murdoch, *The Flight from the Enchanter*, p. 86.

　　跟默多克后来塑造的主要人物形象如霍诺尔·克莱因（《砍掉的头》，1961）[1] 和朱利叶斯·金（《相当体面的失败》，1970）相似，米沙·福克斯洞悉人性的弱点乃至阴暗。正是因为谙熟人性，米沙如其姓氏福克斯即 Fox（狐狸）所暗示的那样，善于在精神上操纵、施虐和奴役他人，并乐在其中。米沙、朱利叶斯、霍诺尔三人还有一个共同点，即他们都是活跃在伦敦的外国人。美国籍的朱利叶斯甚至是在二战中被关过集中营的犹太人。不同的是，米沙总是使用代理人卡尔文·布利克在外张罗，明显的恶事似乎都让卡尔文干了，霍诺尔和朱利叶斯则大多是亲自动手。米沙还在更重要的一点上不同于霍诺尔和朱利叶斯，即他似乎具有某种超自然魔力，可以用符咒把其他人镇住。故事中大多数人物都被其神秘魅力吸引。大体上讲，米沙这种独特能力是后来的小说中转世的霍诺尔和朱利叶斯之辈所不具有的，如果有，也没达到他那种程度。

　　小说的女主人公、米沙十年前的情人萝莎·基普在故事前半部分自以为摆脱了他，或"逃离"了他，后来却发现并非如此，发现自己还是在米沙神秘魅力的控制之下，在情感上被他的魔法所"俘虏"，在心灵上被他强大的引力所吸引，甚至还发现自己依然是他的情人。故事结束时，她再次以为已经"逃离"了米沙，但据她的爱慕者、现在决心与之结婚的彼得·塞沃德博士判断，她仍然是米沙的精神奴隶，[2] 并未真正"逃离巫师"。[3]

---

　　[1] 参阅本书九章有关《砍掉的头》的文本分析。

　　[2] Murdoch, *The Flight from the Enchanter*, p.287.

　　[3] 在《相当体面的失败》（1970）这一来世故事中，萝莎之魂转生到了摩根身上。这两个人物的相似性很明显。摩根也是朱利叶斯精神上的奴隶，只是她被朱利叶斯"俘虏"或统治的程度不如萝莎严重，也未有意识地"逃离"朱利叶斯。见本书十一章的相关文本分析。

萝莎之弟亨特·基普是米沙的崇拜者，因姐姐未能同米沙结婚而深感遗憾，一直不能原谅她。他老想讨好米沙，只是总是没有机会。卡尔文·布利克则全然是米沙的马仔，是其意志的忠实执行者。俗不可耐的约翰·雷因伯勒因为被大家看作米沙的朋友而颇为得意，而事实上他完全可能并不是他的朋友。雷因伯勒在欧洲劳工移民特别局的同事、一心上爬的艾格妮丝·凯斯门特小姐认识米沙不久，便亲昵地以"米沙"之名提及他，这就难免使以米沙老朋友自居的雷因伯勒妒火中烧。东欧移民妮娜在伦敦举目无亲，穷愁潦倒，米沙出钱帮她开了个裁缝铺子，并且帮她巩固、扩展业务，因此她把米沙视为救命恩人，愿把自己从灵魂到肉体一切都献给他，却苦于他总不给她机会。贵族少女安妮特·柯卡伊恩对他一见倾心，同样要把自己从灵魂到肉体一切都交给他；而她母亲则曾经与他有过异常亲密的关系，有谣传说妮娜就是他的亲生女儿。总之，米沙是一个对所有人都有着不同寻常吸引力的人。

不仅故事中形形色色的人类为米沙所吸引，就连虫子也会围着他转，似乎也在充当其崇拜者："卵石铺面的平台上布满了各色各样的生猛虫子。蚂蚁身负重物匆匆而过。干缩可怜的甲壳虫步行或蹒跚着赶路。绿色的大蚱蜢一动不动蹲着，几乎让人觉察不到，突然间又一跃而起，不见踪影。处处都有殷红的色块，那是硕大的无星瓢虫……萝莎望着它们，觉得这整个场景仿佛是米沙专为她用魔法变出来似的。"[1] 看来，米沙不是一个普通人。他甚至可能是一个多少有点超自然魔力的人，这就是"巫师"的由来。但默多克也

---

[1]　参见 Murdoch, *The Flight from the Enchanter*, p.273。该场景的地点是米沙·福克斯在意大利的别墅。按，意大气候干燥，卵石平台上出现这只昆虫大军有点蹊跷。

到此为止，不再进一步铺陈，将其塑造成一个十足的神或神人。

二　施虐以受虐为前提

大约三十年前由萝莎母亲提议而创刊、股东全为女性的妇女杂志《阿特米丝》由于经营不善，面临着要么倒闭、要么被收购的危险，需要一大笔资金救急。萝莎以其特殊身份，以《阿特米丝》的保护人自居，弟弟亨特则是杂志的实际经营者。米沙以其喜欢操纵和控制的本性，自然不会不插手。但萝莎心里十分清楚，米沙的动机既非经济的，也非社会的，更非政治的，而是心理的。他纯粹是要给她和亨特制造麻烦，将姐弟二人置于"一种进退两难的境地",[1] 从而满足其施虐欲，即一种"捉鱼或蝴蝶的本能，把它攥在你手里，领略它挣扎的滋味".[2]《逃离巫师》的故事主线便是围绕着《阿特米丝》的收购与反收购、控制与反控制而展开的。

故事中有个狄更斯式漫画化了的人物，即富有的卡米拉·云格菲尔德夫人。她为人极其古怪，立即让人想起狄更斯《远大前程》中的哈维莎姆小姐。但比之哈维莎姆小姐，她可说是有过之而无不及。在对待服侍她的福伊小姐以及来访的萝莎上，她甚至是一个十

---

　　[1]　参见 Murdoch, *The Flight from the Enchanter*, p. 273。该场景的地点是米沙·福克斯在意大利的别墅。按，意大气候干燥，卵石平台上出现这只昆虫大军有点蹊跷。

　　[2]　同上书，第33页。

足的施虐狂。[1] 可本质上,她是一超凡脱俗之人。萝莎登门求助后,她慷慨解囊,从而带动了其他女股东捐资援救《阿特米丝》。但所筹资金数额不大,仍不足以盘活杂志。最后,她干脆以股东身份买下杂志的全部股权,并将股权连同每月三百英镑遗赠给萝莎,从而保证《阿特米丝》的延续。如此这般,米沙的谋算和虐待欲遭到了最终挫败。这表明,萝莎在反控制斗争中并不是孤立无援的。她背后几乎是《逃离巫师》世界中的所有女性。再加上她是安妮特的监护人和妮娜的朋友,故事中所有妇女都牵涉到萝莎与米沙的斗争中来了。

不难看出,与"逃离巫师"主题密切相关的精神上施虐-受虐(sadistic-masochistic)副主题便在以萝莎以及其他女性为一方、米沙(及其喽啰卡尔文)为另一方的心理博弈大背景下展开的。"阿特米丝"在希腊-罗马神话里是月亮和狩猎女神,以其命名的杂志象征着萝莎与众多女股东。《阿特米丝》杂志就是她们。但是在《逃离巫师》的心理世界里,以萝莎为首的女股东和安妮特、妮娜等女性都是受虐者,都是服服帖帖地受米沙控制和施虐的对象。或者说在默多克的呈现中,她们都自愿充当米沙的猎物。

米沙这个神秘人物或"巫师"虽然矮小、瘦弱,却有一颗极其精明、狡黠的头脑,特别善于搞幕后操纵。他代表一种抽象化的男子性,但这似乎又是一种扭曲、病态的男子性。米沙的男子性主要

---

[1] 几乎可以肯定,年老的云格菲尔德夫人原型是狄更斯《远大前程》(*Great Expectations*, 1861)里年青时被无赖欺骗而做了老处女的哈维莎姆小姐。可是云格菲尔德夫人却不甘做老处女。她反复强调,她是结过婚的,甚至胡编乱造说她和萧伯纳有一腿,丈夫因而大吃其醋,她一气之下用斧子砍死丈夫云云。参见 Murdoch, *The Flight from the Enchanter*, p. 114。

表现为一种强烈的施虐意志和冲动。表面上，米沙的意志和冲动不带任何社会内涵，似乎只具有纯粹的心理意义。更有意思的是，在默多克笔下，米沙的施虐意志和欲望很可能包含着一种深刻的怜悯，甚至不妨说源于这种怜悯。其生命本质似乎便在于这种怜悯与施虐的奇怪混合。无论从哪方面看，米沙都是一个矛盾结合体。

　　故事对这个矛盾结合体的来历作了这样的交代。米沙小时候，家乡每年秋天都举行定期集会。集会的一个次要内容，是给小孩举行游戏比赛。那么，大人给获胜小孩颁发的奖品是什么？是出壳才一天的小鸡崽。"'我们玩那些小鸡崽，直到一两天后它们死去。它们活不了。人人都知道这一点。举行集会的人知道，我的父母知道——'他（米沙）哽咽着说不出话来……眼睛里满是泪水。"[1]小鸡崽的生命如此脆弱，人类对此却是如此麻木不仁，于是米沙要看看其他动物是否会死，但又总是看不到。为了看动物的死，他杀死动物。

　　米沙为何这么做？为它们感到难过："它们如此脆弱。什么东西都能伤害它们。我简直无法——忍受。"[2]因此，有人给他一只小猫，他就把它给弄死了。这里的逻辑明显是前后不一致的：米沙先说杀死动物的动机，是为了观赏它们的死，但不加任何解释，这种残忍随即又变成了对动物的怜悯。读者不能不假定作者想表达这层意思，即悲悯与残忍集于米沙一身；它们既对立又统一，而且残

---

　　[1] 几乎可以肯定，年老的云格菲尔德夫人原型是狄更斯《远大前程》（*Great Expectations*, 1861）里年青时被无赖欺骗而做了老处女的哈维莎姆小姐。可是云格菲尔德夫人却不甘做老处女。她反复强调，她是结过婚的，甚至胡编乱造说她和萧伯纳有一腿，丈夫因而大吃其醋，她一气之下用斧子砍死丈夫云云。参见 Murdoch, *The Flight from the Enchanter*, p. 207.

　　[2] 同上书，第 208 页。

忍似乎产生于悲悯, 悲悯又导致进一步的残忍; 悲悯与残忍互为因果, 形成一种恶性循环的关系。这里, 米沙这个大矛盾的逻辑太特殊, 太奇怪, 并不具有说服力。当然,《逃离巫师》是默多克的早期作品, 还不成熟。后来, 她变得成熟老练了, 至少没将米沙的逻辑移植到其诸多变体身上。[1]

或许正由于这种怪诞逻辑的作祟, 米沙才对弱不禁风的《阿特米丝》产生了一种极为强烈的变态兴趣。现在, 他十年前的情人萝莎精神上同样脆弱。这更增加了米沙的胃口。萝莎帮助与她同在一个工厂工作的加恩·卢谢维奇和斯蒂芬·卢谢维奇这对波兰移民兄弟补习英语, 却在肉体上陷入对他们的依赖难以自拔。这种状况的根本原因当然并不在于萝莎对兄弟两人的帮助, 而在于她精神上的漂泊和脆弱。在如何回应米沙的进攻上, 由于亨特糟糕的经营, 萝莎最初并非坚定不移地保卫《阿特米丝》的女性主权, 也在考虑卖掉它的可能性。萝莎远非精神上的强者。其脆弱只会给米沙对《阿特米丝》的变态关注带来调料。

和女股东一方有密切关系的唯一男性是亨特。他虽然善良, 却优柔寡断无主见, 甚至可谓胆小如鼠。更糟糕的是, 他在帮助姐姐进行反收购、反控制的斗争中, 可说是成事不足, 败事有余。由于在灵魂深处某种受虐欲的驱动, 他对米沙极为崇拜, 认为姐姐十年前没同他结婚, 是犯了一个天大的错误。他甚至在心里盘算, 如果

---

[1] 在后来出版的《相当体面的失败》里, 朱利叶斯持性恶论。为了证明其理论正确, 他施计使前情人摩根的姐夫鲁珀特爱上了摩根。鲁珀特在强烈的羞耻中酗酒, 醉酒后落水淹死。朱利叶斯性恶论的最重要根据, 是他在纳粹集中营里的经历。这显然比《逃离巫师》里的成人对小动物的死活麻木不仁, 引起孩子心理变态这种纯心理安排更具社会政治色彩。

米沙亲自来同他谈收购《阿特米丝》之事，而非派卡尔文这个无赖来，他就将杂志卖给米沙。这表明，在保卫《阿特米丝》使之免遭米沙蹂躏的战斗中，亨特完全可能叛变。

亨特的所作所为，也使小说的施虐-受虐主题的覆盖面扩大到男性。大体说来，《逃离巫师》里的芸芸众生不分男女，灵魂深处都有这种心理需要，即由一个强者、"领袖""卡里斯玛"，或一个"恶魔"（这个词指米沙）[1]或心理独裁者[2]来宰制他们，替他们思考，替他们行动，他们则从中获得一种虚妄的安全感。米沙满足了这种需要，堂而皇之扮演起了这一角色。然而，米沙之所以是米沙，既是由自己创造的，也是由他们创造的，而且主要是由他们创造的。"他（米沙）的权力是由他的'受造之物'赋予他的，是他们的受虐需要的产物，一如他的权力是他自己艰苦工作的产物那样。"[3]

如是，则萝莎之类的人物所要"逃离"的究竟是谁？似乎并不是什么"巫师"，并不是米沙。那么他们要逃离的究竟是什么？似乎并不是一个作为客体、具有形体的人，一个"恶魔"或"巫师"，而是作为主体的人的某种心理定势。采取这一视角，读者将会发现，这些人物像故事结束时的萝莎那样，终究会发现自己是不可能"逃离"心中的"巫师"的。

---

[1] "神"或"恶魔"的称号并非米沙所专美，霍诺尔、朱利叶斯之类人物也有之（详见本书相关评论）。如果把这些称号与默多克对人之本质的存在主义思考和她小说中一再出现的对性善抑或性恶问题的探讨联系起来看，则他们含义的深刻性和丰富性就更清楚了。

[2] 西方新马克思主义的一支心理分析派将弗洛伊德的精神分析与马克思主义结合起来，用以解释集权主义的兴起。

[3] Peter J. Conradi, *Iris Murdoch, Saint and Artist*, MacMillan Press, 1986, p. 53.

三 不可逃离的施虐-受虐

米沙-萝莎关系并非乍看上去那么单纯。虽然《阿特米丝》的股权保住了,但是萝莎直到故事结束,也同米沙保持着一种若即若离的暧昧关系。在故事结尾,由于卢谢维奇兄弟俩的讹诈,她求助于米沙。米沙以俨然"教父"或"舵爷"的身份帮了这个忙。这意味着,深藏在她懦弱潜意识中的那个强力者,并非只是一个对《阿特米丝》表现出变态兴趣的"恶魔",他也可能是个善人。这是否意味着,《阿特米丝》保卫战虽胜利在望,毕竟尚未胜利,可是指挥战斗的圣女贞德似乎已背叛了事业,已投怀送抱到其前情人、《阿特米丝》的头号敌人那里了。米沙在与萝莎的"长长的吻"[1]之后示意她,她的最终归宿,是始终钟情于她的彼得·塞沃德博士。然而,萝莎在主动提出嫁给塞沃德后,后者却挑明,她这么做并非由衷,而是米沙身上的那个"神"或"魔鬼"驱使她这么做的。[2]这表明,米沙与萝莎精神上的施虐-受虐关系一如既往,还将保持下去。

但应指出的是,萝莎之类人物心理上的受虐倾向,与她(他)们精神上的无根性、漂浮性或流浪性是密切相关的。从《逃离巫师》未发表的草稿来看,这部小说的所有人物本来都是移民(小说发表后,仅米沙、妮娜、卢谢维奇兄弟等人是移民)。[3]这固然与

---

[1] Murdoch, *The Flight from the Enchanter*, p. 240.

[2] 同上书,第 287 页。

[3] Murdoch, *The Flight from the Enchanter*, p. 52.

默多克在伦敦、比利时、奥地利的联合国救援与康复组织的两年工作经历有关，但她此时所受的存在主义的影响显然也起了作用。人在精神上的无所归依，其实是《逃离巫师》的一个重要主题。从存在主义的视角看，在一个"上帝已死"、价值失落的时代，人被"抛"到世上，陷入孤寂、充满风险的"自由"里。既然不再有上帝来提供一个有关人的概念，人的本质就得由人自己来界定。这就是所谓"存在先于本质"。也就是说，人之所以是自由的，是因为他们得行动，得选择，得承担行动和选择的责任，而人的本质或者说人之所以为人的根本，便在这一过程中得以形成和确定的。萝莎乃至其他所有人物便处在这种境况中。

在正式发表的《逃离巫师》里，萝莎虽然逃脱了移民的身份，但是她在精神上的无家可归，比之妮娜、卢谢维奇兄弟等却有过之而无不及。为了"同人民联系"，她自愿到卢谢维奇兄弟所在工厂工作，在那里认识了他们。在这之前，她曾做过记者。在做记者之前，她在一所学校教过历史。她母亲是个信奉费边主义的理想主义者。萝莎做记者期间，"因未能成为一个狂热的理想主义者而使她母亲失望"；虽然她在一定程度上实现了自己的目标，但那只是"一小点"，但"从来也未能从开始这一行工作时怀有的那种忧郁和愤世嫉俗中恢复过来"。[1] 当教师期间，萝莎又"因未能成为一个好老师而使她自己失望"。[2]

与俄国民粹主义者走向人民那种理想主义实践相反，作为中产阶级上层知识分子的萝莎是在一种"自觉的禁欲主义情绪"中来到

---

[1] Murdoch, *The Flight from the Enchanter*, p. 44.

[2] 同上书，第 44 页。

工厂的。她的禁欲主义近乎自虐：

> 对她来说，工作变成了一种令人作呕、被污染的东西，为
> 深藏在心里的野心、遭到挫败的愿望、来自他人的竞争、他人
> 对她的评价所玷污。现在她终于想要从这经历中发掘出一种单
> 纯的、健康的、流线型的、不装腔作势和枯燥乏味的东西。她
> 成功地使自己乏味到几乎死去。[1]

也像当记者时那样，她在新生活中仍无对生命中的真、善、美的
追求："至于美与善，萝莎当然对她的新生活不会有过高的期望；
已故母亲那种与人民打成一片的冲动，她压根儿就没有。"[2] 她
行为古怪、孤僻，"刚刚做到不成为被其他人怀疑的对象。"[3] 如
此这般，她之沦为卢谢维奇兄弟的肉体奴隶，便不足为怪。为了
摆脱他们的讹诈，她又甘愿再做米沙的精神奴隶，同样不足
为怪。

萝莎的生活是虚无主义的，是荒诞的。她在精神上无所归依，
她忧郁、孤寂、古怪，她愤世嫉俗、没有理想、没有追求。这些东
西都是萨特笔下人物通常具有的属性。考虑到默多克所受存在主义
的影响，再考虑到萝莎与萨特小说——比如《恶心》《自由之路》
《理性时代》《灵魂里的死亡》以及《最后的机会》——里众多人物

---

[1] Murdoch, *The Flight from the Enchanter*, p. 44.
[2] 同上书，第45页。
[3] 同上书，第45页。

的相似性，[1] 萝莎的原型完全可以追溯到萨特的哲学小说。

不过，萝莎的品质在《逃离巫师》并非为她一人所专有。安妮特便与她十分相似。她不仅在精神上流浪，而且是实实在在地无家无国。她有父有母，但父母老是住在国外，周旋于当地的上流社会，尽情地扮演其贵族角色。由于长期关在学校里学古典语言和现代外语，安妮特会讲四国语言，但哪种语言都讲不好。

为了"向生活学习"，安妮特未经母亲允许，便擅离林根霍尔女子学院。她在"生活的学校"里学到了一些什么东西呢？所学的第一课，是在成人后（她现年十九岁）与雷因伯勒第一次见面，便在其小花园里与他发生了未遂性遭遇。[2] 安妮特太不修边幅，所穿衣服太轻佻、太随意，这就使雷因伯勒难免欲火中烧，萌生了"摘花"的念头。不过，雷因伯勒小瞧了她。她早在十七岁那年，便在哥哥尼古拉的精心策划下，由尼古拉一个朋友给"摘了花"。事实上，《逃离巫师》故事世界里的所有男性，她都挑逗过。当然，她最崇拜的还是米沙。这甚至是一种从灵魂到肉体的崇拜。不过，米沙既是所谓"巫师"，再加与安妮特母亲的暧昧关系，对她只摆出一副"教父"的姿态便很自然。米沙似乎只对在精神上奴役、蹂躏他人感兴趣。再加上他对谁都保持一种若即若离的关系，这使一厢情愿的安妮特差点自杀（当然，最后她还是被米沙所救）。与萝莎"逃离巫师"又"返回巫师"不同，直到故事结束，安妮特似乎也仍然处于"寻找巫师"的过程中。

---

[1] 按，默多克有一部著作是 *Sartre: a Romantic Rationalist* (1954)，其中大约一半内容是直接评论萨特小说的。

[2] 之所以是"未遂"，是因为神秘的米沙在关键时刻的突然造访。这竟害得安妮特躲藏在雷因伯勒的碗柜里达一个多小时，差点憋昏过去。

在萝莎身上，精神和肉体虽然分了家，但她毕竟有颇为纯粹的精神的一面，而安妮特似乎无精神可言。如此看来，《逃离巫师》的世界中有如此一个萝莎，还有如此一个安妮特，再加那个与米沙关系特殊的妮娜（她性格懦弱，独处一地，与其他人极少交往；因消息闭塞，在报纸上读了一篇文章，竟错误地认为自己会被驱逐出境，故自杀身亡），尽管故事不乏喜剧性，要让评论界不说点怪话，是不可能的。无怪乎有人批评《逃离巫师》中的那个伦敦知识分子圈子简直就是个"动物园"。[1]也许因同样的缘故，也有人困惑于《逃离巫师》究竟"是一部存在主义小说，还是对存在主义的嘲讽"。[2]

四 恶中有善，善中有恶

当然，《逃离巫师》的人文景观并非如此简单，即并非只是米沙拽着萝莎之流，在通向地狱的存在主义之路上，大胆地往前走。一如后来的《砍掉的头》和《相当体面的失败》里的马丁和塔利斯那样，很大程度上塞沃德博士挽救了默多克作为一个"道德"小说家的名声。[3]也如塔利斯之于朱利叶斯那样，塞沃德同样是米沙的好朋友，两人交情颇笃。塞沃德患有肺结核，过着禁欲主义的学

[1] Anthony Rhodes, "Neo-Romans", *Listener*, 19th April, 1956, in Kate Begnal (ed.), *An Iris Murdoch Handbook*, Boston, 1987, p.5.

[2] Riley Hughes, "A Review on *The Flight from the Enchanter*", *Catholic World*, 183, July, 1956, in Begnal(ed.), *An Iris Murdoch Handbook*, p.5.

[3] 详见本书评论《砍掉的头》和《相当体面的失败》的相关分析。

者生活。他屋子从书架到桌子，从床上到地板上放满了打开的书，这是因为他正试图破解一种古巴比伦文字。他生活简朴，每天都花很长时间冥想。他性格如此温和宽厚，以至于几乎被封圣——在亨特看来，他"几乎就是个圣人"。[1]而在雷因伯勒看来，他又脆弱得令人感到悲哀："这种脆弱使他（雷因伯勒）痛苦，使他气恼。他想，没哪个人有权利如此脆弱……所有的男性都有某种粗野、残忍的权利，某种麻木的权利……塞沃德放弃了他的权利，或许他从来就没有过这种权利。"[2]

与摩根与塔利斯、朱利叶斯三角爱情关系（详下）相对应，《逃离巫师》里也有萝莎与塞沃德和米沙的三角爱情关系，而塞沃德与米沙之间则像塔利斯之于朱利叶斯那样，有一种对偶和互补的二重奏关系。或者说，他们之间存在一种对于故事意义的生成和确立提供了重要线索的白脸与红脸的关系。两人都处在故事中人际世界的边缘，但都以各自不同的方式超越了这个世界。两人都洞悉人性的弱点，只不过塞沃德更宽厚、仁慈。在整部《逃离巫师》中，自认为洞悉人性的米沙没能在其身上发现人性弱点的人，唯有塞沃德。与此对应，当雷因伯勒说米沙是一个"能做出极残忍的事的人时"，塞沃德眼睛盯着他，不接话茬。[3]这种保留对于准确把握米沙这个"巫师""恶魔"的含义意味深长。

如果说，塔利斯是一个"基督式的人物"（详下），塞沃德何尝不也是一个"基督式的人物"。他温和而善良的品性冲淡了《逃离巫师》似已沾染上的"他人即地狱"式的存在主义气味。以此故，

---

[1] Murdoch, *The Flight from the Enchanter*, p. 96.

[2] 同上书，第31页。

[3] 同上。

米沙对塞沃德怀有深深的敬意。在他举行的巴洛克式晚会上，他同塞沃德手挽手出现在众人面前，藉此给他最高的荣誉，从而使雷因伯勒之辈大吃其醋。米沙以其对人性弱点的把握，略施小技，其他人便"个个发疯，如通常那样"。[1] 当塞沃德说"是你使他们发了疯"时，米沙想了想，回答说："我无法使你发疯。"[2] 如此，他也就承认了人性中终究还是有尊严存在，人性并非完全彻底地像他在与其他人打交道时那么可鄙。终究还是有人与他所控制的那种施虐-受虐的心理世界处于绝缘状态。

在默多克看来，现代西方两大哲学体系即英语世界的语言哲学和欧洲大陆的存在主义哲学都太自我中心，太"浪漫"，太"不真诚"，[3] 于是推出了宅心仁厚、非自我中心的塞沃德和塔利斯之类人物作为尺度以匡时弊。米沙的作用非常不同。这个"恶魔""巫师"有点像《砍掉的头》里的霍诺尔（详下），是其他人物藉以去掉其人格遮饰，认识真实自我的媒介。萝莎、雷因伯勒、亨特、安妮特等人无不因为他而对自己有了深刻得多的认知，尽管这种认知并非总是令人愉快，因为人身上总是有种种不足、阴暗，甚至丑恶。塞沃德的功能则在于，他是一种人格的尺度，藉着他，其他人能更准确地观照、打量和把握自己。可一如其他"后现代主义"标榜者那样，默多克对这个尺度的经营并非理直气壮、旗帜鲜明。

还应看到，《逃离巫师》的一个重要特点是其主题和意义的模糊性。这与对塞沃德这一形象着力不够是有很大关系的。仿佛塞沃德非得是苍白的不可，否则《逃离巫师》便失去了主题和意义的不

---

[1] Murdoch, *The Flight from the Enchanter*, p. 205.
[2] 同上书，第205页。
[3] Iris Murdoch, *Sartre: a Romantic Rationalist*, London, 1987, p. 98.

明确性，而这种不明确性恰好是"后现代"叙事的一个基本条件。默多克俨然摆出了克服这种不明确性的架势。但她将残忍和怜悯互为因果地集于米沙一身，一方面把米沙写成一个以他人痛苦为乐的阴毒的施虐狂，一个"魔鬼"，同时还把讹诈分子卡尔文分配给他当喽啰，另一方面又把米沙和塞沃德的关系写成了一种挚友关系，赋予他们一种同中有异、异中有同的对偶性和互补性，甚至暗示他们的差异似乎只存在于某种表层结构中，而他们的相似则属于某种深层结构的范畴。

这是否意味着，即便在恶魔身上，也存在一个天使甚或基督？即便是恶魔，也未必不能封圣？这是否意味着，在人科人属的世界，恶中有善，善中有恶，二者之间并无一条截然分明的界线？无论如何，在默多克的心理、社会和道德世界，善与恶之间是一种你中有我、我中有你的关系。二者是矛盾统一的。在这个世界，处处都是矛盾统一。这就是生活，《逃离巫师》的主题便从中产生。既然是生活，就应该是也必然是模棱两可的，不然怎么可能成其为生活？也正是这种模棱两可性满足了"后现代"叙事的基本要求。

总之，《逃离巫师》是带着它的矛盾统一问世的。人性中善与恶的矛盾统一关系，是默多克式后现代小说的关键元素。不仅萝莎没能"逃离"它，安妮特、妮娜和其他女人和男人都没能"逃离"它，因为他们的造物主默多克没能逃离它。

第九章　道德困境中的道德施虐
——《砍掉的头》

一　显白的人性风景

本章将要讨论的作品有个可怕的书名："砍掉的头"（*A Severed Head*, 1961）。[1] 这部小说有六个主要人物。故事一开始，读者便看见律师马丁的妻子安东尼娅与精神分析治疗家帕默之间存在着婚外恋关系。与此同时，马丁也与刚刚谋得大学教职的乔姬有恋情，而且已使后者怀孕。安东尼娅向丈夫披露了她与帕默的暧昧关系，她觉得自己仍然喜欢丈夫。由于马丁对帕默怀有某种男性间的爱慕之心，因此对妻子与他的关系采取了宽容的态度。不久，帕默的妹妹，大龄不婚的霍诺尔·克莱恩博士从德国来到伦敦。她的出场使人物之间已然十分复杂的关系变得更加复杂，再加上马丁的弟弟亚历山大插手其兄与安东尼娅、乔姬的关系，于是六个人之间便像走马灯似地交换起性伙伴来。当然，最能吸引读者注意力的，还是男女主人公马丁和霍诺尔的关系。

---

[1] Sever 一词不一定表示"砍"。准确地说，它表示切断、割断、砍断，或用任何手段弄断。这里根据故事中发生的实际情形，把 severed 译为"砍掉"。

　　然而表现扑朔迷离的情爱关系并非作者的全部意图。《砍掉的头》的一个极其重要的思想内容在于：以同现实逻辑相悖的艺术实在，来呈现作者对人类道德困境的思考。作者默多克早年攻读哲学，拿到博士学位后，长期在牛津大学担任哲学教职。假如某种哲学或准哲学思辨在故事中太过显山露水，假如读者直接遭遇某种生硬甚或粗暴的哲学说教，不应太觉奇怪。许多批评家指责她以哲学僭越艺术。这并不冤枉她，但在"后现代"的大气候中，在某种小说是否仍能成其为小说的普遍焦虑中，作者所作的叙事试验却不乏价值。[1] 像大多数现代主义或后现代主义作品一样，默多克小说在主题、情节、人物和意象的使用上颇为朦胧。尽管如此，她的小说也有近乎通俗小说的可读性。读者一旦翻开《砍掉的头》，便可能不忍释手，一口气读完。一部实验小说竟有这种可读性，主要应归因于明快而紧凑的故事节奏。这说明，即使在所谓"后现代"情景中，故事性仍至为关键。只要仍是小说，引人入胜的故事肯定强过折磨读者的故弄玄虚。

　　《砍掉的头》明快的故事节奏不能不使人产生一个强烈愿望，即，一定得看看各主要人物在走马灯停止转动、或击鼓传花游戏鼓声骤停时的最终归宿。这强烈的欲望自然会产生一种紧扣心弦的效果。可起伏跌宕、充满突然转折的情节设计一次次打破读者的阅读期待，使他们的愿望总是落空，甚至使其得到这样的印象：小说中

---

　　[1] 默多克的开拓精神还表现在对精神分析理论的滑稽运用上。马丁醉酒后对霍诺尔施以暴力，以后又一口气写了三封信向她道歉。其中一封信以开玩笑的语气用精神分析理论解释自己为何施暴。但这封"不真诚"的信并没有发出。在默多克看来，乔伊斯、劳伦斯这些弗洛伊德的信徒用以解释人的行为动机的理论业已陈旧，因此便有对这种理论的滑稽模仿，和在模仿中对这种理论的摈弃。

各主要人物似乎都没有一个最终归宿，似乎都没有达到某个最终的目的地，而是永远处在旅途之中。不过，这旅途总是充满了新奇，藉着这新奇，默多克把读者领入一个独特的小说世界。这是一个现实与荒诞、必然性与偶然性不可分割地搅和在一起的"超小说"世界，一旦进入其中，读者若不至于忘掉其所熟知世界的因果格局，或者说具"常识"，就不可能领悟其独特的逻辑。读者切记，该世界是一个自成一体的艺术空间，显非对客观外部世界或主观内心世界的简单再现；但该世界也不可以视为一种纯粹形式实验的结晶，因为默多克在其实验中也揉进了深切的社会道德关怀，而且是一种人性风景太过抢眼故可能会牺牲艺术性的社会道德关怀。尽管如此，作者毕竟把狂放不羁的情节设计与深邃的哲学思考、严肃的道德探索有机结合了起来。

二　何谓"砍头"？谁砍头？砍谁的头？

许多小说能顾名思义，但"砍掉的头"使人百思不解其义。准确的把握既然困难，便只好满足于"似乎""仿佛"，以示判断之无把握。从某种意义上讲，也许霍诺尔便是那颗"砍掉的头"。她对马丁说："我是一颗从前原始部落和古代炼金术士使用的那种砍掉的头。他们给它涂油，在它舌头上搁一块金，使它讲出预言。谁能说与一颗砍掉的头长期相处不会使人获得令人惊诧的见识呢？"[1]虽然霍诺尔没有直接讲出"预言"，但她似乎总能预知未来，故事

---

[1] Iris Murdoch, *A Severed Head*, Penguin, 1967, p. 182.

的发展似乎总以她的意志为转移。她那散发着魔力或神力的存在支配着故事世界里的每个人、每个事件。其他人物因与她相处，也确实获得了"令人惊诧的见识"，因为他们是在她到来之后，在她介入他们之间的复杂关系后，才逐渐摈弃了从前那些虚妄的自我认知，故而对自己的真实处境有了深刻得多的领悟。

可是许多其他场景似乎又暗示并不是霍诺尔被"砍头"，而是她"砍"其他人的头。只是不宜从字面上直解"砍"的意义。霍诺尔一来到伦敦，便开始了马丁所谓的"拆卸"活动（按，"拆卸"一词英语为 dismantle，也有"去掉遮掩"之义）。她迫使乔姬主动供认一切，从而使马丁与乔姬的关系暴露出来，迫使二人担负起应有的道德责任，接受安东尼娅和帕默的谴责。马丁之披露真情自然意味着一番强烈的痛楚，而安东妮娅和帕默的良心也并不见得更好受一些；即便在他们自己心目中，其婚外恋关系也并非完全正当。显然，霍诺尔的"拆卸"活动并非只会产生一个单一后果，而会连锁反应般地产生着多种后果。

最能说明问题的，恐怕还是霍诺尔给马丁表演日本刀术这一场景。她把帕默和安东尼娅用过的一些餐巾抛向空中，然后用那把珍藏的日本战刀以迅雷不及掩耳之势将它们劈成齐整的两半。用马丁的话说，她"砍掉了它们的头"。[1] 后来的故事发展是与这个场面是紧密呼应的。霍诺尔把乔姬介绍给亚力山大，后者为了报复与他深恋着的安东尼娅与马丁的复归于好，耍手腕使乔姬坠入情网，同她结了婚。这使得安东尼娅妒火中烧，她与亚力山大持续已久却不十分确定的关系也因而暴露。显然，这种连锁反应般的"拆卸"或

---

[1] Iris Murdoch, *A Severed Head*, Penguin, 1967, p. 97.

"砍头"行为的直接动因是霍诺尔。此外,霍诺尔还通过巧妙的安排,使爱恋着她的马丁发现了她与她亲哥哥帕默的暧昧关系。

因而不妨认为,霍诺尔其人犹如她那把用于"砍头"的日本战刀,而这把战刀与其说是用来"砍头"的,倒不如说是用来剥掉他人的人格遮饰的。这里,存在主义者默多克所要表明的是:人人都自觉不自觉地把自己的真实人格深深掩藏起来,紧紧锁闭起来,既不积极地行动,也不能勇敢地面对自己浑浑噩噩的消极生活样式(这对于存在主义来说,也不失为一种选择),并对其后果承担道德责任。在让-保罗·萨特看来,既然人不再信上帝,他们就不再处于一个价值朗照的世界,人生的意义也就不再具有恒久坚实的根据。甚至连所谓人性也是不存在的,因为现在已经无需用一个似乎完全靠得住的上帝概念来提供一个关于人的概念了:"人就是人。这不仅是说他就是自己所认为的那样,而且也是他所愿意成为的那样——是他(从无到有地)从不存在到存在之后所愿意成为的那样。人除了是自己所认为的那样以外,什么也不是。"[1] 按萨特的说法,人自身已经成了一切价值判断的终极根据。可是人本身是否靠住呢?这显然是一个见仁见智的问题。既然如此,那么最终的解决办法可能是不存在的。因此,这个问题是一个悬而未决的问题。

以此存在主义理念来观照安东尼娅和帕默的行为,可以认为,他们并非不知道自己所愿意成为的是什么样子。即使在霍诺尔介入之前,他们备受良心的煎熬,霍诺尔的干预只不过使他们清楚地意识到自己道德腐坏的深度而已。这似乎也表明,霍诺尔的作用在于

---

[1] 让-保罗·萨特:《存在主义是一种人道主义》(周煦良译),上海:上海译文出版社,1988 年,第 8 页。

实施某种道德监督，而且这是在一个充满虚伪的世界里进行的一种仿佛是非主动的、不可逃避的道德监督。从上述《砍掉的头》故事中的诸多事件来看，霍诺尔还是一个不受由其他人物所构成的道德世界（多少也就是人人所熟知的那个道德世界）里种种关系制约的人。她是一个既具有道德超然性，又积极性介入了她并非在一种正面的意义上所属的那种道德生活的人。可以说，她是默多克塑造的又一个神一般的人物。这个人物凭借其具有必然性的中介作用执行某种特殊的使命，而那些在自由选择中确立自我本质的一般人，只有借助这种中介才能认识自我，界定自我，不断重新确立生活的方向，并勇敢承担起自己正在创造着的生活中的种种责任。应当注意的是，霍诺尔这种道德超然性不仅帮助而且强迫其他人实现这种转化。在《砍掉的头》里，谁没有因她而经受一场严峻的道德审判呢？

三　霍诺尔的道德贪婪

默多克在其著名的文学和哲学宣言《反对枯涸》[1]中说："我们不是孤立的选择者……我们沉沦在我们不知其本质的现实中，同时又不断受到幻想的强烈诱惑，要扭曲这现实的本质。但我们所需要的，是一种对道德生活之艰巨性与复杂性的新认识，对人之不透

---

[1]《反对枯涸》（*Against Dryness*）一文发表于 1951 年。作者对"枯涸"的解释是"小家子气、明确性和自足感"，与象征主义以及 T. S. 爱略特和维特根斯坦一类人物紧密关联。

明性的新认识。"[1] 在这里，默多克之强调道德生活的艰巨性与复杂性，以及人在道德上的"不透明性"，是以人类刚刚经历了奥斯维辛集中营以及长崎和广岛的恐怖历史事实为背景的。活生生现实中的人类苦难敦促有社会责任感的思想家、艺术家重新思考人类的处境。

危机显然存在着，可是人文主义的默多克却并没有因此得出人性本恶的简单化结论，尽管刚刚发生的浩劫使她有充分的理由这么做。作为无神论存在主义哲学的信徒，她没有发出悲观主义的长吁短叹，而是号召人们积极行动起来，去对重新认识和界定自己的道德困境。这种积极入世的行动哲学的目的是明确的：在这个"上帝已死"的世界，虽然"自由"却孤苦伶仃的人必须积极行动，必须勇敢地承担行动所带来的一切责任，更重要的是，得认识到这种行动本身是艰巨的，是不可能一帆风顺的，其结果是没法预测的，因为自由选择中的人"总是有个未来要形成"。[2] 因为人性或人的本质由行动中的人以其行动来界定，而且总是处在形成的过程之中。

在《砍掉的头》中，督促甚或强迫人们这么行动的人是霍诺尔。她的行动或参与总是使其他人物一次又一次实现自我的重新认识和重新界定的肇始因素。或者说，在这部小说的特殊维度中，她总是个神秘的"肇事"者。如果把六个主要人物之间纷繁复杂的关系比作一部机器，那么机器的开动者则非霍诺尔莫属，尽管她本身也是它的组成部分。机器一旦发动起来，便不可逆转地运转下去，

---

[1] Iris Murdoch, 'Against Dryness', in Malcolm Bradbur (ed.), *The Novel Today*, Oxford, 1978, p.29.

[2] 萨特：《存在主义是一种人道主义》，第13页。

这时，霍诺尔需要做的事不外乎检查、添油、看护。在此意义上，她显然也发挥了监督性的中介作用。十分非"现实主义"的是，她执行这一中介功能的方式似乎是对他人的痛苦（或许还有快乐）的积极参与，对他人道德生活的积极操纵，而自己则仿佛不受任何影响。这种道德上的超然性赋予霍诺尔以一种只是在默多克小说中才能发现的那种近乎神性的特权，而霍诺尔对这种特权的使用似乎又十分贪婪。

因此，不妨把她的干预、操纵和控制视为一种道德贪婪，甚至道德施虐。无怪乎马丁戏称她是"默杜萨"，是"盘旋在帕默和安东尼娅头上的一只吃腐肉的乌鸦"；而当霍诺尔说她不相信神，而相信人（好一个人文主义者！）时，马丁又说，她"听上去仿佛像是狐狸说它要跟鹅交朋友、黄鼠狼要给鸡拜年似的"。[1] 然而，虽然霍诺尔表现出了这种贪婪和施虐的倾向，仍不妨把她视为英国二十世纪文学中反复出现的救世主形象的一个特殊变体。她所扮演的角色与康拉德笔下大梦初醒的科兹，[2] 爱略特笔下蒙难于大教堂的托马斯主教，以及戈尔丁笔下被群氓活活打死的西蒙[3]之类人物在本质上是一脉相承的。这些文学形象都以各自的方式带来了现代人处境的启示。霍诺尔与这些救世主形象的明显不同之处在于：她不仅没有被牺牲，反而在道德上对他人进行了施虐性的盘诘、骚扰，并通过操弄人际关系对他人进行了残酷的心理打击。她洞察一切，也插手一切、控制一切，仿佛一切都以她的意志为转移。在一般意义上，这些做法完全可能使她遭人痛恨，可在默多克的奇特故

---

[1] Murdoch, *A Severed Head*, p.110.
[2] 参见本书第六章有关科兹形象的讨论。
[3] 参见本书第一章中有关西蒙形象的讨论。

事世界，这似乎并未引起其他人物反感，更何况默多克存在主义式
启示录的确是通过她来传达的读者的。显然，对霍诺尔的解读是关
键，若不准确，就谈不上对整部小说的理解。

四　马丁与霍诺尔"二重奏"

要准确把握霍诺尔的内涵，也必须对配角马丁作一个分析。从
叙事技巧的角度看，马丁是小说的第一人称叙述者。作品是通过他
来评论和解释霍诺尔的。默多克虽然没有把马丁简单地当作她思想
的传声筒来使用，但从技术讲，她也没像乔伊斯和福克纳之类的小
说家那样超然地运用人物视角。经过马丁过滤后的作者意图仍十分
明显。马丁与霍诺尔的二重奏或双簧关系也应引起读者的密切关
注。小说结尾时，明明已乘飞机去美国的霍诺尔突然又出现在马丁
的寓所。沉浸在幸福中的马丁警告她，要是这仅仅是为了捉弄他，
那她就最好离开。对此，霍诺尔的反应并非明确；但她对他所讲最
重要的话是：他们今后的关系"与幸福毫不相干"。[1] 她这样讲的
意思是，他们两人都面临着一场新的挑战，至于他们最终能否赋予
这种关系以积极的价值，两个人都得"碰碰运气"。[2] 可是，在一
种更广阔的意义上，不得不"碰碰运气"的，岂止马丁和霍诺尔这
两个剧中人。其实，这对经历了第二次欧洲大战的新亚当夏娃的存
在处境，未尝不是当今人类的存在处境。如果说他们所面临的，是

---

[1] Murdoch, *A Severed Head*, p.205.
[2] 同上书，第205页。

深不可测的未来的挑战，当今人类所面临的，未尝不是同样的挑战。默多克想要说的是，人类像马丁和霍诺尔一样，在深邃而不可预测的未来面前，也得"碰碰运气"。

不难看出，霍诺尔与马丁两人在故事结束时的模糊关系有加强默多克哲思传达的作用。既然作者认为人是不可界定的，那么她小说的中心人物之间的关系也理所当然是不确定的。默多克心目中的人类现实显然不是一个既定不变的整体。认识到这一点，认识到现实中存在着诸多偶然性，对于艺术想象来说至关重要。在默多克看来，第二欧洲大战前艺术家和思想家的有关认识是不足的。他们对现实生活中可能存在的结构性和有序性仍然表现出相当强烈的依恋。他们那种营造"晶体"般明晰的意象和象征的倾向，是给人以"抚慰"、使人"麻痹"的"梦幻需要"（dream necessity）的残余。[1] 由此看来，皈依了正统国教的 T. S. 爱略特和逻辑实证主义者维特根斯坦二人虽然观点不同，甚至有根本性分歧，但在二人思想都是"梦幻需要"的残余这个意义上，他们在作者眼里都着实落伍了。新一代小说家应当像默多克那样，把哲学的任务至少部分地接管过来，把他们对实在本质乃至对人类处境的新的理解艺术地、哲学地传达出来。

此外，除了马丁与霍诺尔的关系，亚历山大与安东尼娅、帕默与乔姬的关系在小说结尾时也远非稳定。这种不稳定感产生了一种故事尚未结束的意蕴，或者说赋予《砍掉的头》以一种恒久的开放性，仿佛小说的不确定性超越了小说本身，已切入现实之中，并在现实当中获得了某种普遍的价值。

---

[1] Murdoch, "Against Dryness", in Bradbury (ed.), *The Novel Today*, p. 30.

最后应指出，小说中反复出现的雾意象也不乏深刻的含义。这恐怕不能简单地归因于伦敦多雾这个事实。马丁在潜意识中爱上了霍诺尔后，趁着醉意在阴暗的地下室里对她施以暴力；醒过来后，他又一口气给她写了三封请求她宽恕的信（尽管只发出了一封）。在此后几天，精神恍惚的马丁苦闷地徘徊于伦敦街头。这时，雾对他而言"使人激怒，使人痛苦……我看不见，我看不见……在此，仿佛某种内在的盲目正在外在化……我只看得见事物的影象和线条，除此之外，什么也看不清楚"。[1] 这种雾意象的目的很明显，也许过于明显。不透明的雾与不透明的人相平行，内在的盲目与外在的模糊相对应。默多克的手法很难说是含蓄的。尽管如此，必须看到雾意象的使用有加强小说主题传达的作用。

五　哲学小说的意义

既然默多克坚持人或者说人性是不可界定的，是不透明的，那么，《砍掉的头》里的各个人物是否被这种颇具否定意味的属性所淹没了呢？故事中六个人物那种似乎不受道德关系制约的"自由选择"或"自我界定"难道不具任何积极意义？默多克的回答似乎并非十分乐观。这种态度显然源于其存在主义的哲学立场。也许，积极与消极，乐观与悲观的二分法并非适于默多克的作品。尽管她是个专业哲学工作者，或者说，是个哲学型小说家，但她也并非一个简简单单、急不可耐地要开出救世药方的救世主。作为一个"后现

---

[1]　Murdoch, *A Severed Head*, p. 122.

代"小说家，或者说，作为一个处于"后现代"时期的小说家，默多克甚至没能表现出任何滑稽模仿——如约翰·福尔斯在《法国中尉的女人》（1969）中对维多利亚时代小说的滑稽模仿那样——的冲动。无怪乎很多人批评她缺乏幽默感。

但有一点可以肯定，那就是，默多克对笔下人物倾注了某种同情，某种颇具反传统意味的。霍诺尔难道不能看作一个恶魔？可她同时也是一个神一般的人，尽管有点讨厌，尽管这种神人只可能在虚构作品中才能存在。而她的"恶"，只是在无情地剥掉他人人格遮饰的意义上，才真正称得上"恶"。这种"恶"又何尝不是一种对人性的道德审判？何尝不是一个作者藉以呈现人所面临的道德困境的手段？因此，可以得出这一结论，即《砍掉的头》的积极意义应当到作品整体中去发掘，作者的意图应当辩证地把握。不应拘泥具体的人物和事件，而应当对人物和事件在一种总体格局中加以观照，在此基础上对其作一个定性，对小说方能有正确的解读。这似乎要求读者把《砍掉的头》当作寓言来读。实际上，这部小说很大程度的确可以看作一个关于现代人处境的"后现代"寓言。

最后要说的一点是，即使今天的人类已是所谓"后现代"社会语境中的人类，即使默多克塑造出了霍诺尔这个道德施虐者、心理迫害者，她对人类并非不怀有同情，至少对人类并不失望。暂且不论作为艺术品的《砍掉的头》诗无达诂，在《反对枯涸》这篇论文中，默多克就早已说过，人具有"实质性"，人是"有价值的"。[1]这些话很值得注意，表明尽管人类经历了纳粹主义、长崎广岛以及其他诸多丑恶与凶残，默多克对人的信念并没动摇。在骨子眼里，

---

[1] Murdoch, "Against Dryness", in Bradbury (ed.), *The Novel Today*, p.30.

她仍是一个人文主义者、人道主义者，或者说，至少在写作《砍掉的头》时，她仍然是一个萨特式存在主义的人文主义者、人道主义者。默多克有她的不足，在文学史上不大可能取得乔伊斯、伍尔夫和劳伦斯式的地位，她的小说在中国也不大可能产生《百年孤独》那样魔幻般的巨大影响，可是在英语世界，《砍掉的头》在继承法国式哲学小说传统的基础上，把哲学观点的阐发与叙事艺术的融合提升到了一个新高度。在一个缺乏哲学小说传统的国度，默多克式哲学小说的价值就更凸显了。

第十章　人性究竟值几个几尼?
——《相当体面的失败》

一　性恶论者的毒辣

"朱利叶斯·金。"

"你讲他的名字就像在思考它。"

"我是在思考它。"

"他不是圣人。"

"他不是圣人。可是……"

朱利叶斯·金的名字在鲁珀特·富斯特的喃喃声中出现。就这样,在鲁珀特与其妻希尔达·富斯特的对话中,默多克的小说《相当体面的失败》(*A Fairly Honorable Defeat*, 1970)开章了。像《砍掉的头》的女主霍诺尔那样,小说的男主人公朱利叶斯也是一个大搞道德施虐的人,只是其道德施虐的后果比《砍掉的头》严重得多。在《砍掉的头》里,霍诺尔的道德施虐、道德操纵只是将人性的阴暗面淋漓尽致地曝了光;在《相当体面的失败》里,朱利叶斯的相应做法则不仅暴露了人性的丑恶,而且将内心丑恶的个人置于死地。[1]朱利叶斯·金是不是一个"圣人"暂且不论，这里鲁珀特对他表现出了某种恐惧是显而易见的。但朱利叶斯是否如许多评论者所说那样，是"魔鬼""撒旦""邪恶的""最不可信的"呢？[2]

要回答这个问题，首先得知道，《相当体面的失败》的小说世界是由两个基本向度组成的：一个是与现实世界的社会、道德、政治、法律关系密切对应的维度；一个是超然于这些关系之外的道德哲学思辨的维度。不如此，则要把握现实与荒诞搅和在一起的默多克小说世界，就太困难了；要领悟这个世界的有悖因果格局的独特逻辑，也太困难了；更重要的是，就会困惑迷失于这个世界里的善恶之辨。换言之，《相当体面的失败》的故事是由两个世界组成的，一个世界与现实逻辑一一对应，为了讨论方便，姑且称之为形而下世界；另一个世界与现实逻辑相悖，但因对于默多克小说信息的总体传达具有关键意义，有明显的形而上思辨价值，姑且称之为形而上世界。对两个世界作了如此区分后，小说的解读或可变得那么沉重，"不可信"的人物和情节或可能显得可信一些。

在某种形而下的意义上或者现实层面，故事中的朱利叶斯不可谓不阴险毒辣。一个中产阶级上层圈子，乍看起来那么圆满，那么和谐，竟因他跟前情人摩根以十个几尼（约合 10.5 英镑）打赌，

---

[1] 参见本书有关《砍掉的头》的相关讨论。

[2] Peter J. Conradi, *Iris Murdoch, Saint and Artist*, MacMillan Press, 1986, pp. 159-183；William H. Pritchard, "A Sense of Reality", *Hudson Review*, 23, Spring, in Kate Begnal(ed.), *An Iris Murdoch Handbook*, Boston, 1987, p.76；以及未署名评论，"Re-Run for the Enchanter", *TLS*, January, 1970, p.101, in Kate Begnal(ed.), *An Iris Murdoch Handbook*, p.76. 此文有戏仿默多克 *Flight from the Enchanter* 书名之意，参见本书有关《逃离巫师》的讨论。

因他一封伪造的情书——默多克为了有效地使两个世界衔接，使受害者们因一封假情书而双双坠入情网，不能自拔，痴迷到认不出笔迹的地步——和其他几个小把戏，便弄得家破人亡，好景不再，因此说他代表"恶"，实在不冤枉他。同样，在某种形而下意义上，鲁珀特似乎又是"善"的代表。他是"利他主义的"，[1] 他有受人尊敬的职业、丰厚的收入和美满的家庭。他简直具有一个中产阶级上层人士所应具有的一切德性。此外，他还在撰写一部讨论善的书；身为公务员，他自封为业余哲学家。他甚至对自己的理论还能做到活学活用，言必称善，念念不忘用爱的理论来教育妻子、儿子以用其他碰巧有机会被他教育的人，以此解决实际生活中的人际关系问题，俨然一个世俗形态的新型牧师。

可是与其说鲁珀特"代表"善，毋宁说他是个性善论者更为确切。他相信，人性藉着爱是可以得到完善的，爱可以解决一切问题。他带着文艺复兴时代人文主义者那种对人自身能力的无限信心，带着他们那种时代所赋予的豪情壮志，真诚地相信 Amor vincit omnia（爱战胜一切）。[2] 在他看来：

> 爱终究会产生效果的……有时我们简直不得不继续无助地爱某个人，带着盲目的希望和盲目的信仰爱某个人。当爱以其最赤裸的形式就是希望，就是信仰时，它就几乎是非人格的，就会丧失它的一切吸引力和温暖人心的能力。但恰恰在这时，爱表现出

---

[1] Iris Murdoch, *A Fairly Honorable Defeat*, Penguin Books in association with Chatto & Windus, 1986, p. 11.

[2] 同上书，第12页。

最强大的力量。恰恰在这时,爱可能真正显示救赎的能力。[1]

在这段陈述中,爱似乎具有终极的存在论价值。他对爱的倡导,明显带有基督教早期教父护教论式的狂热和"正因为不理解才信""信仰就是为了理解"式的盲目激情。若把鲁珀特的爱置换成上帝,他就俨然是一个神学家。在他心目中,爱就是上帝,就是存在。

二　性善论者的完败

与鲁珀特相反,朱利叶斯是个性恶论者。在他看来,人性极其脆弱,极其廉价,什么夫妻恩爱、朋友情谊,这些东西在自我面前、在虚荣心的进攻下,统统都经不起打击,统统都会败下阵来,值不了"十个几尼"。与鲁珀特关于善和爱的哲学相对,朱利叶斯也就自己的立场作了宣言式的直陈:

> 人是粗糙地营建起来的实体,充满了不确定性、模糊性和空虚性。个人在种种需要的驱使下,彼此抓住不放,而后又分手,继而又相互抓住不放……没什么关系不能轻而易举地打破……玩弄一下人的虚荣心,播下一点不信任,暗示一下一个人所深深怀有的对另一个人的轻蔑,就可使一个人背弃另一个

---

[1]　同上书,第26页。

人……每个人爱自己之甚于爱邻人，需用天文数字来计量。"[1]

因此，与其把小说的主题简单地归结为善与恶的斗争，倒不如把它阐释为性恶论与性善论的叙事辩论。鲁珀特与朱利叶斯便是传达这两种针锋相对人性观的叙事媒体。他们之间的斗争贯穿全书，前者最终输给了后者，虽然输得还算体面，甚至"相当体面"。[2]

当然，在现实逻辑的意义上，朱利叶斯的做法显然不具有道德正当性。为了证明自己的看法正确，他选中主张人性本善的业余哲学家鲁珀特作为牺牲品，模仿中产阶级上层人士写情书的口吻（这似乎很容易办到；在朱利叶斯看来，中产阶级以其阶级属性不可能不缺乏个性，就连写情书也不可能不千篇一律[3]），以摩根的名义给他写了一封情书，言必称善的鲁珀特果然没能抵挡住虚荣心的进攻，落入背叛自己的"信仰"，与小姨子热恋的陷阱里不能自拔。

---

[1] Iris Murdoch, *A Fairly Honorable Defeat*, Penguin Books in association with Chatto & Windus, 1986, pp. 233–234.

[2] "善"当然还可以失败得更体面一点，那就是它的信奉者的自杀，而不只是在痛苦和恍惚中失足落水淹死。不过，鲁珀特陷入对摩根的爱不能自拔后，产生了剧烈的内疚感，其所导致的落水淹死与自杀十分接近，因而还算"体面"，甚至"相当体面"。

[3] 这是借朱利叶斯对中产阶级的附带的挖苦。《相当体面的失败》于1970年问世，其构思和实际写作当与1968年西方国家（主要在大学）反资产阶级价值观的"文化革命"同时。时代的震荡对默多克的小说创作多有波及。她大多数小说写的是中产阶级上层人士，甚至就是用中产阶级上层的视角来写的。虽然这些小说充满了对他们的批评，或者说这种批评就是其小说的主题，但总的说来对他们也不乏同情，也的确寄予他们很大的同情。但，《相当体面的失败》通过朱利叶斯和鲁珀特这两个人物而展开的对于中产阶级的批评，比在默多克其他小说中更为严厉，其中对中产阶级的虚伪和装腔作势所作的激烈批判，堪比马尔库塞式新马克思主义激励下的造反学生。

如此这般，使善落败于恶的默多克式故事启动了，朱利叶斯要做的其他事情，不外乎在适当时候耍耍小花招，把鲁珀特-摩根恋爱关系巩固下来，再在适当时候将他们的恋情披露给鲁珀特的妻子希尔达、儿子彼得、弟弟西蒙、摩根的前夫塔利斯·布郎等人，从而使鲁珀特在自责和他责的双重压力下，自尊心遭到彻底摧毁，借酒浇愁，醉意朦胧中失足落入自家的游泳池淹死，故事也就此收场。

有了这种一厢情愿的故事逻辑，《相当体面的失败》的结尾很自然地带上了《包法利夫人》结尾式的黑色幽默韵味，朱利叶斯不无得意、一五一十地给塔利斯讲述自己导演整个悲剧的动机和详细经过，居然没遭到塔利斯这个至善的"基督式人物"[1]哪怕一丁点责备。朱利叶斯甚至在鲁珀特生前向他推荐的一家巴黎餐馆踌躇满志地用餐："太阳暖暖地晒在背上。生活是好的。"[2]虚构世界里搭上一条人命的恶善之战，最终以恶大获全胜而结束。再加上朱利叶斯在西蒙与其同性恋男友阿克塞尔在一家酒吧里与人斗殴时坐山观虎斗，对暴力表现出一种激动甚至亢奋的欣赏，将他看作一个恶魔似乎也说得过去。

但是，恶对善的形而上胜利毕竟是《相当体面的失败》所传达的更重要的信息。恶与善的二元对立从来就存在于人对自身、对自然、对宇宙的思考和把握中，存在于人对终极实在的领悟中，被看作人性的固有成份，而克服恶则是人的永恒追求。纯粹的善或纯粹的恶是不存在的，也就是说，善恶有相对性，于是又有了超越善恶对立的企求。从世界各大宗教体系来看，对善恶的理解与克服恶的

---

[1] Conradi, *Iris Murdoch, Saint and Artist*, pp. 174 - 176.
[2] Murdoch, *A Fairly Honorable Defeat*, p. 447.

方式可谓大同小异。基督教假设有一个全知、全能、全善的上帝，可如何解释世界上存在过于丰饶的恶这一现象？于是，它又不得不假设存在着撒旦作为上帝的陪衬，但只是在辅以丰富多彩的神正论论说之后，基督教才对恶作为一种普遍现象勉强有了个交待。儒学则有理欲之辨，合于天理的"道心"（"善"或"理"）与以个体欲望为内涵的"人心"（恶或欲）的相对立、相抗衡。[1]犹太教、伊斯兰教、印度教也有类似的善恶说。在琐罗亚斯德教和摩尼教里，善与恶的二元对立、冲突异常鲜明而突出。佛教的进路不仅与三大经书宗教和古代波斯宗教不同，甚至跟儒家、道家等思想体系也很是不同。佛教解决善恶问题的道路非常独特，即，想方设法抹平善与恶的对立冲突，一如它竭力消解万事万物的"自性"或同一性那样。

明白了这点，便不难看出，从故事一开始，鲁珀特就寄予的那种对于朱利叶斯其人的关注和"思考"所具有的关键性的主题和结构意义。它表明，在《相当体面的失败》的故事维度，"善"对恶怀有某种本能的恐惧，它本能地担心自己有可能被恶摧毁。但既然鲁珀特和朱利叶斯都是默多克头脑的产物，也不妨说这种恐惧来源于默多克（甚或总体的人？）头脑里善对于恶所怀有的天然恐惧。

这种恐惧是不乏形下根据的。在故事开始时，朱利叶斯尚未出场就已"出名"了。[2]他之所以"出名"，是因为他公然退出由军方资助，用于生化战争的神经毒气和能抵消抗生素药效的炭疽的研

---

[1] 朱熹说："此心之灵，其觉于理者，道心也；其觉于欲者，人心也。"见《朱文公文集·答郑子上》卷五十六。

[2] Murdoch, *A Fairly Honorable Defeat*, p.12.

究工作，[1] 而且整个事情见诸报端。故事结尾时又有一个场面与开首相呼应。朱利叶斯挽起袖子做清洁时，塔利斯发现他手臂上有一圈蓝色烙字，这是他在纳粹集中营时的身份号码。[2] 如此看来，朱利叶斯不仅见证了二战前发生的、现已是盖棺定论的恶，而且参与并有意识地退出了二战后仍在发生的，但尚未盖棺定论的恶。也许正是因为有这种现实层面的依据，默多克才不怕招来"虐待狂"[3] 的恶名，狠狠地判处言必称善、言必称爱的鲁珀特淹死，使一个好端端的中产阶级家庭家破人亡。小说结尾是一幅无比凄凉的景观：希尔达、彼得和摩根因内疚，纷纷自我放逐，离开了使他们痛苦万分的伦敦，远走高飞到加利福尼亚。

正由于有这种现实根据，朱利叶斯恶魔般的行为才有了某种形上层面的合法性。既然两次欧洲大战（涉及整个世界）的事实明摆着，再发生欧洲大战的危险也并未消除，说人性本善，不是在撒弥天大谎，是什么呢？正是鲁珀特对于善和爱的特殊理论嗜好，使朱利叶斯萌生了这一念头：在事实检验下，他那道貌岸然的大话空话能否站得住脚。在他看来，所谓人性善，完全就是一种虚饰和自矜，一种自作多情："人常常梦想把善延展到超越他们可怜巴巴的为善能力的水平。可这纯粹是梦想……这种延展意义上的善，连一个完整的概念也算不上。"[4] 人为善的能力之所以低下，原因应该到人对人深刻的互不信任里去找，到"爱自己之甚于爱邻人，需用天文数字

---

［1］　同上书，第 12—13 页。

［2］　Murdoch, *A Fairly Honorable Defeat*, p. 430.

［3］　Paul D. Zimmerman, "A Deplorable Fool", *Newsweek*, p. 75, February 16th, 1970, in Kate Begnal(ed.), *An Iris Murdoch Handbook*, p. 78.

［4］　Murdoch, *A Fairly Honorable Defeat*, p. 224.

来计量"这种自我中心主义里去找。不然，鲁珀特与希尔达长达二十几年的夫妻关系怎么会因朱利叶斯一个小把戏便被彻底摧毁了呢？

三 善人塔利斯

正如希尔达所说，朱利叶斯从根本上并不对这种局面负责，因为"这一切完全是自动发生的"。[1] 也就是说，鲁珀特的本性乃至人的本性中含有一些根本缺陷，这些缺陷最终可能导致人的彻底毁灭。换句话说，人性中包含着自我毁灭的因子；危险不在外部，就在人自身中。人类苦难的根源在于人性有着根本性的欠缺。更值得深思的是，人类的苦难显然不是只由纯粹的恶人制造的。希特勒不是从无中生出来的，而是从人群中产生的，也就是说，即便是十恶不赦的极恶之人，也是人类作为一个类属或种属的产物。

用对默多克影响颇深的存在主义论述来观照，既然"上帝已死"，人被孤零零地"抛"到世界上，人就不得不承担起对自己负责的重任，就不得不对自己一切行动或行为负责，对自己的一切善恶负责。不光作为总体的人必须对其一切行动和一切善恶负责，每个个人都负有重大责任。因为，即便是个人在单独行动或单独进行选择，他也是在为所有的人行动或选择——假如我做懦夫而不必担当做懦夫的后果，那么人人都可以心安理得地做懦夫了；假如我杀人而不承担杀人的后果，那么人人都可以心安理得地杀人了。不仅如是，现在的人们做出行动，进行选择，也是在为将来的人们做出

---

[1] 同上书，第378页。

行动，进行选择。换言之，在存在的永不停息的因果链上，每个人的每次行动都既是果也是因，甚至更大程度地是因。

由此看来，朱利叶斯的性恶论不乏警世意味。他虽然不是鲁珀特心目中的"圣人"，甚至不是一般人心目中的"圣人"，但他的人性论却比鲁珀特的人性论包含更多责任心，因此并非不可以把他看作另一种意义上或另一个维度中的"圣人"。他虽然以恶毒的诡计置鲁珀特于死地，从而为他的造物主默多克挣来了"虐待狂"的名声，却不能因此认为作者在创作中真是那么阴暗、狠毒。这是因为默多克还创造了塔利斯这个"基督式人物"。作为摩根的前夫，塔利斯是所有人物中最善良、最无私、最宽容的一个，却也是摩根最瞧不起的一个。尽管如此，他对摩根即使不是一往情深，也总是怀有某种温和的爱慕之情。在所有人物中，他是唯一对鲁珀特-摩根恋爱的消息表示怀疑者。他赡养脾气暴躁、身患癌症的八十多岁的老父亲，跟他住在一起，这在西方人中极其少见；他四五十岁了，却用少年时期所用昵称将其老父亲称为"Dad"，这在西方成年男子中同样极不寻常，因此被摩根讥为"queer"；[1] 作为工党党员，他做了大量党务工作以及其他社会工作，不计报酬或少计报酬；鲁珀特与摩根恋情暴露后，希尔达愤而出走，彼得将父亲写了八年的那本论证善的书稿撕得粉碎，又是他敦促朱利叶斯向希尔达披露真情，积极帮助富斯特一家人渡过难关。如此看来，塔利斯是个善人，一个低调的善人。

[1] Queer意为"异常""奇怪"等，在俚语中也指"搞同性恋的"。

在与摩根有婚恋关系[1]的三人中，塔利斯与朱利叶斯有着某种对称、互补的二重奏关系。两人都独往独来；两人都喜欢做不速之客，即喜欢在最出乎意料的时刻出现在其他人举行的生日晚会或晚餐会上；两个人中一个是摩根的前夫，一个是前情人。鲁珀特死后，朱利叶斯与塔利斯关系亲密，与他探讨人性问题，给他讲述欺骗鲁珀特的详细经过。在所有男性人物中，他最尊重塔利斯，而对其他人则是要么置于死地（鲁珀特），要么狠狠捉弄或挑逗一番（摩根、西蒙、阿克塞尔、彼得等人）。[2]可以说，在《相当体面的失败》的故事世界中，朱利叶斯这一自认深谙人性者在其身上未发现任何人性弱点的，只有塔利斯一人。在朱利叶斯导致的大震荡中，塔利斯自始至终都保持了冷静和理智。

无论塔利斯是不是一个"基督式人物"，他诚实、温和、善良的性格把《相当体面的失败》的阴险恶毒、愤世嫉俗之臭味祛除了不少，难怪有人评论这部小说时，称默多克为"最道德"的作家。[3]除了没能按现实法则对朱利叶斯欺骗鲁珀特的做法提出批评以外，塔利斯的道德形象简直无懈可击。当然，也可以说，《相当体面的失败》的奇特逻辑本来就应该如此。但是，这里显然有一

---

[1] 摩根是个"心理不稳定"者，《相当体面的失败》几乎每个男角都与她有或婚或恋的关系。她姐夫的弟弟西蒙和她侄子彼得也与她在精神上异常亲密地"玩"过。

[2] 比如朱利叶斯与摩根最初以十个几尼打赌，赌的就是他能否把西蒙和阿克塞尔这对同性恋拆散；是在挑起他们不和的过程中，他才把注意力转移到更具有刺激性的鲁珀特-摩根关系上来。当然，朱利叶斯也对西蒙和彼得进行了程度不同的性挑逗。

[3] John Alfred Avant, "A Review on *A Fairly Honorable Defeat*", *Library Journal*, p. 94, December 15th, 1969, in Kate Begnal（ed.）, *An Iris Murdoch Handbook*, p. 62.

个形下法则与形上逻辑的相衔接问题。朱利叶斯在其他各方面都遵循现实法则，可是在证明其理论的正确性、大施诡计大搞挑拨离间方面，却是天马行空，独往独来，俨然是一个"神"。[1] 这就使得形而上和形而下两个维度的接榫显得过于生硬，使故事呈现出明显的矛盾和混乱。阿克塞尔与西蒙的同性恋关系尽管经受住了朱利叶斯的卑鄙伎俩所引起的震荡，但终究还是挺了过来。故事结尾时，两人消除了误解，和好如初，西蒙甚至因此改掉了自己身上的不少弱点和缺点。如此看来，即使在《相当体面的失败》的故事世界里，善与恶的战争也并非以恶的大获全胜、善的彻底失败而告终，人性终究不像朱利叶斯所说那么贱，只值十来个几尼。

在《相当体面的失败》的中产阶级圈子里，塔利斯明显是个边缘人甚至局外人，他的利他主义与其他人物的自我中心主义形成了鲜明对照，但与此同时，他也因太啰唆、邋遢而使人生厌。恐怕这是因为他被创生在一个"后现代"叙事世界里，明明是个"英雄"，也非得有一副平庸的"反英雄"模样不可。或可以说，在默多克眼里，现代西方两大思想体系即英语世界的语言哲学与欧洲大陆的存在主义都太自我中心，都太过"浪漫"，太不真诚，[2] 于是推出一个非自我中心的塔利斯以为尺度，以匡时弊。问题是，为什么这种推出不更理直气壮、旗帜鲜明一些呢？这里不难看出作者乃至现代人本身的矛盾性或两难处境。

当然，塔利斯的功能不止于此。默多克毕竟不愿意让人性显得太脆弱、太丑恶，于是设计了朱利叶斯-塔利斯的二重奏关系，在

---

[1] 摩根之语，见 Murdoch, *A Fairly Honorable Defeat*, p. 170。

[2] 见 Iris Murdoch, *Sartre, a Romantic Rationalist*, London, 1987, pp. 68-70, 106-110。

让朱利叶斯大唱白脸的同时，让塔利斯唱红脸。可是塔利斯的形象毕竟太苍白，声音太过细弱，故而读者看到的，听到的，留下印象的，竟完全是朱利叶斯这一大怪诞、大荒谬的形象和声音。默多克以《相当体面的失败》的故事提出了一个大问题，却因朱利叶斯似恶非恶、似善非善，以及塔利斯的善之晦暗不明、啰唆邋遢而降低了其应有的尖锐性和力度。

四　结语

最后说一句，默多克虽然身处"后现代"（甚或"后-后现代"）社会，却在其几十年的实验小说创作中真诚地、一贯地坚持一个基本真理，即，小说必须讲故事，讲引人入胜、"可读"的故事。这就使得她有别于战后其他许多英国小说家，如威廉·戈尔丁。后者以一部《蝇王》成名后，所写的大多数小说太过"后现代"了，叫人不知所云。可是这并不妨碍无数飞蛾前仆后继地奔向火焰，义无反顾地掏腰包，买纸浆。这更不妨碍戈尔丁捧走1983年的诺贝尔文学奖。此外，默多克用来讲故事的语言是清晰而流畅的英语，这又增加了她小说的可读性。有了这些优势，她将自己的道德哲学思考糅进小说创作中，有时简直就是让笔下人物给读者上哲学课，竟也不太让人觉得乏味。《相当体面的失败》用明白的英语讲了一个关于善恶之争的故事，具有很强的可读性。尽管这部小说在人物、情节与主题表达的关系上是否十分得当，是一个见仁见智的问题，但把道德哲学的认真思考与故事性相当强的情节设计糅合在一个艺术整体中，却并不多见。

第十一章 吉姆的笑

——《幸运的吉姆》

金斯利·艾米斯（Kingsley Amis, 1922－1995）于 1954 年发表了《幸运的吉姆》（*Lucky Jim*）。这是二战后英国文学史上不可多得的一部喜剧（或者说闹剧）小说，尖刻地讽刺了作者当时很不喜欢的英国学院生活和他眼中的精英文化，[1] 以及战前现代派的实验主义。在二十世纪五十年代所谓"新现实主义"小说中，这部作品手法细腻，结构严谨而完整，在心理刻画、场景铺陈以及气氛营造方面尤为精当，与十九世纪的现实主义大师相比，也并不逊色。《幸运的吉姆》之后，艾米斯所发表的其他作品再也没能达到相同的水平。1954 年以降，《幸运的吉姆》每年重印一次甚至两次，发行量之大，堪比通俗畅销小说。就发行量持续几十年不衰而言，它

---

[1] 这部小说的写作缘起是，1948 年某一天，艾米斯的大学本科同学，后来成为著名诗人的菲力普·拉金邀请他去莱斯特大学的公共休息室喝咖啡。那里，艾米斯感到等级森严的气氛实在难以忍受，觉得必须写一部小说来表现。这也是为什么后来艾米斯将《幸运的吉姆》题献给了拉金，而在此之前拉金已将自己的一部小说《吉尔》（*Jill*, 1946）题献给了艾米斯。参见 Merritt Moseley, *Understanding Kingsley Amis*, University of California Press, 1993, p. 22; Malcolm Bradbury, *The Modern British Novel*, Penguin Books, 1993, p. 306。

完全能比肩最成功的通俗畅销小说。其发行量甚至远超同样于 1954 年面世，后来使威廉·戈尔丁获诺贝尔文学奖的《蝇王》（*Lord of the Flies*）。这当然与紧凑的故事节奏和嬉闹、通俗的喜剧性内容不无关系，但《幸运的吉姆》在批评家和学院人中受到大量关注则说明，其艺术水平也相当高，绝非一般畅销小说能比。故可以说，这部小说是第二次欧洲大战后英国文坛的精品，尽管在思想性方面说不上完美。

一　吉姆何以是"幸运"的?

从立意和结构上看，这部小说多少是一篇现代灰姑娘故事，只不过性别被颠倒了，时间是二十世纪五十年代，地点设在一个发达资本主义社会的大学。在故事中，出身寒微的大学历史教师吉姆·迪克森不得不像其造物主艾米斯那样，艰难地吞咽着地位低下带来的种种苦涩。在学院里那些出身高贵、趾高气扬、装模作样的资深人士面前，尤其是在以其恩主自居的威尔奇教授面前，他不得不低三下四，忍气吞声，否则就保不住他那份临时教职，就不能转为长聘。可这一切并不意味着，吉姆是一个老实本分、逆来顺受的受压迫者。刚刚相反，他是个痞气十足的新型大学教师。换个角度看，或许正是痞子化了的大学，才造就了吉姆这样的新型大学人。吉姆像其造物主艾米斯那样，对在大学教书并非由衷喜欢，而是迫于生计。当他与教授们关系难处时，常常感叹当初走错了路；后来的事件发展证明，吉姆确实不适合待在大学里。但哪怕是男灰姑娘，也得有个归宿，必得找到个王子才能成其为灰姑娘。准确地说，吉姆必得有一个公主方能成为一个"灰小伙",方可谓"幸运",故事方能结束。吉姆当然找到了他的公主。她是漂亮的克里丝汀·卡拉汉,有个工商界名人的叔父。傍着这棵全新品种的王室大树,遭受精神迫害、力比多惨遭压抑的吉姆终于翻了身,冲着威尔奇教授发出了宣泄性的胜利狂笑,现代灰姑娘故事便在吉姆的笑声中圆满收场。《幸运的吉姆》出版后约六七年时间,生活模仿了艺术。这部小说带来了丰厚稿酬和巨大名声,使不甘于学院生活的艾米斯得以离开大学,干起专业作家的火热行当来。艾米斯何尝不是一个吉姆?

那么吉姆究竟何许人也?他的狂笑究竟有何缘故?故事开始时,吉姆正陷在与同事玛格丽特·皮尔的情感纠葛中。玛格丽特泼辣有余,温柔不足,工于心计,喜欢操纵人,甚至不惜以自杀来达到目的——当然是未遂自杀。

当他想摆脱玛格丽特而苦于无方时,他在威尔奇教授举行的家庭音乐晚会上认识了一对新人,即威尔奇的儿子伯特兰及其年轻、漂亮的女友克里丝汀·卡拉汉。伯特兰自称"艺术家",实则是个花花公子。他有一个理论:"一个伟大的艺术家总得拥有许多女人,如果成为一个艺术家能够拥有许多女人,那就甭管画什么画了。"[1]事实上,他在认识克里丝汀之前刚刚抛弃了一个被其玩腻了的女人,而与克里丝汀的关系才刚刚开始,又与有夫之妇卡罗尔·戈尔斯密斯热乎起来,很快上了她的床。伯特兰的能耐当然还不止于此。他不光会玩女人,而且用吉姆的话说,还是"一个骗子、一个势利小人、一个恃强凌弱的家伙、一个十足的笨蛋",甚至连一

---

[1] Kingsley Amis, *Lucky Jim*, Aylesbury, 1987, pp. 120-121.

个"好情人"也算不上。[1] 凡此种种，给了吉姆·迪克森夺取克里丝汀的战斗以必要的正义性，使他在"伯特兰战役"中师出有名。克里丝汀不仅漂亮，而且通情达理，更重要的是，她与他热络起来。吉姆可真是艳福不浅啊。但这却使他和威尔奇父子的关系尖锐复杂起来。吉姆与伯特兰在美女之战中是怎样决出胜负的呢？按照小说的逻辑，以其道德上的缺陷，伯特兰不可能不被打败，甚至活该被打败。从根本上讲，是他自己打败了自己。可是这却并不妨碍两个男人诉诸拳脚，一决高低。伯特兰自然被正义的吉姆击倒在地，而且像斗败的公鸡那样，恰如其分以灰溜溜的眼神认怂服输。[2]

吉姆与玛格丽特的冲突结果又怎样呢？故事结束前他与她前男友卡奇普尔谈心，后者向他披露了有关玛格丽特的大量信息，使吉姆认识到她人品很成问题，自己没有什么对不起她。于是，他从玛格丽特陷阱中获得了解放。吉姆又是幸运的。

二　学院里的阶级斗争

吉姆与威尔奇教授的关系的含义更为丰富，涉及到他对其眼中的精英文化、建制文化的蔑视。其实，在整个故事中，吉姆对于"文化""艺术"这些字眼都是极端鄙夷的。对他来说，勃拉姆斯的作品是"垃圾"，[3] 莫扎特的音乐"肮脏下流"。[4] 不仅如此，吉

---

[1] Kingsley Amis, *Lucky Jim*, Aylesbury, 1987, p.208.
[2] 同上书，第209页。
[3] 同上书，第36页。
[4] 同上书，第36页。

姆的情场敌人、文化敌人、阶级敌人，其在"伯特兰战役"中的手下败将伯特兰·威尔奇恰恰与贵族出生的哲学家、文学家伯特兰·罗素同名，这恐怕也不是巧合——他们二人恰恰有相同的社会政治立场，都是所谓"和平主义者"。不用说，这一切都发生在艾米斯这个如来佛的手掌心中。那么吉姆与学院的关系怎样呢？他不仅与老板威尔奇教授关系紧张，而且对校长乃至其他所有教授都敬而远之，也总是在背后嘲笑挖苦他们。

也应看到，即使按故事的逻辑，在吉姆与威尔奇的关系上，后者实际上对他有恩，是对得起他的。可是吉姆对威尔奇在能否续聘的问题上闪烁其词大为不满，甚至在背后歇斯底里地诅咒他。实际上，这是毫无道理的，因为必须得通过校方的一个专门委员会开会表决通过才算数，更何况吉姆本人的教学和研究表现也实在没什么亮点。这一点在名为"快活的英格兰"的演讲这一情节中可以看得更清楚。威尔奇叫吉姆而非他人去作这个期末的开放演讲，本意是表示对他的重视，加强他在学院的地位，从而使他能够顺利续聘。这正是吉姆求之不得的事。可是，本质上反学院甚至反文化的吉姆竟然是醉酒后去作这场演讲，结结巴巴、牛头不对马嘴地乱说一通后，最后得出了中世纪英格兰从未"快活"过的伟大结论。这一醉醺醺的观点与听众的殷殷期待完全相反，与学校举行开放演讲以推广自身形象这一公关意图也明显相背，吉姆因此丢了学校的脸。但他在出洋相的同时也出尽了风头。从故事的整体结构和内在逻辑来看，吉姆这么做，其实是当大赢家的一个必要步骤和条件，即，既一箭双雕地与威尔奇在学术观点上彻底决裂，同时也将学院文化乃至广义上的文化大肆嘲笑一通。

凡此种种说明，吉姆与威尔奇父子的冲突并不仅仅是个人恩怨，而且具有更广阔的含义，是吉姆所代表的势力与既有文化体制的冲突。当然，吉姆与教授、学院乃至文化本身的矛盾仅靠这种闹剧是不可能得到彻底解决的。要最后解决矛盾，必得动用校园以外的社会经济力量。吉姆在台上作那酒气熏天的演讲的同时，卡罗尔在台下把伯特兰与她的关系披露给了富商的侄女克里丝汀，使后者下定决心摈弃伯特兰，倒向吉姆。这就意味着，吉姆在背离学院小社会，投身外部大社会的路上大大前进了一步。"快活的英格兰"演讲事件发生之后，试用期的吉姆不可能与校方签续聘合同了。克里丝汀的叔父，即那个一段时间内已卷入吉姆与各方关系之中，伯特兰竭力巴结而未能巴结上的富商戈尔-厄夸尔特是深知其处境的。他立即打电话邀请吉姆去自己旗下工作，将他从被学校炒鱿鱼的困境中解救出来。吉姆从此得以远离学院，在伦敦一家大公司干一份闲差，拿丰厚的薪水。

这一情节表明，若无学院之外的资本势力适时介入解围，准文化人吉姆是不可能"幸运"的。但问题是，吉姆实在太"幸运"了。他的运气可说是过于张扬，毫无节制。小说结尾时，踌躇满志的吉姆携手美女克里丝汀，与坐着汽车的威尔奇一家人不期而遇。威尔奇父子神色难堪，"看上去跟纪德和林登·斯特拉奇一个样"。[1] 冲着威尔奇们、罗素们、纪德们、斯特拉奇们，冲着学院，冲着建制文化，吉姆发出了胜利的狂笑。终于，他那被低贱阶

---

[1] 同上书，第251页。按，安德烈·纪德是本世纪上半叶活跃于法国文坛的著名作家，以坚持艺术的严肃性著称；林登·斯特拉奇是活跃在二十世纪前三十年英国文坛上的著名批评家兼传记作家，是所谓"布鲁姆斯伯里小组"的核心成员之一。艾米斯或者说他笔下的小瘪子在整个故事中不放过任何一个机会攻击传统意义上的严肃文化人。

级出身和下层文化身份压抑多年的力比多获得了尽情释放。他笑得前仰后合，笑得眼镜片上蒙了一层水汽，笑得闭不拢嘴，直到狂笑声变成了呻吟。与此同时，威尔奇一家汽车的呜咽声越来越弱，直到被其他汽车声以及吉姆和克里丝汀的说话声完全淹没。[1]

如果这一场景可以看作吉姆对建制文化所发动的正面战争，那么在此之前，他所进行的游击战或地下活动可说是不计其数。他多次在威尔奇一转身便咬牙切齿、恶毒地骂他起来不说，在所谓"伯特兰战役"中，吉姆与克里丝汀这个"伯特兰的女孩子"是在威尔奇一家人的眼皮底下开始谈恋爱的，甚至他们第一次亲昵行为也是在威尔奇的住宅里发生的。威尔奇喜欢开汽车。吉姆坐他的车真不算少，但几乎次次乘车都取得了某种直接、间接或最终嘲弄威尔奇的效果。这明显是借用威尔奇的资源来打击威尔奇。只要能笑在最后，哪管使用什么手段？也许，《幸运的吉姆》是喜剧作品，只要能赚读者一笑，学院痞子吉姆做什么都是可以原谅的。始作俑者，其无后乎？艾米斯似乎丝毫不担心后果。

应注意的是，吉姆最后的笑是攻击性的笑，所攻击的对象不仅是威尔奇父子，而且是一个大得多的目标，即建制意义上社会文化乃至政治秩序。事实上，吉姆的狂笑源自艾米斯的"愤怒"。二十世纪五十年代的艾米斯被评论家们视为一个"愤怒的青年"，[2] 其愤怒的根源很大程度又在于出身一般的他虽已达到了较高的文化水

---

[1] Amis, *Lucky Jim*, p. 251.

[2] 参见 Moseley, *Understanding Kingsley Amis*, p. 2. 按，二十世纪五十年代中期，英国许多书评者尤其是报刊记者使用"愤怒的青年"来指这类小说家：他们并非出身上层阶级的知识分子，常常以来自偏远地方、处于社会边缘故而对既有社会秩序心怀不满的人为小说主人公。该名称本身或源自通常被划入该流派的剧作家约翰·奥斯本（John Osborne）的作品《怒忆往昔》（*Looking Back in Anger*）。

平，却未取得既有秩序所发放的恰如其分的地位身份。不难想见，一旦这种情况有所改观，艾米斯将不再愤怒。

三　学院人与生意人

从根本上讲，吉姆是如何造就的？他何以能笑得如此痛快，如此疯狂？

应看到，吉姆如果仅仅玩学院的游戏，是不可能打败威尔奇，不可能如此狂笑的。只是当他毅然踢开学院规则，投入工商大亨戈尔-厄夸尔特的怀抱后，形势才发生了根本性逆转。这里，不妨对福斯特《霍华兹别墅》（*Howards End*）的主题和弗吉尼亚·伍尔夫在其著名演讲《贝内特先生和布朗太太》（*Mr. Bennett and Mrs. Brown*, 1924）里的话作一个回顾。福斯特这部小说发表于1910年，一个不同寻常的年份。1924年，伍尔夫"冒昧"地宣告"人性"发生变化的时间，正是这一年。确切地说，是该年"12月左右"。[1] 不必深究这变化究竟是否在伍尔夫认定的时间中发生，只需承认，至十九世纪末二十世纪初，西方人所理解的"人性"或生产关系、阶级关系发生了深刻变化。

这变化具体表现在哪些方面呢？不妨再次借用一下伍尔夫的话：大约在1910年，"人与人之间的一切关系——主仆之间、夫妇之间、父子之间——都变了，人的关系一变，宗教、品行、政治、

---

[1]　弗吉尼娅·伍尔夫：《班奈特先生和勃朗太太》，载李乃坤选编：《伍尔夫作品精粹》，石家庄：河北教育出版社，1990年，第346页。此处参照原文对译文作了少许改动。

文学也要变"。[1] 伍尔夫这里使用的几乎是马克思主义的术语，尽管她并未讲明，究竟是什么导致了人与人之间关系的变化。这变化是如何发生的呢？很显然，变化的动因就是资本主义。资本主义不仅是一种经济现象，作为一种生产方式，也必然有其政治和文化含义，更必然影响上层建筑。1910 年离资本主义原始积累时期已有相当长一段时间。资产阶级已惨淡经营了至少两三百年，不可能不深刻改变既有社会、政治和文化结构，即导致伍尔夫所谓"变化"。其中最深远的部分，莫过于那些直接从事生产活动的人（并非只是体力劳动者）取得了极大的社会政治权力，大有凌驾于直接从事文化活动者之上的势头。这情形看起来没什么了不起，但在人类历史上却是开天辟地第一次。

福斯特在这些变化中见到了世界的分裂、人与人的疏离、人与自然的分裂等，故而站出来扮演起了现代先知的角色，甚至开出了欲使不可能成为可能的"连接吧"药方。[2] 在小说《霍华兹别墅》中，他所推出的"连接"样板，主要是知识分子施莱格尔姐妹与资本家威尔科克斯之辈的"连接"，即，这两种人之间的沟通、理解、尊重，甚至联姻。[3] 这个故事后来引起了 F. R. 利维斯和莱昂纳尔·屈瑞林等自由主义思想家的不满，对《霍华兹别墅》进行了口诛笔伐。[4] 但至少在 1910 年，在福斯特的小说世界里，作者与其

---

[1] 弗吉尼娅·伍尔夫：《班奈特先生和勃朗太太》，载李乃坤选编：《伍尔夫作品精粹》，石家庄：河北教育出版社，1990 年，第 346 页。

[2] 参见本书第三章相关讨论。

[3] 参见本书三章相关讨论。

[4] F. R. Leavis, "E. M. Forster"; Lionel Trilling, "Forster and the Liberal Imagination", in Malcolm Bradbury(ed.), *Forster*, New Jersey, 1966. 也参见本书三章的相关讨论。

造物施莱格尔姐妹还有资格去怜悯威尔科克斯，或者说，给没有灵魂的威尔科克斯们注入灵魂，是她们自愿担负的历史使命。她们也确有足够的自信，居高临下地采取主动——是她们主动去"连接"威尔科克斯们，而非反之。至二十世纪五十年代，在《幸运的吉姆》里，形势已急转直下，是新版的威尔科克斯即戈尔-厄夸尔特来主动"连接"或操控学院人、文化人。1954 年与 1910 年虽只相隔几十年，但这期间发生了两次欧洲大战，不可不谓天翻地覆。"人性"自然发生了进一步变化，以至于施莱格尔姐妹们都不再好意思出山，采取主动，去"连接"威尔科克斯们，而是龟缩在自己精神围墙，甚至不得不琢磨在新时代应如何扮演其新角色。或可以说，她们已然变成了威尔奇教授？可在吉姆们狂笑的猛烈打击下，在吉姆们与戈尔-厄夸尔特们联军的大举进攻下，威尔奇们正勉力招架，眼看就要败下阵来。

当然，与《幸运的吉姆》的出笼、吉姆的造就关系更为直接的是第二次欧洲大战。这场波及世界、人类历史上最大的浩劫当然对英国经济、政治、社会乃至知识生活产生了巨大冲击。战争结束时，工党也以全新的面貌崛起了。它推行了前所未有的社会福利政策和经济国有化措施，影响极其深远。何以至此？英国是在以保守党为首的联合政府领导下打败纳粹德国的，但冲锋陷阵的士兵却不是什么文化人，而大多是社会下层的人们。因此，统治者对他们作出重大让步乃势所必然，理所当然。实际上，当战争仍在进行时，下层人士便已获得一些重大利益，如巴特勒教育法案在 1944 年即得到通过，为低收入阶层带来更多的受教育机会。在这种情况下，丘吉尔在战后举行的第一次大选中被艾德礼击败便毫不奇怪。工党新政府上台后几乎立马便执行对高收入者课以重税的政策，使得英国向"大锅饭"福利国家大大靠近了一步。在新政府的领导下，工会势力极度膨胀起来，开了工人阶级在之后几十年内动辄罢工的先河，使英国患上了著名的"英国病"。

暂且不论工党政府这一系列措施将大大削弱英国经济，这些做法自然还会产生其他社会效应，其中就包括挫伤威尔奇们的元气，为吉姆们的狂笑营造出足够的底气。因此，从根本上讲，伯特兰之被吉姆击败绝非偶然，而是有深刻的历史渊源，有社会经济条件方面充足的准备。二战后，社会中下层人士固然有了比先前多得多的受教育机会与社会流动机会，但一些人地位的上升意味着另一些人地位的下降。在这种社会经济的变动中，传统中产阶层的文化人似乎是输家。他们衰败了，伯特兰的道德堕落便视为衰败的表征。与之恰成对照的是，像吉姆那样出生一般的艾米斯不仅上了牛津大学，而且当了大学教师，甚至写出了《幸运的吉姆》，成为红极一时的小说家。他本人多多少少也成了文化人，[1] 尽管在写自己的早期小说时可能尚未被文化人群体所完全接受。

其实，早在二十世纪最初二三十年，与艾米斯出身相当的D. H. 劳伦斯便已成为一匹驰骋在知识前沿的黑马，但他并未被学院体制所接纳；他虽遭到当时知识界多数派的排斥，但并没用文学创作向他们发出直接挑战，至多只是影射一下，或私下骂骂街罢了。及至艾米斯时，形势已大不相同。他得以产生的社会势力的壮大，使他能够理直气壮，使他有底气觉得"正义"不在别处，就在他这一方，就在他身上。更重要的是，"正义"给了他有利的位置，

---

[1]　与艾米斯情况大体相似，而且与他大体同时代的作家、文化人还有 C. P. 斯诺、威廉·库珀、菲力普·拉金等人。

给了他充足的力量，赋予他足够多的墨水直接挑战学院派"精英"们，甚至使他得以发动一场以建制层面的文化或曰精英文化为假想敌的"正义战争"。可其对手不能只是一个抽象概念，而得有血有肉。伯特兰·威尔奇正好满足了这一要求。这里要说的一点是，为教授的儿子竟被画成这么一副嘴脸而鸣不平，大可不必。教授的儿子完全可能是一个花花公子和势利小人。问题在于，艾米斯真正的敌人是建制层面的文化，可怜的伯特兰不过是替它吃了枪子儿，替它挨了吉姆的笑而已。

吉姆宣泄的笑吞没了威尔奇汽车发动机的声音。这是一个象征意味极浓的场景，从中似乎不难读出这层意思，即吉姆不光在美女争夺战中非常幸运，就连在文化之战中，也是幸运的。他不仅笑到最后，而且他的胜利是全面的，尽管这胜利的赢得显然依靠了非学院的逻辑或权力。在吉姆·迪克森几乎单枪匹马地打败威尔奇那一刻，男灰姑娘的故事终于有了一个圆满结局：吉姆不光赢得了公主，而且依照故事的逻辑，还赢得了社会地位——在阶级斗争中，他同样是胜利者。这里，把金斯利·艾米斯与吉姆·迪克森等同起来的诱惑非常难以抵挡。但这么做可能既不明智，也不公平。尽管如此，一个事实很难否认，即《幸运的吉姆》使作者名利双收，使他得以在二十世纪六十年代初便脱离学术界，干起专业作家的行当。对于这份炙手可热的得意，守在寒碜学院里的讲师们、高级讲师们和教授们能怎样呢？

四　笑到最后的究竟是谁？

其实，吉姆即使不与学院和文化打正面战争或游击战争，他最后也必然会否弃这些东西。何以见得？吉姆身上带有过多的阳气，而学院却似乎阴气过盛。从性爱的角度看，大学在他眼里是匮乏力比多的清冷之地，男教授们都已过了生理顶盛期，只有被他捉弄嘲笑的份儿。威尔奇只不过是其中一人，还有音乐教授巴克利，甚至还有校长。要在性爱战争中找个假想敌，这些人统统不合格，还得让教授的儿子代替他们完成这一任务。那么女教师呢？那位哲学女教授已六十多岁，而那位经济学高级讲师则重达二百多磅，在舞会上，她们自然不会有男伴。[1] 玛格丽特虽不算太老，但比之克里丝汀，已实在不年轻，更何况她还有那么多的毛病。在整个故事中，吉姆的朋友、盟友与合意的女友都不是大学教师，而是社会人士。可是吉姆并非对学院里任何人都是蔑视的，有三个漂亮的女生便不在此列。由此可见他与伯特兰其实是五十步笑百步。吉姆对男生的态度如何？米奇是故事里唯一着了点笔墨的男生。他是个复员军官，在女生中很有威信，再加上成绩好，许多方面懂的甚至比吉姆还多，所问的问题常常把他难倒，自然对其阳刚形象构成了威胁。但吉姆既然是个痞子，便自有解决麻烦的痞子之道，那就是，不让米奇选自己开的"中世纪生活与文化"这门课，只让那三个女生选，但对他要客气，要"笑容可掬，连声表示歉意，而不拳打脚踢，虽然这是他应得的礼遇"。[2] 新型喜剧中吉姆的流气和痞气只能使他像极了伯特兰，但他的如意算盘最后落了空。三个漂亮女生并没选他的课，而都选了其他教师的课；选他的课的人恰恰是米奇。这只可能驱使他更快地弃校园之阴暗，投公司之光明。

---

[1] Amis, *Lucky Jim*, p. 63.

[2] 同上书，第251页。

但吉姆真的那么幸运吗？他的笑真的具有一种不可动摇的合法性吗？假如公平地把吉姆与艾米斯分开考察，不难发现后者之所以有创造吉姆的激情，是因为他还未被他所攻击的现存经济和文化秩序所完全接受，而他在其自我深处也未必不多少认同这一秩序。在此意义上，吉姆之投入戈尔-厄夸尔特的怀抱，不啻是将灵魂出卖给梅菲斯特。与吉姆一样出身中下阶层的戈尔-厄夸尔特[1]虽无吉姆式的冲动，更不像吉姆那样，在与学院的战争中冲锋在前，发出攻击性的笑，但他却是这场战争中决定胜负的关键。完全可以说，戈尔-厄夸尔特是一个转世的威尔科克斯。1910年，在福斯特的《霍华兹别墅》中，是施莱格尔姐妹居高临下去"连接"威尔科克斯，而到了1954年在艾米斯的《幸运的吉姆》里，却是戈尔-厄夸尔特主动去"连接"学院人、文化人。"连接"的含义在此"后现代"社会政治氛围中不可能不大变。现在，戈尔-厄夸尔特"连接"学院人的行动，其实是以一种鄙夷的态度去"影响"或控制他们。他向吉姆披露他介入学院人生活的感受时说：

> 我每天让自己陷入厌倦中长达几个小时……我想影响人们，这样他们就会去做我认为重要的事，我认为他们应当做的事。你知道，如果我不让他们使我感到厌烦，我就无法使他们做到这一点。但当他们以为把我给讲糊弄了，正在为此得意时，我却杀他们一个回马枪，让他们做我为他们安排好的事情。[1]

---

[1] Amis, *Lucky Jim*, p. 215. 按，故事中对戈尔-厄夸尔特的出身并无直接交待，但"新现实主义"者艾米斯的做法是忠实地再现人物的口音，而英国人的阶级成分大体上能够从口音判断。

这里，戈尔-厄夸尔特散发着浓烈的"后现代"气味，其对学院人的轻蔑，恐怕只有吉姆的狂笑能一比高下了。

尽管艾米斯推出了一个反学院、甚至反文化的吉姆，但他终究很难与他所反抗的建制文化一刀两断。因为，当他以吉姆的狂笑来搞笑建制层面的文化时，他很大程度上已然属于这个文化营垒。从逻辑和常识两方面来看，由出自该营垒里的人来攻击它，显然比在建制外的人更能击中要害。然而，恰恰就在吉姆冲着他的情场敌人、阶级敌人、文化敌人猛烈倾泻其狂野笑声的同时，大资本操纵的大众文化、大众传媒、大众消费、甚至大众旅游全都在迅速崛起，都开始发出巨大的笑声。吉姆们的笑为把这些东西堂而皇之地迎入殿堂做出了不小的贡献，但正是这些东西才真正笑到了最后。

吉姆的笑尽管明白无误地传达了作者反学院、反建制文化的态度，可是写作《幸运的吉姆》时，艾米斯多少已然是一个文化人，至少可以说，已是一个介于精英文化与大众社会之间的人物，因此他终归也难免被社会大众视为异物。无论艾米斯怎么笑，或者说无论让一个荷尔蒙充溢的癖子怎么笑，也难逃被大资本控制的社会移山倒海的笑所淹没的命运。在《幸运的吉姆》以后，艾米斯在创作中立场和情绪渐趋缓和，就证明了这一点。该书大大提高了作者的经济社会地位这一事实本身也非常重要。这意味着艾米斯不再有"愤怒"的理由。颇具讽刺意味的是，反学院文化、反"精英"文化的《幸运的吉姆》也给艾米斯带来了巨大的文坛声誉，使他多少也成了"精英"，甚至给他挣来了"精英主义花花公子"的美名，尽管同样有人赠给他"无产阶级土包子"的雅号。[1]从文艺创作流派之争的角度看，艾米斯所极力反对的实验主义与现实主义之间也多少有一种三十年河东、三十年河西的关系。十年后，冲浪于大众社会之潮的实验主义便又在英国文坛上卷土重来了。至二十世纪八十年代，艾米斯的儿子马丁·艾米斯走上了与他老子很是不同的艺术道路，成为二十世纪八十年代英国实验小说的先锋。

当然，吉姆的笑终究只是搞笑，否则1954年以来《幸运的吉姆》怎么可能每年重印一次或两次？从根本上讲，这是无害的，可在一个神圣性被不断侵蚀、亵渎和摧毁的时代，这种搞笑的最终后果只怕是虚无主义。

---

[1] 参见 Moseley, *Understanding Kingsley Amis*, p. 1、18. 按：Moseley 所谓"精英主义"指艾米斯虽然反对现代主义的"实验"或"神秘化"，但其创作大体上属于严肃文学之列，与通俗小说判然有别。这意味着，艾米斯本人终究也属于其所猛烈攻击的建制文化甚至"精英文化"的范畴。也参见 Randall Stevenson, *The British Novel Since the Thirties*, *an Introduction*, Worcester, 1986, p. 129。

第十二章　大本钟下的精神景观
——《达罗维夫人》

一　不乏正能量的作品

关于弗吉妮亚·伍尔夫（Virginia Woolf, 1883－1941）的著名小说《达罗维夫人》（*Mrs. Dalloway*, 1925），西方文学研究界历来流行一个观点，即，其所表现的是女主角克拉丽莎·达罗维的生活和感情上的空虚，由此反映了西方人精神上的荒芜。论据不外乎是，她社会地位虽然很高，精神生活却很贫乏；她与丈夫貌合神离，同床异梦，无情感和智识上的交流；几十年来她只能靠忙碌的社交，办一个又一个晚会来麻醉自己，从而达到一种自欺欺人的满足。[1]故事另一条线索的主人公塞普蒂默斯·斯密斯与其妻子之间也毫无情感和智识交流可言，他之作为一个感情枯竭、心理空虚的疯人在故事结尾之前自杀，是一个合乎逻辑的结局，这同样也是

---

[1]　我国研究界一些论者也采用了这种观点。参见蒋璐：《超脱与挑战——从赛普蒂默斯看〈达罗卫夫人〉的社会批判意义》，载《北京二外国语学院学报》2004 年 2 期；牛宝艳、王凤媛：《论〈达罗卫夫人〉的艺术手法及思想主题》，载《作家杂志》2009 年 7 期；毛辉：《试析贵妇达罗卫夫人的生存状态》，载《湖北成人教育学院学报》2011 年 3 期。

现代人精神幻灭的有力证明。这种"荒原"论不无道理，但恐怕简单化了一点。

第一次欧洲大战后，一片悲观主义的愁云惨雾的确笼罩在西方文坛上，使 T. S. 爱略特一炮走红的长诗《荒原》的问世，也可以说是时势使然。毋庸置疑，那个时代的欧洲存在一种普遍的惶惑、失落和迷惘；这一切的根源不在他处，而正在现代科技工商文明本身。于是，对这个文明的反思抬头成为西方思想界的潮流，其势之凶之猛，远甚于十九世纪马修·阿诺德、托马斯·卡莱尔等少数几个先知的呐喊。在这种大气候下，产生一个 D. H. 劳伦斯不足为怪。尽管不能说劳伦斯的社会政治思想和艺术实践多少应该对后来兴起的法西斯主义、纳粹主义负责，但与之何其相似乃尔！当然，也产生了名气似乎更大的詹姆斯·乔伊斯。他那玩世不恭的社会道德立场和狂放不羁的形式实验，曾使多少人震惊、困惑甚至愤怒！可几十年过去后，人们从他那曾被判作"颓废"的艺术中，却读出了一种平实、中正的"人文精神"，一种寓神圣于平庸中的世俗主义态度，一种自由主义、民主主义的社会政治立场。但不知何故，与上述几位小说家的创作大异其趣的弗吉尼娅·伍尔夫，也被很多评论者生拉硬扯地拽入专写"空虚""颓废"和精神"荒原"者之流。

事实上，《达罗维夫人》的发表，并没能引起类似于对《荒原》《恋爱中的女人》《尤利西斯》那样的强烈反应。从艺术形式的角度看，更多被注意到的，是伍尔夫对所谓"意识流"和多重叙事视角的创造性运用，是她用清新、细腻的诗化语言经营故事、塑造人物和表达思想，当然也是那与"意识流"相联系、跳跃性颇大的时间蒙太奇。总的说来，这部小说"正能量"满满，其所包含的社会道德信息也比劳伦斯的小说更积极、乐观。当然，这种乐观主义并非意味着伍尔夫全然不顾二十世纪二十年代严峻的社会政治现实，是一种盲目乐观。比方说，在伍尔夫看来，塞普蒂默斯这个人物的功能是揭露人性中的"虚伪和不真诚"，[1] 而在今人看来，塞普蒂默斯的自杀正是对现代科技工商文明的抗议，是对其政治、经济和社会观念的终极批评。可是除此之外，该小说在其他方面更多表达了一种平正中和的民主主义立场，一种积极向上的主体精神，以及从这种精神出发，现代人对生命意义的重新探索和思考。

二 热爱生活的克拉丽莎

问题是，为什么许多评论者认为，克拉丽莎·达罗维生活在幻觉中，只能靠开晚会和社交应酬来打发时光，以获得一种虚妄的精神满足呢？原因可能首先在于这部小说的情节设计给人一种压倒性的印象：女主人公忙碌、张罗了一整天，只为了开当晚聚会的顺利进行。这个印象如此强烈，以至于很多未仔细阅读小说者竟说，其内容不过就是开一个晚会。得出这种看法的评论者，对《达罗维夫人》在情节经略上的现代派特点以及其与十九世纪小说相比的全新气象竟视而不见。另一个原因或许是意识流手法和多重视角技巧的使用。小说中几乎所有人物的彼此关系、内心感受和行为特点，都是透过他或她们的心理活动展现在读者面前的。由于我们只听得见

---

[1] 摘自弗吉尼娅·伍尔夫《〈达罗维夫人〉手稿注释》，1923 年 7 月 22 日条，转引自苏塞特·A. 亨克《〈达罗维夫人〉：圣德的圣餐》一文。

各具体人物内心活动的声音，作者-叙述者的声音自然便被遮掩、压制而难以察觉。评论者之所以容易得出这一轻率的判断——即克拉丽莎活了大半辈子，只是开了大半辈子晚会，或者说当了大半辈子晚会"女主人"，很大程度上是因为他们把她年轻时的恋人彼得·沃尔什的声音混同于作者-叙述者的声音了，而没能仔细辨析二者的不同。须知，《达罗维夫人》的实验性相当强，作者对笔下人物的言行，摆足了一副与我何干的架式，而评论者们竟没能跟上伍尔夫的节奏，对此不能充分欣赏。如果能读得更仔细一点，我们不仅能注意到女主人公对彼得对其指控的自辩，也会留意她在多个方面所显露出来的丰富的诗意想象力；注意到她对各色人等、时间的流逝、环境和气氛的细小变化是多么敏感。总之，克拉丽莎远非一个社交界常见的心理空虚的"富婆"或"交际花"，而是一个热爱生活、充满正能量的人。即便是她对之似乎过于热衷的晚会，也为人与人的接触、交流和沟通提供了机会，正如读者在故事结尾时晚会的热热闹闹进行之中所看到的那样。如果能读得再仔细一点，甚至不难发现，作为从前的恋人，彼得与克拉丽莎的关系并非像埋怨与被埋怨那么简单，而是各自对对方所作的选择达成了理解，各自依然对对方怀有爱慕之心。

彼得对克拉丽莎的爱表现得尤其充分。是她之"在"、她之"有"，或者说"有她"为他漂泊不定的人生提供了终极安慰。[1]尽管彼得被克拉丽莎拒婚后，到印度过了二十几年冒险生活，尽管人人都可能得出他活得充实、活得痛快的观察，但他仍在批评克拉丽莎相对平淡宁静的生活的同时，肯定了她的存在对于他的特殊意

---

[1] Virginia Woolf, *Mrs. Dalloway*, Penguine, 1975，p. 85、215.

义。他在晚会上见到了老朋友萨莉·塞松，同她开怀叙旧，非常愉快，可是在晚会结束时，他猛然意识到他之所以觉得愉快，是因为"有她在那里"。作为整部小说的结束语，"there she was"的积极和肯定意味丝毫不亚于《尤利西斯》著名的结束语"YES"。无论克拉丽莎的生活多么平淡（这很可能只是一种表面上的相对的平淡），无论她有多么严重的缺点（彼得在从前以及晚会当天在其内心独白中说她是个"势利眼"），她存在论意义上的"在"无疑是整部作品中的一个正面、肯定的因素。克拉丽莎之"在"的正面、肯定意味不仅对彼得而言是如此，对整个故事的社会道德意涵而言也是如此。仅仅是她那令人愉快的"在那里"，或者说她之"在"或在场，便足以否定形形色色的"荒原"论、"空虚"论。

对于彼得甚至她丈夫理查德未必不是善意地讥笑她喜欢开晚会，克拉丽莎在其内心有这种看法：

> 她怎样自卫呢？既然知道是怎么一回事，她觉得幸福极了。他们会想，或者说至少彼得会想，她喜欢盛气凌人地表现自己；喜欢跟什么人周旋；喜欢显赫的句子；一句话，是个势利之人。嗯，彼得会这么想。理查德仅仅认为她既然知道兴奋对她心脏不好，却又喜欢兴奋，这很愚蠢。他认为这很孩子气。但他们两人都错了。她喜欢的不过是生活而已。"就是为了生活，我才做我所做的事"，她向生活大声告白。[1]

这里没有必要追究克拉丽莎说的话究竟符合生活或艺术的"真实"

---

[1] Virginia Woolf, *Mrs. Dalloway*, Penguine, 1975, p.134.

与否，但至少应对彼得之辈对她的批评打个问号，而非囫囵吞枣式地将其批评视为作者的看法。

即使是彼得也不只仅仅看到了克拉丽莎喜欢开晚会即"当女主人"的一面。千里迢迢从印度归来的他在故事的中心事件即当晚的晚会开始之前（确切地讲，在当日上午），突然出现在克拉丽莎家中。后者当然感到意外、诧异，而彼得在与克拉丽莎叙旧并得到请他出席晚会的口头邀请后，也颇为激动，在纷乱思绪中回忆起他与她年轻时的许多往事。他知道，克拉丽莎在姐姐意外地被一棵大树倒下压死后，对可能存在的神祇非常愤怒，但后来这种情绪缓和了下来，她逐渐信奉了"为行善而行善的无神论宗教"；更重要的是，

> 她极其热爱生活，这是她的本性……她毫不怨天尤人，丝毫没有那种道德优越感，这种东西在大家闺秀身上是多么讨厌。她简直喜欢一切东西、一切事物。你要是与她同去海德公园，她一会儿要瞧瞧一盆郁金香，一会儿要逗逗婴儿车里的小宝宝。一会儿又要即兴编演一则荒诞的短剧。[1]

事实上，克拉丽莎作为女主人公，给读者的压倒性印象是她浑身上下散发出的种种积极品质。

另外，小说一开始，便有克拉丽莎为了晚会去看花买花的场面：

> 鲜花盛开着：翠雀花、香豌豆、一束束丁香花；石竹正开着，一团团石竹，还有玫瑰；还有蝴蝶花。啊，是的——她贪

---

[1] Virginia Woolf, *Mrs. Dalloway*, Penguine, 1975, p.84.

婪地嗅着带泥腥味的花香……把头在蝴蝶花丛中转来转去，半
闭着眼，用鼻子触弄那一簇簇丁香花。虽然街声嘈杂，但她依
然使劲闻那沁人心脾的冷冷芳香。[1]

鲜花意象当然不止出现一次，在彼得的回忆中，年轻的克拉丽莎和
朋友们常常出入于郊外的野草与鲜花丛中，浪漫情趣浸润在大自然
的勃勃生机之中。当然，除了鲜花意象，还有许多其他例子可以说
明，克拉丽莎是个热爱生活，活得充实的人。如果说她能在鲜花、
婴孩、即兴创作的短剧、"为行善而行善的无神论宗教"信仰中找
到慰藉，找到诗意和欢乐，她在同人打交道中又何尝不具自己的原
则、理想，自己的精神抛锚点呢？

三　独立、自由和尊严

也许，克拉丽莎的生命中最可宝贵的，还是人格的完整和独
立。在一个社会动荡不安的历史时期，这种人格的完整和独立尤其
重要。在伍尔夫看来，在这样的历史时期，"人与人之间的一切关
系——主仆之间、夫妇之间、父子之间——都变了。人的关系一
变，宗教、品行、政治、文学也要变。我们就假定，这变化发生在
1910 年。"[2] 因此，只有一种坚强的人格，才可以抵挡汹涌澎湃

---

[1] Virginia Woolf, *Mrs. Dalloway*, Penguine, 1975, p.16.

[2] 弗吉尼娅·伍尔夫：《贝内特先生与布朗太太》（朱虹译），载李乃坤编
选：《伍尔夫作品精选》，石家庄：河北教育出版社，1990 年，第 346 页。此处对朱
虹先生的译文略有改动。

的变化之潮。在这个意义上，彼得对克拉丽莎有着对比和陪衬的作用。彼得在求婚被拒后，过上了一种吉卜赛人式的生活。他曾被牛津大学开除，也曾做过社会主义者。在印度，在喜马拉雅山麓，他曾急切地盼望从伦敦寄来的新书。他热爱抽象的原理，喜欢读科学书籍、哲学书籍。他不顾社会习俗，不顾道德上"体面"与否，听任感情的摆布，一次又一次"坠入爱河"。见到克拉丽莎后，他向她讲的第一件事，便是他爱上了一位有两个孩子、丈夫是陆军少校的印度女子，但告辞克拉丽莎后，他在街上看到一个容貌姣好、身材苗条的年轻女子，又偷偷尾随其后，直到跟踪到能仔细打量她的地方。然而在故事结尾处时，我们发现，彼得仍然爱着克拉丽莎。毫无疑问，彼得的生活是一种充满浪漫、冒险和豪放不羁的生活，其生命是一种散发着巨大活力、畅快淋漓的生命。

克拉丽莎在心底里对他不无钦羡之情，但她对自己当时的选择却并不后悔，因为她太熟悉彼得的性格了。假如嫁给了彼得，她就将失去精神的独立。彼得要"分享"或"参与"她从灵魂到肉体的一切。[1] 既然害怕把自己的灵魂拱手交给彼得，那么拒绝他，拒绝他的生活观念和方式就再自然不过了。她之所以嫁给理查德，正是因为后者与彼得有着迥然不同的秉性。理查德是个安静、温和、厚道的人。凭着认认真真、踏踏实实地做事情的精神，他一步步当上了议会议员，谋到了一个级别相当高的政府职位。正是这样一个丈夫，既能为克拉丽莎提供世俗意义上的"保护"和"支持"，又能不干预她的精神独立。有何不好？须知，虽然克拉丽莎并没有彼得那种总是表露在外的浪漫和豪爽，但她内心却是一个激情荡漾、

---

[1] Woolf, *Mrs. Dalloway*, p.10.

情感澎湃的世界。她是以一种内在内向的方式来体味生命、热爱生命的。也正因为如此，她的精神世界是一块需要小心翼翼加以维护的地方。理查德温和的性格使他不至于构成对这个精神世界的威胁，因此她最终选择了他，而非彼得，而且几十年如一日从不后悔。

但如果认为克拉丽莎视为至关重要的内在独立只是一种极端个人主义，甚至自我中心主义，那就大错特错了。在她看来，一个人生命中最可宝贵的不外乎是独立、自由和尊严，而自由、尊严和独立并不是某个特定个人所独有的，而是每一个个人都应拥有的。所以，克拉丽莎的立志恰恰是极端个人主义和自我中心主义的反面——自己要有独立、自由和尊严，就必须尊重乃至捍卫他人的独立、自由和尊严。即使在婚姻中，"天天生活在同一幢房子里人之间也应该有点自由，有点独立"；[1]"人们身上有一种尊严，一种孤寂，甚至在丈夫和妻子之间，也有一条鸿沟，对于这种情形，每个人都必须尊重。"[2]正是由于克拉丽莎将个人的独立、自由和尊严看得极其重要，许多论者才认为她与其丈夫之间毫无精神交流可言。必须看到，拒绝彼得求婚并嫁给理查德后，克拉丽莎几十年来的家庭生活尽管是按部就班，缺乏刺激，但也十分和谐宁静。之所以如此，就是因为她和丈夫都彼此欣赏对方的独立、自由和尊严。因此，如果说夫妻之间的精神交流对于婚姻来说至关重要，彼此之间的尊重又何尝不是这种精神交流的基础，一种极其重要的品质呢？

---

[1]　Woolf, *Mrs. Dalloway*, p.10.
[2]　同上书，第 132 页。

可如果精神交流只是为了达到从精神上控制对方的目的——像克拉丽莎之女伊丽莎白的私人老师多莉丝·基尔曼对伊丽莎白所做的那样——后果必然是灾难性的。希特勒、戈培尔之流发表演说时在德国听众中产生的效果，与基尔曼小姐对伊丽莎白的精神支配有何本质区别？因此，克拉丽莎这个形象所传达的社会政治意涵，是一种执拗的自由、民主精神，是一种对个人独立、自由和尊严的挚爱。当然，这种精神是有其社会历史背景的。这种精神有其产生的土壤，即时代气质、历史条件。在所有国家中，现代英国率先具备了这种时代气质和历史条件，而只有这种时代气质和历史条件下，只有在现代英国，只有在克拉丽莎操办了几十年晚会的伦敦，在大本钟为不可逆转的时间报点——正如在《达罗维夫人》里，大本钟准时敲响，向剧中人和读者宣告时光的流逝那样——的伦敦，卡尔·马克思才可能写成其《资本论》，而这在同一时期其他任何国家，包括所有欧洲国家，都是不可能的。从这个角度看问题，前文提到的"荒原"论就不仅是一个错误，更是一个荒谬的错误。

四　克拉丽莎与萨莉

除了具有特定的社会政治内涵外，克拉丽莎在与丈夫、彼得关系上的独立性还具有其他重要价值。这就是女性与女性、男性与男性之间的精神交流关系。在夫妻或男女关系中，只有充分尊重对方的独立、自由和尊严，才可能维持和发展一种富于成效的女-女或男-男精神交流关系。同性间的精神爱恋是《达罗维夫人》故事一个重要侧面，尽管在二十世纪二十年代的英国，还不能用太过显白的手法来表现这一主题，最多只能作某种隐晦的处理。

本来，同性间相互倾慕乃至爱恋并不是什么不道德的事，而是人性的有机组成部分。[1] 如所周知，世俗主义的古希腊人对同性之间相互吸引之事相当坦率，相当宽容。中国古典小说中对这种关系也有相当显白的描写。在《达罗维夫人》的故事中，同性爱恋主要表现在克拉丽莎、萨莉·塞松这两位女性和塞普蒂默斯、伊文斯这两位男性的同性关系上。如果说塞普蒂默斯与伊文斯之间是一种血与火、生与死的战友关系，故而显得凝重、沉郁甚至悲壮，那么克拉丽莎与萨莉之间则存在着一种诗情画意般的同性间浪漫关系。[2] 年青时，萨莉趁大家走到前面看不见时，迅速地在克拉丽莎嘴唇上给了她一个深情的吻。这在后者心中留下了一个永久性的美好回忆。这回忆像一粒美丽的钻石"无限宝贵"，被小心翼翼地包裹起来，"打开它时，或它那耀眼的光芒烧穿包裹射出来时，她总会领略到一种神圣的启示，一种宗教的情感！"[3] 可以说，她们

---

　　[1] 在初稿中，"有机组成部分"的原措辞是："人性的一部分"。在与几位朋友的讨论中，这种措辞引起了他们的不安。这难免使人想起英国文坛十九世纪末、二十世纪初的"道德审查"运动。这种"道德审查"一般是由非官方组织——如"全国警戒协会"（NVN，即 National Vigilance Association）等——出面发起的，常常诉诸法律（由这种组织充当起诉人），有时还颇有成效。例如，该组织起诉了胆敢在英国翻译出版法国写实主义和自然主义小说的书商亨利·维泽特利，并将其判刑，使其坐牢三个月，并处以 100 英镑罚款，撤回已发行的翻译小说，甚至还被责令"在十二个月内行为规矩，不得肇事"。这不可谓不成功。所以笔者也感到不安，认为对此处的措辞作适当的调整很有必要。参见 Peter Keating, *The Haunted House: A Social History of the British Novel——1875 –1914*, Fontana, 1991, pp. 244 – 253, 30, 66, 241 – 284, 416 – 419, 487 – 388。

　　[2] 据 Elizabeth Abel 的相关研究，伍尔夫在小说中对女性间相互爱恋的认知及呈现，与形成期的弗洛伊德心理分析说之间有一种遥相呼应的关系。参见 Laura Marcus, "Woolf's Feminism and Feminisms' Woolf", in Sue Roe and Susan Sellers (ed.), *Virginia Woolf*, Shanghai, Shanghai Language Education Press, 2001, p. 237。

　　[3] Woolf, *Mrs. Dalloway*, p. 40。

的爱恋关系具有某种超越的内涵，无比美好和真诚。

晚会当晚，萨莉也像彼得那样，作为不速之客突然出现。也像彼得那样，她与克拉丽莎同样多年无直接联系了。但在她和克拉丽莎的心理场景中，一个最突显的画面还是当年她们的神圣偷吻。年轻时萨莉也像彼得那样，豪放不羁，是习俗和常规的激烈否定者。她对人的性格的判断比谁都更敏锐、准确。她尤其看不惯修伊特·布莱德的市侩作风，相比其他年青朋友们，最早看出他是个极端势利的家伙。她可以在桌上摆一排碗，往里盛水，再把采来的野花齐头剪掉放进碗里，任其游弋。她可以在洗澡时因忘了带海绵而赤身裸体冲出澡房，穿过很可能会碰到男士的走廊去取海绵，惹得老女佣爱伦·阿特金斯到处咕哝"要是撞上哪个男士怎么得了！"[1] 种种迹象表明，萨莉完全可能成为二十世纪七十年代式的嬉皮士。

可是浪迹印度二十几年回来的彼得却发现，"狂野、胆大、浪漫的萨莉"竟和一个富有的男人结了婚，"住在曼彻斯特附近一幢豪宅里。"[2] 在彼得眼里，这实在是不知羞耻，可是她竟不以为耻、反以为荣地告诉后者，她有五个儿子！[3] 克拉丽莎也不同意她的婚姻，哀叹她从此将生活在孤寂和"荒山野林"中，即与工厂老板和商人为伍。可是萨莉并不后悔，认为她与之为伍者是个"干实事"的人。她丈夫是矿工的儿子，其所拥有的"每个便士都是自己挣来的"。[4] 实际上，二十几年来，这个出身贵族、在朋友们看来"降尊纡贵"嫁给一个工厂老板的女性生活得十分充实。萨莉不

---

[1] Woolf, *Mrs. Dalloway*, p. 37.
[2] 同上书，第 81 页。
[3] 同上书，第 206 页。
[4] 同上书，第 20 页、206 页。

但也像丈夫那样"干实事"——养了五个儿子不说，还雇了一个花工，种了好几十盆花——绣球花、山梅花。她甚至养育着"在苏伊士运河以北本存活不了的非常、非常罕见的木槿百合"。[1] 由此可见，萨莉的精神世界里依然保留着她年轻时那颗浪漫之心。事实上，克拉丽莎与之有过那种"神圣"同性爱恋关系的这个女人，是一个与现实保持着和谐关系的理想主义者。

克拉丽莎本人也有和萨莉相似的品性。从彼得的内心独白中可知，她也像萨莉那样，对人的看法非常敏锐、准确，只是不轻易表达出来。如前所述，克拉丽莎虽无彼得那种浪迹天涯的人生经历，但内心世界却永远是激情澎湃、春意盎然。可是克拉丽莎和萨莉都没有选择彼得那种缺乏稳定性的生活方式，而是选择了在彼得看来是一条中规中矩、平淡乏味的平庸生活道路。就此而言，她们与福斯特的施莱格尔姐妹颇为相似。[2] 正因为在落拓不拘、率性恣肆之外，还有更多的中规中矩、平淡乏味，才可能有社会经济和心理意义上的稳定感、安全感，亦即克拉丽莎所谓的"保护"和"支持"。换言之，一个社会乃至一个文明要生存，要发展，必须有物质和精神意义上的秩序；要保证这种秩序，该社会或文明的无数个人必得过一种按部就班、表面上缺乏刺激的生活。

辩证地看问题，即使可以假定，一种无拘无束、浪漫率性的生命形态更符合人性，也必须有一种多少与其相反的生活方式作为该生命形态的前提和反衬。这意味着，在人类目前的发展阶段，社会上大多数人必须过一种中规中矩、安静平庸的生活，稳定地创造财

---

[1] Woolf, *Mrs. Dalloway*, p. 210.
[2] 参见第三章有关《霍华兹别墅》的相关讨论。

富，少数个人才可能过一种无拘无束、浪漫率性的生活。因为文明
兴盛的基础，是社会的有序、进步和发展。人们对理想生活的追
求，只有与现实秩序保持某种融洽的关系，而非总是在并无充足理
由的情况下挑战它，破坏它，社会才能进步，文明才能演进。从这
个角度看，与施莱尔姐妹颇为相似的萨莉和克拉丽莎形象的社会政
治含义就更清楚了。在《达罗维夫人》里，伍尔夫的朋友福斯特所
呼吁的文化人与生意人的"连接"同样实现了，只是方略稍稍不
同。甚至可以说，福斯特所假定存在的文化人与生意人"分离"的
问题，在伍尔夫这里似乎并不是什么了不起的问题。

五　塞普蒂默斯形象对文明的批判

《达罗维夫人》还有另一条重要的叙事线索，这就是塞普蒂默
斯的故事。该故事与克拉丽莎的故事是平行的。虽然这两个人物根
本没见过面，但共同的朋友将二者联系了起来：塞普蒂默斯自杀的
消息由他的医生告知正在招呼晚会客人的克拉丽莎，引发了后者关
于生死问题的内心独白。

欧洲大战前，塞普蒂默斯是一个腼腆、单纯、内向的小伙子。
战争爆发后，他是第一批自愿报名应征入伍的人。入伍后，他被派
遣到法国去"拯救英国"，而这个英国对他来说"几乎完全是由莎
士比亚的戏剧和身着绿装行走在广场上的伊莎贝尔·波尔小姐构成
的"。[1] 严酷的战争环境将他转变成一个毫无情感可言的"硬汉

---

[1] Woolf, *Mrs. Dalloway*, p. 95.

子"。当他最好的朋友战死疆场时，他竟一点不感到悲伤。更有甚者，他不仅没能认识到这意味着宝贵友谊的终结，反而对自己"几乎没什么感觉"感到骄傲。[1] 是战争教会了他这个本事。他不仅没战死，反而升了官。他相信自己能活出来，而这种预感被证明是准确的，"最后的炸弹没炸着他，而他就在现场，带着冷漠的心情观看它们爆炸。"[2] 停战条约签订时，他正住在米兰的一家小旅店里。一天晚上，塞普蒂默斯发现自己"不能感觉"了。[3] 对此，他有一种深深的恐惧，匆匆与店主女儿卢克雷齐娅订了婚。自此，那摆脱不了的"不能感觉"的恐惧成为压倒一切的心理负担。他宁肯甘受战前女友波尔小姐的指责，也不愿做任何事来弥补自己的不是。更严重的是，由于患了弹震症，他神经不正常了，更有强烈的自杀倾向。最后，他的确自杀了。既然最终也免不了成为战争的牺牲品，他并不比战死沙场的战友们幸运。很明显，塞普蒂默斯故事线索比克拉丽莎线索灰暗得多。伍尔夫很清楚现代文明存在的问题。

很大程度上，《达罗维夫人》的社会政治批判是通过塞普蒂默斯传达给读者的。但他还带来了一个同样重要的启示：尽管人类伪善，社会残酷，政治专制，可是这一切并非不可救药。在象征的层面，他扮演着救世主的角色。塞普蒂默斯"是人类中最伟大的一员……是一个来复苏社会的基督……他永远在受难，这只替罪羔羊，这个永恒的受难者"。[4] 人有罪。塞普蒂默斯虽然并非十分乐

---

[1] Woolf, *Mrs. Dalloway*, p.96.
[2] 同上书，第96页。
[3] 同上书，第96页。
[4] 同上书，第29页。

意扮演这替罪羔羊的角色，但终归也像耶稣那样，要用自己的死来赎走罪人们的罪。他之跳楼自杀，是要用自己的鲜血来祛除世界的罪恶。如果说他在故事世界里牺牲了自己，那么在故事可能的社会政治效应中，他得到了某种永生。

尽管塞普蒂默斯对人性有毫不留情的批评，但他也像耶稣基督那样，不断宣传"普遍的爱"，甚至大大超前于时代，倡言环境保护。[1] 尽管他神经不正常，但在这种不正常中，却有着对其敌人的清醒的认识。对于霍尔姆斯医生和威廉·布拉德肖爵士（此二人均为精神病医生）的压迫性本质，塞普蒂默斯像一个正常人那样有准确的把握，并同他们进行了坚决斗争。他知道，此二人在心底里并非要治疗他，而是要从精神上控制、支配、压迫他，从中获得满足和快乐。因此，在酷爱独立自由这一点上，塞普蒂默斯与克拉丽莎极为相似。对前者而言，自由就是一切，不自由毋宁死；对后者来讲，自由同样是生命中最可宝贵的元素，为了自由，宁可忍受孤寂、无聊和平庸。而对自由的这种酷爱，只有在主体精神高涨的现代人中才可能存在。为了保卫自由，塞普蒂默斯终于采取主动，自我了断。在克拉丽莎看来，他的自杀是"一种挑战行为，是一种企图与人交流的行动"。[2] 在无其他方式捍卫自己的权利即自由的情况下，自杀便自然成了最后的手段。

克拉丽莎对塞普蒂默斯自杀行动的肯定，预示了《达罗维夫人》问世十六年后，同样精神不正常的作者本人自杀了。可这么做，伍尔夫也并非对生命作简单的否定。这象征着主体意识大大强

---

［1］ Woolf, *Mrs. Dalloway*, p. 28、75.

［2］ 同上书，第 204 页。

化了的现代人为了维护生命的尊严，可能采取何种终极行动。或许，更重要的还不是塞普蒂默斯的自杀本身——除了其所包含的对现代文明缺陷的批判，以及藉此所要传达的救赎意图外，从根本上讲，这种行动的精神内涵与克拉丽莎并无二致。

第十三章　从斯蒂芬到布鲁姆

——《青年艺术家的肖像》《尤利西斯》

一　唯美主义的乔伊斯

在詹姆斯·乔伊斯（1883—1941）研究中，一个较少为人所注意的事实是，第一次欧洲大战及其后果并没有被写进其第一部小说《青年艺术家的肖像》（*A Portrait of an Artist as a Young Man*，1916），也没被写进他的大部头成名作《尤利西斯》（*Ulysses*，1922）。当然，《肖像》是乔伊斯青少年时期的写照，而《尤利西斯》则是写都柏林 1904 年 6 月 16 日这一天，因此与战争无关似乎无妨。可是，如何解释战争也没被写进他的最后一部重要作品即《芬尼根的守灵夜》（*Finnegans Wake*，1939）呢？这种情况与同时代其他现代主义作家相比，是颇令人惊异的。D. H. 劳伦斯的《恋爱中的女人》（1920）、T. S. 爱略特的《荒原》（1922）、维吉妮亚·伍尔夫的《达洛维夫人》（1925）及《到灯塔去》（1927）等都或间接或直接地表现了一种涉及到第一次世界大战的忧患意识——毕竟这次大战对西方知识分子的心灵产生了至为深刻的冲击。这些当然都是著名的现代主义作家和作品。就连现在已鲜为人知的阿诺德·贝内特，在其《莱西蒙台阶》（1923）中也表达了类似的现代主义的忧患意识。[1] 从乔伊斯的传记文字来看，生活中的他对于第一次欧洲大战也同样是冷漠的。这似乎与他的创作倾向是吻合的。也就是说，即使考虑到《肖像》《尤利西斯》等主要小说的故事时间设在第一次欧洲大战之前，因而不可能将大战写进作品里，乔伊斯之未表现出其他现代主义作家那种直白的社会政治关怀，是一个不争的事实。

原因应到什么地方去找呢？《青年艺术家的肖像》描绘了青少年时期的乔伊斯的成长道路。在这部小说中，可以见到斯蒂芬·代达勒斯对神学和神职生涯怀着一种本能的厌恶。与此相反的是，斯蒂芬的艺术追求却带着一种炽热的虔诚。在这部作品中，也可以看到一个酷爱哲学、艺术理论以及语言的斯蒂芬。他天性聪慧、敏感，与笃信天主教并有着民族主义情绪的爱尔兰当地人是格格不入的。在这部作品中，也可以看到所谓"天才的孤独"。正是少年乔伊斯这种"天才的孤独"、炽热的追求和敏锐的禀赋注定要使几十年后西方大学发展出所谓"乔伊斯工业"，尽管这未必是西方乃至世界文学的幸事。对于这么一个有着艺术野心的人来说，这次动摇了整个西方知识界对人性、理性、进步等的信念的大规模战争，似乎只是永恒循环之轮的一次轻微的颠簸。对于这么一个要用艺术取代宗教以为终极关怀的人来说，创作中的艺术家是一个万能的神。这个神在漫不经心地"修剪指甲"[2]的同时，使尤利西斯和布鲁

---

[1] 参见本书二章的相关讨论。

[2] 乔伊斯《斯蒂芬英雄》（*Stephen Hero*）中语，转引自詹姆斯·R. 贝克：《美学自由与戏剧艺术》，见 W. E. 莫里斯和小 C. A. 诺尔编：《〈青年艺术家的肖像〉评论集》，纽约，1962，第 187 页。

姆作为两个具有可比内涵的木偶粉墨登场，相互拉扯，相互陪衬，相依为命，共同完成那高高在上隐蔽着的"头头"赋予他们的使命。在这神圣的创造中，历史与现时的鸿沟消逝了，有限与无限的分离泯灭了，代之而起的，是具有存在论意味的艺术永恒。这便是唯美主义的乔伊斯试图给读者的第一印象。

藉着这种艺术拯救论，乔伊斯超越了他的时代，超越了其小说所描绘的典型环境。与这种艺术的超越相对应的，是青年乔伊斯对天主教爱尔兰和都柏林的逃遁乃至摈弃。与创作了巨幅的近代都市风情画的狄更斯、巴尔扎克不同，乔伊斯本人的投影斯蒂芬在《肖像》中所遭遇的世界，在他眼里是一个中世纪的世界。从《肖像》主人公眼中呈现出来的景观，不是伦敦或巴黎小资产阶级的庸碌、猥琐、俗气，而是神权社会对理想、精神和灵性的压制和窒息。这就是乔伊斯的创作中反复出现的流亡主题的根源。从《流亡者》（1918）的男主人公到《伊芙琳》的女主角，从《肖像》中的斯蒂芬到《尤利西斯》中的斯蒂芬，乔伊斯塑造了一系列表现流亡主题的人物。《都柏林人》（1904）这部短篇小说集中众多碌碌无为的都柏林人形象则从反面揭示，假如不逃离家庭和祖国，乔伊斯便会有什么样的结局。在更重要的意义上，这种逃离是相对于少年斯蒂芬先前那种被扭曲的意识而言的逃离。这种被扭曲的意识，是少年斯蒂芬在家庭和社会的熏陶下认同于天主教价值观、天主教世界的结果。透过少年斯蒂芬的视角，乔伊斯把他心目中旧世界的种种不是合盘托了出来：旧道德规范把人压得喘不过气来，神职生涯及诸多相关义务是多么令人沮丧！这个世界与斯蒂芬身上艺术家气质是何等相悖，与他心目中的人性是何等抵牾！

二　斯蒂芬的狂热信仰

在斯蒂芬看来，人性是由灵魂和肉体这些对立面构成的。在《肖像》的故事里，紧接着肉欲的放纵，是严厉的自责。斯蒂芬把写短篇小说所得奖金用于逛妓院，而后又在良心的压力下向告解神父作了忏悔。可是，要长久维持宗教信仰和伦理所强加给他的"秩序"，并非那么容易：

> 他试图建起一道秩序和文雅之闸，以挡住身外生活的肮脏潮水，要以行为的准则、积极的兴趣爱好和新的父子关系来闸住他心中那强大潮水的重新冲击。全无效果。[1]

就这样，放纵和抑制彼此相替，前仆后继，直到斯蒂芬凝视海滩上涉水少女时顿悟到他心中神圣使命的召唤。

从天主教信仰的角度看，斯蒂芬意识到自己的使命在于艺术并决心与牧师生涯一刀两断意味着：他不可救药地堕落了，沦丧了。可是，在抛弃旧信仰的同时，斯蒂芬却在艺术的召唤中找到了自己心目中的新信仰，找到了自己心目中真正的信仰。换句话说，他开始把艺术当作上帝来信奉，来为之献身。那找到新信仰的狂喜，那情感的强烈震战，那震撼心灵的自由感只能用一系列飞翔意象来抒发：

---

[1] James Joyce, *A Portrait of an Artist as a Young Man*, New York, 1928, p.110.

> （他似乎）看见一个长有双翼的形体展翅飞翔在汹涌澎湃
> 的海浪上空；他喉头痒痒的，渴望大声呼唤：他来到了这自由
> 的风儿中。这是生命对他灵魂的召唤……一个狂野飞翔的刹那
> 将他解救了出来。[1]

显然，宗教意义上的堕落对斯蒂芬来说恰是灵魂的得救和升华。如果说这时的斯蒂芬还身在都柏林，那么他皈依新上帝的心早已飞到世俗化了的大陆欧洲了。对处在天主教符咒下的家庭和祖国这种意义上的背离，似乎具有某种绝对的不可调和性。

可斯蒂芬这种顿悟是否带有某种性爱的意味呢？在斯蒂芬眼中，撩着裙子涉水的姑娘是纯粹的美的显现。尽管乔伊斯在这里对姑娘进行了详尽的动态描写，但斯蒂芬根本并没产生任何性冲动。他为姑娘身上的某种形而上意义上的美所深深打动。他之被打动，当然是一种审美激情的迸发，一种顿悟到某种神圣感召的心灵骚动。与先前沉湎于肉欲相比，斯蒂芬这时的反应，是一种与淫欲的放纵了不相涉的灵魂激荡。这种体悟之强烈，完全可以同宗教狂信者的体验相比拟：

> 她的映像进入他的灵魂，永久持存在那里。没有任何话语
> 打断他那狂喜中的神圣缄默。她的眼睛向他呼唤，他的灵魂雀
> 跃而起，回应这呼唤。要生活，要出错，要堕落，要胜利，要
> 从生活中重新创造出生活！[2]

---

[1] James Joyce, *A Portrait of an Artist as a Young Man*, New York, 1928, pp.196 - 7.

[2] 同上书，第200页。

这里，涉水少女似乎已不具有任何形而下内涵，似乎已成为一个纯粹精神实体，似乎代表着对平庸现实的绝对超越。

在涉水少女场景中，皈依新上帝的斯蒂芬接受了一场特殊的洗礼。在赤着脚涉水的少女的感召下，斯蒂芬也挽起了裤腿，赤足步入海水中。这何尝不是他皈依艺术这种新信仰的洗礼？这种洗礼不仅标志着斯蒂芬对天主教家庭、祖国的脱离，也标志着他对自己的肉体欲望的克服以及对自己的过去的超越。正是在这种对旧世界、旧自我的脱离、克服和超越中，他获得了一种新生命、新信仰。然而，仅仅说斯蒂芬此时找到他眼中灵魂的最后归宿，是不够的。他还沉浸在一种救世的狂热之中。既然斯蒂芬赋予艺术以终极关怀的价值，那么反过来讲，艺术也完全可以给他以一种不可动摇的神圣感。艺术就是他的新宗教。

三　信仰的降温

如果说，涉水少女引发的灵魂洗礼构成了斯蒂芬精神追求的顶点，那么《肖像》故事余下的部分却多少又传达出他心中的一种困惑感和无力感。毕竟，斯蒂芬只是乔伊斯笔下的一个"受造之物"。乔伊斯似乎不想让艺术成为一种新宗教，或伪宗教、准宗教，故对斯蒂芬进行了讥讽，或者说，通过斯蒂芬进行了一种自我嘲讽。在亢奋的狂喜后，斯蒂芬饱满的激情又机械般地、无可奈何地疲软了下来，正如马克·肖勒尔在《在技巧中发现》一文中所指出的那样：

它（《肖像》的文体）在情感的阵阵高潮（指涉水少女场景）中达到了浪漫的丰饶之巅……随后，在（斯蒂芬）为自己勾勒出将占据他成年生活的艺术任务的轮廓的同时，最后几部分的文体逐渐沦入一种刻板冷峻的智力活动。[1]

事实上，《肖像》的故事是在冗长呆板的美学讨论中结束的，而斯蒂芬的美学理论又是用一鳞半爪、支离破碎的神学论点和术语拼凑而成的。与其说这种安排意味着斯蒂芬是个美学上的半瓶醋，倒不如说它预示了他神圣理想的最终破灭。如果说，他未来的命运不是完全为肉欲所奴役的话，他也并未像涉水少女场景所表明的那样，成为一个精神追求至高无上并获得最终满足的人。这意味着，乔伊斯-斯蒂芬抛弃了天主教的上帝后，并没能找到新的终极关怀。艺术至多只是一个似是而非、若隐若现的新上帝。在丑陋的现实中，这个新上帝究竟能否抚慰伤痛、缓解苦难，乔伊斯并无把握。他觉得有把握的是，新上帝有一最大的好处，那就是：他不再是一个压迫者。这或许就是乔伊斯-斯蒂芬嘲讽自己的救世狂热的根本原因，但从这种嘲讽中，已不难看见后来许多现代主义作家或多或少、或隐或显地表现出来的某种虚无主义的影子。

在《肖像》中新旧信仰的冲突中，也可以看到贯穿在乔伊斯整个艺术生涯中的种种根本性的二元对立：现实与理想，物质与精神，有限与无限，等等。斯蒂芬传达了这样一个信息：文艺复兴以

----

[1] 马克·肖勒尔：《在技巧中发现》，载菲力普·斯台维克编：《小说理论》，纽约，1967。

来的西方人在摒弃了与愚昧、压抑甚或残酷相联系的传统信仰后，发现自己转而守持的理性、自由和人文主义的新价值观以及自己置身其中的物质丰饶、机械充斥的新世界并非完美，而是有欠缺的。西方人刚逃出虎穴，又掉入狼窝；刚逃离了中世纪，却进入一个同样令人不满意，甚至令人沮丧的现代文明。斯蒂芬否弃了天主教，在艺术中抛下了新信仰之锚；他也确如乔伊斯本人那样，来到远离天主教都柏林的世俗化了的欧洲大陆。可是当斯蒂芬在《尤利西斯》中重返故乡都柏林时，他发现这座城市已是一个遭受现代工商文明价值观支配和统治的城市。虽然天主教的狭隘和愚昧依然如故，但已不再像《肖像》中那样无处不在、具有令人窒息的压迫性了。

在《尤利西斯》中，乔伊斯关注的焦点显然已从天主教的中世纪转移到了资本主义的近现代。这部小说中的斯蒂芬·代达勒斯早已丧失了《肖像》中同名人物对艺术的那种炽热的虔诚，那种汹涌澎湃的激情。他仍在追求艺术，可是这种追求现已是一种无可奈何的滑稽努力。在《尤利西斯》那压倒一切的感官描写中，斯蒂芬只是一束摇曳不定的灵性之光。他的作用可以看作一种与庸碌现实的对照，可对照的结果，却凸显了失意艺术家在现代文明铺天盖地的平庸中的可怜与可笑。这里，艺术最多只能视为斯蒂芬维系自身价值（而且很可能是一种虚妄的价值）、自身同一性的一个手段。它已失去了《肖像》中那种替代宗教、超越宗教的能力，那种存在论意义上的至高无上的价值。

显然，过分看重《肖像》的艺术-拯救主题并非合适。《肖像》

的前身《斯蒂芬英雄》[1] 的初稿于 1904 年 1 月便完成了，这时乔伊斯还不到二十二岁。1916 年《肖像》发表时，乔伊斯已三十四岁。在这期间，他变得成熟多了。在这期间，激烈动荡的欧洲思想界对十九世纪过分乐观的理性主义、进步主义思潮进行了批判性反思。绘画和音乐领域里的印象主义在英语国家已不再受嘲笑，甚至已赢得了近乎正统的地位。文学领域里的表现主义、意象主义和象征主义正方兴未艾。在时代精神的浸润下，思想敏锐的乔伊斯不可能不进行创新。如果说少年时代的他所顶礼膜拜的易卜生业已陈旧，那么崇拜易卜生的那个旧我也完全可能成为其现在自我的嘲笑对象。正是在此意义上，对《肖像》的自传性解读必须慎重。

假如看一看《斯蒂芬英雄》和《肖像》对相同传记材料进行的迥然不同的处理，这一点就更清楚了。后者的创作手法是印象主义的，象征主义的。其文体是一种与感伤主义（如在狄更斯小说中所常常看到的那样）绝缘的质朴的抒情文体。它一反十九世纪小说的笃实风格，预示了《尤利西斯》那种恣肆的实验性。显然，乔伊斯创作《肖像》时是以一种居高临下的姿态来描写他青少年时期的投影斯蒂芬的。乔伊斯要读者相信，斯蒂芬对艺术的狂热信仰很大程度可归因于其青春期的骚动不安与易变性。涉水少女场景之后文体的逐渐疲软乃至机械般的枯燥乏味，也反衬出"青年艺术家"从青春期到成年期的转变。尽管乔伊斯用诚笃的语言描绘了以艺术为拯救的斯蒂芬，尽管这个意义上的斯蒂芬并非不具普遍性，但也应当看到，他不仅是一个陶醉在炽热幻想中难以自拔的年青人，而且更重要地，是一个成长中人。那种以艺术取代宗教，以艺术家取代上

----

[1] 该短篇小说集在乔伊斯于 1941 年去世八年后的 1949 年发表。

帝的冲动无疑包含一种自我扩张的倾向。在《尤利西斯》中，斯蒂芬从幻想的云霄跌落于现实的大地，要么被巴克·莫利甘这样的医学学生驳（或吓）得哑口无言，要么任自己的白日梦被缺乏激情的都柏林现实所打断。《肖像》中那个以救世主自居的狂热的斯蒂芬已茫然无存。

四　"反英雄"布鲁姆

在《肖像》之后的大部头作品《尤利西斯》里，斯蒂芬与都柏林仍格格不入。但这种格格不入的缘由，已不再是天主教的狭隘和压抑，而是现代科技工商社会中人的平庸感和无用感。时时刻刻冲击着斯蒂芬的是这么一些印象：浑噩懒散的市民、整天蹲酒吧的无赖、散发着霉气的房间、血腥味十足的血污肉店、报馆、广告、罐头盒的叮当声、破旧的招贴画、满是拼写错误的色情小说、褪了色的照片……这些就是艺术家斯蒂芬要去赎救的对象及其环境。但如上所述，斯蒂芬这个人物已不再具有他在《肖像》中表现出来的那种超验性（哪怕这完全可能是一种虚妄的超验性）和狂热性，或者说至少在《尤利西斯》的故事结束之前，斯蒂芬并没能有效地执行其所自我担负起来的超渡工商文明中的庸碌大众的使命。更为严重的是，他本身便是被他心目中现实生活的无用、无意义压得喘不过气来的人。他在平庸乏味的都柏林生活中艰难地挣扎着，堂吉诃德式地维护着艺术的神圣性（这里得小心：乔伊斯很善于自嘲）。这时的斯蒂芬急切地等待救赎。在《尤利西斯》的叙事维度里，他也的确获得了某种形式的救赎。与《肖像》不同的是，在黑暗中，向他显现救赎之光的，既不是目睹海滩上的涉水少女，也不是这一场景中那种天启般的神圣景观，而是广告兜揽商利奥波德·布鲁姆这个普普通通，甚至有点猥琐的中年人，一个与《奥德赛》里狡黠、勇猛的奥德修斯（即尤利西斯）相对应，来照顾和救助儿子忒勒玛科斯-斯蒂芬的父亲。[1]

但在现代工商文明中，布鲁姆是一个平凡的人，一个有着一般人所具有的一切软弱与坚强、猥琐与高大上的人，一个能够在适当场合表现出适度同情心的人。《尤利西斯》所传达的一个主要信息，是斯蒂芬儿子通过布鲁姆父亲重新获得了其神圣价值。或者说，象征意义上的父子二人通过对方都实现了自我超越，都获得了某种神圣性。同样是在象征意义上，斯蒂芬不仅仅是一个忒勒玛科斯，更是一个耶稣基督；在布鲁姆身上不仅仅找到了一个父亲奥德修斯，更找到了一个圣父；反过来看，作为父亲形象的布鲁姆在斯蒂芬身上不仅是找到了一个儿子忒勒玛科斯，更找到了一个圣子。正是这种神圣的父子团圆，给世俗主义的现代工商文明提供了一种精神依归的超越维度。因此，尽管这个文明有诸多不尽人意之处，在乔伊斯看来却并非病入膏肓，而具有延续下去并继续生长的内在活力。

许多乔伊斯评论者将布鲁姆当作一个"反英雄"来看待。这并无道理。布鲁姆的确是一个既不令人敬畏，也不可恨可恶的凡夫俗子。以传统的眼光看，他甚至相当可鄙。这里我们不妨"煮酒论英雄"。与奥德修斯、亚瑟王、罗宾汉相比，布鲁姆明显太过平庸，甚至有点卑微。即便与狄更斯、乔治·爱略特笔下的男女主人公相比，他也太不正气凛然了。可是，他究竟是不是现代工业资本主义

---

[1] 参见本书"访谈"有关乔伊斯的讨论。

文明发展到二十世纪时，突然产下的一个"反英雄"怪物呢？众所周知，二十世纪初，现代科技工商文明已经历了几百年的发展史。布鲁姆上演"反英雄"之剧的舞台是现代小说这一新文类。现代小说是伴随近代工业化而产生的。丹尼尔·笛福笔下的莫尔·弗兰德斯是以十七至十八世纪英国资本主义的海外扩张为背景的。她当了多年小偷，最后在北美洲的弗吉尼亚地方安居乐业。她并不可恶，甚至令人同情，可也绝非古典意义上的"英雄"。撒缪尔·理查逊笔下的帕梅拉·安德鲁斯是个佣人。她沉着机智地同玩弄她的中产阶级少爷作斗争，迫使他对她明媒正娶，但到头来却吃尽了丈夫荒淫无度的苦头。她也算不上"英雄"。法国写实主义小说中众多人物既然不具有高大上的信念，也就难以充当道德楷模。欧也妮·葛朗苔、拉斯蒂涅、高老头、包法利夫人，还有左拉笔下的众多人物，他们究竟该归入哪个类型？可以肯定的是，他们的道德内涵与古典意义上的英雄相去甚远。[1] 如果这些人物还够不上布鲁姆式的"反英雄"称号的话，至少也可视为古典英雄与布鲁姆式"反英雄"之间的过渡环节。反过来看，假如布鲁姆没有其平庸乃至猥琐的一面，他与上述十八至十九世纪小说中的人物形象几乎是同型的、等值的。

布鲁姆还能自虐地沉溺在被人戴绿帽子的痛苦-愉悦之中。在"瑙西卡亚"章，他凝视漂亮的格蒂·麦克道韦尔成功地进行了手淫。在布鲁姆的心理活动中，还能看见其窥淫欲及恋物癖，更有对人体排泄物的嗜好。如此这般，要让人钦佩他似乎不太可能。与龚

---

[1] 意大利著名学者马普拉茨证明，即使在维多利亚时代的英国，小说中的英雄也不断在隐退消通。参见马利奥·普拉茨：《消逝中的英雄》（由安格斯·大卫逊译为英文），伦敦，1969。

古尔兄弟和左拉对其笔下人物的动物化描写相比,乔伊斯更上一层楼。难怪《尤利西斯》的第一版在拥有清教主义传统的英国、美国出版不了,而是在气氛更为宽松的巴黎问世的。正如《尤利西斯》里的自然主义描写与法国十九世纪下半叶的小说传统一脉相承那样,《尤利西斯》对英美公众的刺激也不亚于福楼拜、龚古尔兄弟和左拉的小说对当时法国公众的冲击。[1] 一定程度上,这种情形可归因于乔伊斯天生的猥亵倾向(这一点在其传记作者和评论者当中并无争议),但弗洛伊德和荣格的影响也不能不考虑在内,尽管乔伊斯本人一再否认他们对他产生过任何影响。

那么布鲁姆这个"反英雄"究竟有何种社会历史内涵?[2]

仅从布鲁姆个人来看,他是彻底体现了现代人的生物属性的。"普罗透斯"章一开始便有如下宣言式的陈述:"利奥波德·布鲁姆先生吃起动物和禽类的内脏来津津有味。他喜欢喝用鸡鸭脏腑做的浓浓粥汤,坚果般的胗,塞了填充物的烤熟的心,和着面包屑煎熟的肝,还有油炸鳕鱼卵。但他最喜欢的还是炙烤的羊腰,因为这种东西会使他的腭感到一丝美美的尿味。"[3] 这最后一句话已不仅仅是对布鲁姆食癖的描写,而明显带有现代精神分析意义上的性的意味。

这里当然不是说布鲁姆所代表的现代人,在其生物属性方面有

---

[1] 福楼拜、龚古尔兄弟受到伤风败俗的指控,被拽上法庭。1895 年,英国人维策特利因在英国出版他们二人和左拉的书而被公开审判,并被投入监狱。阿诺德·贝内特被认为有伤风化的小说如《神圣与亵渎的爱情》(*The Sacred and Profane Love*,1905)与《窈窕佳人》(*The Pretty Lady*,1918)等均遭到公众和批评界的批评和抵制。

[2] 应当把作为个人的布鲁姆与同斯蒂芬、莫莉安安实现超验性"大团圆"的布鲁姆分开看待。

[3] James Joyce, *Ulysses*, London, 1976, p.65.

何不同于古代人或中世纪人之处。在认知其存在的超越性和道德性方面，无论人类可以因时因地因文化差异而表现出多么大的差别，其根本的生物属性都具有一种恒定、普遍的特质。需要强调的是，乔伊斯对笔下人物的生物属性的呈现具有非同寻常的意义。在西方文学史上，或者说在西方主流文学中，这种呈现只是到二十世纪才成为可能。这是资产阶级的逐渐兴起，人文主义及个人主义逐渐摆脱体制性宗教的统治，近现代科学技术的不断发展，以及世俗主义价值观取得主流地位的产物。很明显，它也是现代意义上的小说作为一个文类不断演进的结果。诚如伊恩·瓦特在《小说的兴起》（*The Rise of the Novel*, 1957）一书中所说，小说作为一个文类的兴起，与具有个人主义价值观的资产阶级读者群的兴起有着千丝万缕的联系。[1]在人性世界与神性世界混淆在一起的英雄史诗中，对人作这种的呈现是不可能的，因为纵然诸神有着凡人的七情六欲，也不至于猥亵到望着漂亮女人偷偷手淫的地步；而英雄史诗中的凡人又是不值得大书特书的，因为他的一切英勇、智慧和激情早已被神或半神占用了。乔伊斯的呈现样式在中世纪文学中更是不可能的，因为无论对于基督教道德剧，还是对于异教色彩深厚的传奇，它都具有全然不同的品质。在公众道德压力颇大的十九世纪，它同样是不可能的。在人文主义乍兴的文艺复兴时期，这种呈现的出现倒有一定的可能性，但当时人们对自身的心理和生理机制的认识还不发达，故这种呈现样式必然受到限制。

---

[1] Ian Watt, *The Rise of the Novel*, Penguine, 1983, pp. 38 – 65.

五　渎神的布鲁姆

乔伊斯笔下的布鲁姆远不是一个被剥掉了道德外衣的赤裸裸的动物。与他的生物秉性紧密关联的，还有他那近乎彻底的世俗性。在"伊卡塔岛"章的自问自答中，布鲁姆要求他自己证明一下从青少年时期起，他就是一个"热爱正直"的人。在自答中，布鲁姆描述了自己从不信任爱尔兰新教教会（这是他父亲放弃犹太教后所皈依的那种基督教），到彻底弃绝该教会，并转而信奉罗马天主教的心路历程，同时他还表白了自己宣扬达尔文进化论和支持詹姆斯·芬坦·拉勒等人的国家经济计划、威廉·格拉斯顿的政治主张之类的历史功勋。[1] 这里，应特别注意乔伊斯亦庄亦谐的口气。毕竟，布鲁姆形象是用一种半严肃、半讥讽的风格营造出来的。那么布鲁姆是否真正信仰罗马天主教呢？答案是否定的。在整部小说中，他都是以一个与天主教社会格格不入的形象出现的，尽管这种疏离远未达到斯蒂芬在《青年艺术家的肖像》中彻底否弃天主教的程度。

综观乔伊斯一生，他对待传统宗教的态度，从青少年时期一旦形成，便没发生根本性变化。这种情况与 T. S. 爱略特很是不同。爱略特皈依英国国教乃至罗马天主教是二十世纪英国文学史上的一个引人注目的事件。它反映了欧洲知识分子经历了第一次欧洲大战的劫难后，在深深的破灭感中向传统价值观的复归，象征着他们对人文主义、科技理性的严重质疑。我们对这种现象不应大惊小怪。爱尔兰在地理、经济和政治上都处在欧洲的边缘，在人文主义早已

---

[1]　Joyce, *Ulysses*, pp. 833 - 4.

席卷欧洲大陆和英美时，它却在相当大程度上仍然停留在过去。如此这般，乔伊斯是不大可能重新认同刚刚被其弃绝的传统价值观的。至于假如他必须在天主教与新教之间作一种非此即彼的选择，他是否更倾向于天主教，答案十有八九是：他将选择天主教。因为，新教毕竟是爱尔兰的压迫者英国人的宗教。可是据乔伊斯专家和传记作者理查德·埃尔曼的研究，乔伊斯对这两种宗教都持反对态度："有一天……我们会看见一个爱尔兰修士扔掉他的修士袍，与一个修女私奔他方，同时高声宣告天主教这个连贯的荒唐寿终正寝，新教这个不连贯的荒唐却焕然滥觞。"[1] 这种极尽挪揄之通融的口吻，足以使乔伊斯被投进他在《肖像》中作过生动描写的地狱。无论连贯还是不连贯，荒唐总是荒唐。上述引语与斯蒂芬、布鲁姆这些人物形象同样鲜明地表达了乔伊斯对基督教信仰的否定。

乔伊斯所否定的，还不仅仅是传统基督教。尽管布鲁姆的父辈就已从犹太教改宗基督教了，但直到布鲁姆本人的时代，他们都还未能被都柏林的基督教社会所真正接受。他们仍然被当作犹太人来对待。可作为犹太人，布鲁姆对自己种族的宗教信仰也极不恭敬。在"卡吕普索"章，他到格鲁加兹肉店买了一块猪腰，回家煎着吃。这里，犹太教教规对布鲁姆显然不具有任何约束力。这是对民族、祖先宗教的不敬。但单单是吃猪肉，而且是带猪尿臭味的猪内脏，还不足以表明布鲁姆对犹太教不敬的程度。在他心理活动的历史景观中，布鲁姆对以犹太教及相应习俗为区别性特征的

---

[1] Richard Ellman, *Joyce*, Oxford, 1983. 此处为埃尔曼摘引自乔伊斯《评论随笔》一书的内容。作为爱尔兰人，乔伊斯并非没有民族感情。新教是当时爱尔兰统治者英国人信奉的宗教，这也许就是乔伊斯讨厌新教的主要原因。此外，新教内部分裂为无数小教派，故有"不连贯的荒唐"之语。

犹太种族的态度，已远远不止这种不敬：孕育了犹太文明的死海地区，是"死亡之海，死亡之域，灰暗老朽"；这一带的古老犹太城市如"索多姆、戈莫拉、埃多姆……全死了"；产生于这个地区的犹太种族如死海一般，"死了，像老妇人的器官：世界那阴暗萎缩的女性生殖器"。[1] 在这里，对世界文明进程产生了重大影响的犹太民族及其宗教的现状和前途[2]都被加以触目惊心的视觉化。天生有猥亵倾向的乔伊斯已把布鲁姆的世俗性展延到了亵渎神明的程度。

甚至古希腊人所信奉的灵魂转世思想[3]也成了布鲁姆逗乐妻子的小把戏。布鲁姆之向莫莉安宣读和解释什么是灵魂转世，也是以对现世诸多感官快乐的描写为背景的：嗅觉的、味觉的、视觉的、肉体的。裸体的林溪仙女画挂在其卧榻的上方。在棕褐色的茶水里，蜗牛状乳脂盘旋着上升。对犹太教大不敬的烧焦猪腰的气味，使读着灵魂转世小册子的布鲁姆从椅子上猛然弹将起来，冲进厨房，迅速把猪腰从煎锅里倒进盘子，生怕汁水流失。这一刻的布鲁姆哪管什么灵魂不死！与"卡吕普索"章开首的宣言相呼应，他开始缓慢、充分地咀嚼享受着今生今世的生理乐趣：

> 现在来一杯茶吧。他坐下来，切了一片面包，涂上黄油。
>
> 他将烧焦的那点腰肉割下来扔给猫，然而用叉子叉了肉塞进嘴

---

[1] 这里"女性生殖器"的英文原文为口语体。

[2] 按，传统上，犹太人总是以内部紧密团结的宗教社团之形式散居世界各地。

[3] 按，古希腊人的灵魂不灭说、灵魂转世说或源自埃及，甚至可能源自印度。

里，津津有味地嚼着齿感甚佳的腰肉。煎得恰到好处。一口茶。把那片涂了黄油的面包切成小块，把其中一块在腰肉汁里浸透后放进嘴里。[1]

六 "自然主义"的莫莉安

基督教被否定了，犹太教被否定了，甚至异教徒古希腊人、印度人的灵魂转世说也被否定了。显然，布鲁姆不需要任何超越价值、任何终极的神性实在作为其精神依归。与贯穿在整部《尤利西斯》的猥亵、下流一道，诸如此类几可谓彻底的世俗化，是所谓"乔伊斯丑闻"的一个主要原因。如此彻底的世俗化，在十九世纪的主流小说中是找不到的。当然，一如整个十九世纪的科学理性精神所表明的那样，十九世纪的小说已为二十世纪布鲁姆的出笼铺平了道路。因为，十九世纪的小说本身便饱含着难以调和的世俗精神。在此意义上，乔伊斯推出的布鲁姆是十九世纪时代气质的必然产物。这也是早期乔伊斯批评之所以把布鲁姆视为福楼拜传统的延续的原因所在。福楼拜、龚古尔兄弟、莫泊桑，以及左拉的写实主义、自然主义小说之所以被视为伤风败俗的淫书，是因为传统道德观的力量仍相当强大，而传统道德观对表现在文学作品中的世俗化大潮的新一轮攻击所作的抵抗，终究是对现代性的抵制。

自 1922 年发表后，比法国写实主义、自然主义小说更上一层

[1] Joyce, *Ulysses*, p.79.

楼的《尤利西斯》在英国、美国分别被禁到 1933 年和 1937 年。这当然也可以看作清教主义传统对表现在文学中的世俗化运动新一轮进攻的抵抗。那么,《尤利西斯》的解禁乃至获得现代主义文学之经典地位又说明了什么呢? 是卫道士们的破产吗? 是他们所极力捍卫的道德被证明终究是伪道德吗? 答案不是简单的肯定或否定。单单是支配了十九世纪欧洲知识界的科学理性和世俗化思潮还不足以使布鲁姆完全合法化。如前文所述,布鲁姆展现其世俗性、现代性的小说体裁很大程度上是人文主义的产物,是一种与文艺复兴、科学技术发展、资本主义商业价值观、工业化和城市化的不断推进,以及资产阶级读者群的兴起等密切相关的文学样式。同样,归根到底,布鲁姆其人也是人文主义道德观和社会观的必然结晶。

可是这一结晶的价值内涵究竟是积极的,还是消极的呢? 答案同样不是简单的。可以认为,布鲁姆 1904 年 6 月 16 日游历都柏林的心路历程,是现代世界里的现代人心态的一个缩影,是乔伊斯心目中的现代人性的一个集中体现。乔伊斯是用不着让尼采来宣布"上帝已死"的。诚然,在《肖像》和《都柏林人》里,那个被尼采断定已死的上帝似乎尚未死去,那种将十字架木桩打入泥土下自杀者尸体心脏中的习俗在欧洲大陆几近绝迹,但偏僻的爱尔兰却依然滞留其中,在相当大程度上解释了为什么年青的代达勒斯即便冒着摔得粉身碎骨的危险,也要远走高飞。[1] 可是在《尤利西斯》的艺术景观中,传统的上帝已然死去。他不仅在斯蒂芬和布鲁姆的心中死了,在众多都柏林人心中也死了。

---

[1] 按,在希腊神话中,能工巧匠和建筑师代达勒斯惹恼了弥诺斯国王,与儿子一起被国王囚禁于迷宫;代达勒斯给自己和儿子用蜂蜡、羽毛做成双翼,腾空飞起逃离迷宫;在空中,儿子伊卡洛斯因飞得太高,太阳将蜡晒化,落水淹死。

即使是虔诚信教的格蒂·麦克道韦尔，也表现出了一种与传统宗教虔诚格格不入的炽烈情欲。[1]这标志着一种与传统宗教价值观迥然不同的态势。事实上，现代社会存在这么一个明显的趋势：宗教禁欲主义不得不对人的本性作出让步，而这必然导致传统伦理道德发生深刻变化，甚至可能摧毁这种伦理道德。但这还仅仅是传统基督教社会世俗化进程的一个方面，或者说只是这种进程的一个类型。与此呼应的是，莫莉安像她丈夫布鲁姆一样，是一个什么都不信的人。留心过《尤利西斯》最后一章"佩涅洛佩"的读者不难发现，其中心人物之一莫莉安不仅与荷马《尤利西斯》（即《奥德赛》）的男主人公尤利西斯的妻子佩涅洛佩相对应，而且与《十日谈》里的众多女性形象、《坎特伯雷故事集》里的"巴斯的妇人"大体上属于同一类型。莫莉安已从宗教伦理道德的约束中挣脱了出来。乔伊斯对她下意识中的思绪作了近乎动物化的集中描写，运用了被许多评论家视为最严格的"意识流"手法，六十页（英文版）的心理描写只是在结束时才用了个标点符号。[2]

如果说，"佩涅洛佩"章在手法上可以视为福楼拜、詹姆斯传统的继续，那么它所传达的信息却不是乔伊斯前辈的作品所能比拟的。重要的是，莫莉安不仅是一个充分展现了人的肉体属性的形象，一个象征着肉体摆脱了灵魂压制的形象，而且在乔伊斯眼中还是一个昭示着精明和理智的形象。在其"自然主义"（龚古尔兄弟、莫泊桑，左拉式的"自然主义"）的下意识中，不仅年青时的情人们一个个登场了，现任情人波依兰·布莱齐斯也来凑热闹，但她最

―――――――――――

[1] 按，《尤利西斯》在美国被禁，很大程度是因为格蒂·麦克道韦尔这个形象。

[2] 参见本书"访谈"有关乔伊斯的讨论。

终选择的男人，却仍是可笑、宽厚、不乏慈爱之心的丈夫布鲁姆。

还要指出的是，莫莉安与龚古尔兄弟《热尔米妮·拉瑟特》（1864）的女主角热尔米妮·拉瑟特和左拉《小酒店》（1877）的女主角热尔韦斯相比，除了在《尤利西斯》问世后的早期批评中曾招来伤风败俗的谴责，是不容易受到"悲观主义""失败主义""命定论"和"非人化描写"等指控的。在遗传和环境的双重压制下，龚古尔兄弟和左拉笔下的主人公们一步步沦落下去，丧失了最起码的人性尊严，最后在自己的疯癫以及社会对她们/他们的全然漠视中像畜生一般死去。相比之下，尽管莫莉安也在一定程度上表现出了热尔米妮·拉瑟特或热尔韦斯式的肉体性、动物性，但她同时也展现出丰满的人性尊严。母性冲动或下意识中的莫莉安把多年来未与之同床共枕的布鲁姆重新纳入自己怀抱，从而成功地扮演了一种大母神角色，从而使丈夫、妻子和儿子（斯蒂芬）的终极"大团圆"得以实现。这种象征性安排对《尤利西斯》的结尾至关重要，对传达《尤利西斯》的"正能量"至关重要。

第十四章 "英雄"或"反英雄"
——《尤利西斯》

一 冥国之行

《尤利西斯》不仅是一部关于现代人游历现代社会的英雄史诗，而且是一部关于人的生物性的英雄史诗。它明白无误地传达了这一重要信息：长期以来，使人类心灵不安的灵魂肉体的二元对立是毫无根据的；这种二元对立不仅应加以克服，而且是能够克服的。《尤利西斯》发表后近一个世纪的历史表明，乔伊斯超前于时代勾勒出一幅未来社会和道德图景。这种道德图景凭借其与现实的切合，已成为现代神学所不得不加以考虑的对象，或者说现代神学已不得不接纳它，正如解放神学家尤根·莫尔特曼所说：

> 女性主义神学所关注的不仅是把妇女从得到宗教权威所认可的男性优越中解放出来，而且是把肉体从灵魂的优越中解放出来……在女性主义神学获得成功的地方，随着妇女的解放，这种神学将会导致对肉体性的新的接受，导致同自然环境的新

的交融关系的形成。[1]

采取这一观点,《尤利西斯》的景观不仅是灵魂与肉体的分离之被消除的景观,而且是一种神性和人性、神界和人界的疏离之被消除的现实。

使用上述阐释框架,不妨对"冥国"章作一个大胆的解释。在这章里,读者发现,布鲁姆的友人帕特里克·狄格南姆之猝死于心脏病,为布鲁姆提供了与奥德赛去冥国寻找侍从埃尔佩诺相对应的"游历"机会。这也是布鲁姆之所以在 1904 年 6 月 16 日一整天都身着黑色服装的原因。乍看起来,乔伊斯似乎要把现代社会的白昼说成是一个由无边黑暗统治的巨大冥国,现代人就是在其中浑浑噩噩生生死死的庸人,而布鲁姆之整天穿着黑色服装便是对这个世界的诅咒。实际上这一章传达的信息并非如此简单。

往格拉斯奈文墓地送葬的大多数人是保守的天主教徒。当鲍尔先生说"死得太突然,真可怜"时,其用意是要打开这个话题:狄格南姆死前未能接受祈祷,因而其灵魂将得不到安息。可是布鲁姆却冲口接嘴说道:"最好的死。"对此,送葬队伍的反应是,人人睁大眼睛盯着他——他们中间竟有如此一个冒天下之大不韪的人!布鲁姆接着又说:"没有疼痛。只那么一下子,一切都了结了。"[2]这一场面将读者带回到《青年艺术家的肖像》。但布鲁姆这个成熟期的斯蒂芬-乔伊斯并非像《肖像》主人公那样激烈弃绝天主教,而是在心中用一种和缓的节奏作弄(并非不可视为亵渎)天主教的

---

[1] Jugen Moltmann, *Theology Today*, Bungay, 1988, p. 22.

[2] James Joyce, *Ulysses*, London, 1976, p. 119.

上帝。鲍尔后来又挑出自杀比猝死更糟糕的话题。这又使乔伊斯想起他那自杀的父亲。父亲临死，要求布鲁姆照料他留下来的 dog 阿索斯。布鲁姆家族是在他父亲那一代皈依基督教的。这里，乔伊斯用了一个双关语——dog 反过来拼写即为 god。这种将狗与上帝间接等同起来的做法很难说不是对宗教的不敬。

正如布鲁姆的狗"阿索斯"与尤利西斯（即奥德修斯）的狗"阿果斯"相对应（连发音都相似）那样，通往格拉斯奈文墓场要经过的四条河也与古希腊神话中冥国里的四条河相呼应。[1] 这种与荷马《尤利西斯》大多数章节和场景的相当严格的对称，加强了布鲁姆游历"冥国"的印象，而有关墓场管理、下葬仪式以及掘墓工人的极详尽的描写则更清楚地说明，布鲁姆的格拉斯奈文墓场之行不是一次通常意义上的送葬，而从多方面表现了布鲁姆-乔伊斯对生与死、灵魂与肉体、现世与来世等问题的思考和态度，代表现代人对这类问题的一般态度。无论从根本上讲这种态度是否可取，乔伊斯的"受造之物"布鲁姆对待死亡的态度既非恐惧，也非悲哀或感伤，而似乎是一种不带感情色彩的现实主义的接受。

二 未知生、焉知死？

布鲁姆的态度建立在对传统宗教观念的否定和对死亡的唯物主义解释上："世界各处每分钟都进行着葬礼……每小时有数千个破了的心。终究是一只水泵，每天搏击成千上万加仑血。在一个好端

---

[1] 都柏林这四条河是：多德河、利菲河、大运河、皇家河。

端的日子，它突然堵塞住，于是你就死了。"[1] 布鲁姆还进一步表示了他对复活、再生之类的说法不以为然："你一旦死了，就是死了。"[2] 死亡在布鲁姆那里仿佛已成了一种纯粹生理和物理现象，已丧失了其传统宗教和社会内涵。这意味着，宗教意义上的神与人、灵与肉相对待的二元世界，在布鲁姆那里已成为这些对待阙如的一元世界，也就是灵魂与肉体同生同灭的世界。这种唯物主义思想和态度未必任何现代人都接受，但对于乔伊斯心目中一支腿仍陷在中世纪的都柏林来说，显然是现代世俗主义乃至科学理性对蒙昧发起的攻击。这种态度是对长期以来人类一直不能摆脱的生死问题所作的回答，即，将它撇在一边不予理睬，或者说以视而不见的方法回避这个极重要却无确切答案的问题。

毋庸置疑，生死问题或无限与有限的对立，也总是萦绕在现代人的脑际。无数哲人为之费尽思虑。既然"上帝已死"，人的灵魂何处依归？这些哲人的出发点是人虽死了但其灵魂依然存在这一假设。其所要解决的问题，不外乎是传统的宗教信仰淡薄后，人的灵魂如何安顿，人存在的终极根据在哪里这样一些问题。这种克服有限与无限之二元对待的努力是值得称道的，但能否抛开生与死迥然有异、灵魂和肉体分属于截然不同的维度、有限与无限根本对立这些假设呢？乔伊斯虽不是哲学家，却用他特有的方式解决了这一问题。他不是通过严密的论证和推理，而是通过这种人生态度来解决的，即，压根儿不承认上述对立和冲突的存在，而在物质和生理意义上尽量地享受人生。

---

[1] Joyce, *Ulysses*, p.127.
[2] 同上。

这种人生态度是一种享乐主义、现世主义和自然主义的态度。故而布鲁姆说出下面的话并不奇怪："我不喜欢那另一个世界。我不再喜欢它了。还有那么多东西要看，要听，要感受呢。"[1]暂且不讨论这种人生态度有何终极合法性或正当性，只需指出，这体现了一种客观存在的现代精神，这一现代精神正方兴未艾，毫无退潮的迹象。这种精神对现存的一切宗教学说或世俗意识形态都采取了一种宽容态度，使一种前所未有的信仰多元化格局得以出现。这种精神以人为本，只要承认这一前提，其他什么都是可以容许的。在信仰自由的前提下，它不拿神来压人，也不拿人来压神；它不认为物质优越于上帝，也不认为上帝优越于物质。

既然这种态度兼收并蓄，海纳百川，布鲁姆那乍看起来十分粗鄙的唯物主义便多少有了立足之地。诚如威廉·詹姆斯所说：

> 上帝是个能够一劳永逸地做那么多事的神。我们感谢上帝，也只能为那么多，而不能更多些。可是现在，根据相反的假设，那一点一滴的物质按照它们自己的规律也能一点不少地创造这个世界，难道我们不应同样感谢这种物质吗？如果我们不假设上帝创造世界，而让物质单独负责去创造世界，那么我们能遭受什么损失呢？从哪里能产生特定的呆板和粗笨呢……无论持哪种假设，我们实际所体验到的世界在细节上总是一样的。[2]

---

[1]　Joyce, *Ulysses*, 146 页。
[2]　威廉·詹姆斯：《实用主义》（陈羽纶等译），北京：商务印书馆，1979年，第52—53页。

这里，詹姆斯所谓"物质"已取代了先前上帝所享有的那种至高无上的造物主或宇宙本原的地位。采取这一观点，可以说作为一个人物典型，充分体现现代人的物质性和生物性的布鲁姆便多少是可以接受的了。

"冥国"章所揭示的"未知生、焉知死"的人生态度，还在于对掘墓者铲土掩埋狄格南姆时的那种近乎冷漠的描写，也在于为死者亡灵作最后祈祷时的那种若无其事的叙事语调。葬礼完毕后，送葬者们在墓碑丛中安然信步，阅读碑文；布鲁姆和海因斯（来都柏林研究爱尔兰地方史的一个学者）则在一种平淡的日常气氛中相识，侃起墓碑上的名字来。这里不是说送葬者非得表现出悲哀或感伤才近人情，而是说，充分世俗化了的乔伊斯-布鲁姆把死亡视为一种理所当然的、不值得大惊小怪的事，而且在乔伊斯-布鲁姆眼里，这是现代世界的一种具有普遍性的态度。当然这也意味着，如果采用布鲁姆的生死观，则不应把生与死的界限划得太清楚，也不应把冥国看得太过实在，太过真实，具体说来，不应该在丧事上花费过多的财力，而应"把钱用于拯救那些活着的人"。[1]

布鲁姆这种人文主义思想倾向绝非空穴来风，也绝非一种偶然兴起的历史现象。二十世纪初欧洲大陆知识界发端的虚无主义思潮之所以未能彻底左右乔伊斯的创作，很大程度上是因为乔伊斯对中世纪式的狭隘和愚昧有切身体会，故而现代人文主义世界虽有诸多不尽人意之处，在他心目中仍是一个比中世纪更为可取的地方。在此意义上，乔伊斯也许比欧洲大陆知识界"后进"一点。他的布鲁姆虽然有平庸、低俗、猥琐的一面，虽然布鲁姆的种种

---

[1] Joyce, *Ulysses*, p.143.

特质并非不可能指向相对主义、虚无主义，但总的说来，他并非相对主义者、虚无主义者。乔伊斯之利用一个人文主义的布鲁姆来超渡现代社会失去传统宗教信仰的芸芸众生，就清楚地说明了这一点。然而，随着二十世纪的推移（特别是在该世纪最后二十五年中），随着人类对现代性的反思越来深入，布鲁姆的正当性可能会受到挑战。

三　博爱主义的布鲁姆

尽管布鲁姆的终极合法性并非不可以质疑，但在《尤利西斯》的总体框架中不难发现人的主体性的高扬这一主题。"赖斯特律戈涅斯族人"（以下简称"赖族人"）章的景观，就是一种人类主体性得以提升的景观。在相应的《奥德赛》故事中，奥德修斯率领的十二只船的船队中，有十一条船被蛮族打坏，船上的伙伴也被统统吃掉，只有奥德修斯所在的那只船幸免于难。由此不难看出，在荷马时代，人类处在多么被动的地位，人类的地位多么脆弱。面对大自然和敌对力量的威胁，人类往往束手无策，孤苦无告，像惊涛骇浪中的小舟，狂风暴雨中的落叶，随时可能遭受灭顶之灾。但在某种象征意义上，《尤利西斯》相应章节里的布鲁姆不仅已然摆脱了被吃的危险，甚至成了吃的主体——"赖族人"章的中心场景就是布鲁姆在 1904 年 6 月 16 日这一天中午在餐馆正儿八经用餐的情形。如果说"卡吕普索"章奏响了正视人的生物性乃至消除灵魂-肉体的二元对待的主题，那么"赖族人"章便是该主题的第一个明显的再现部。然而，正如在西方音乐中一个主题的再现不是简单的重复那样，在"赖族人"章里，"卡吕普索"章的主题不仅仅被重申，而且得到了内涵深刻的变奏、扩展和强化。在对布鲁姆的食欲及食欲的满足的详细描写中，在对其性欲的平行描绘中，乔伊斯还添加了对布鲁姆的善良和宽厚品性的相当集中的铺陈。

具体说来，在这章中可以看到，布鲁姆时刻关心着难产的普尔弗伊太太，对她生产时的痛苦表现出深切同情（尽管这里也有某种无意识冲动在起作用），甚至思考着减轻甚至免除其痛苦的方法。布鲁姆在这章中对斯蒂芬所属的代达勒斯一家的困窘也寄予了很大关注。在其心理活动中，代达勒斯先生竟有十五个孩子这件事简直不可思议，借此表达了对无限生育繁殖的批评："增加与繁殖，这种观念你听说过吗?"[1] 显然，这种批评态度预示了几十年后人类对于控制自己种属数量增长所作出的种种努力。此外，还能看到布鲁姆把精美的班伯里蛋糕掰碎饲喂海鸥的情景。甚至还能看见午饭后，他主动搀扶一位盲人过街的情形："对他说点什么。不要居高临下。如果这样，他们就不会相信你说的话了。就说一句家常话。"[2] 这当然是人道主义、博爱主义的行为。这种人道主义、博爱主义是宗教性淡出之后的一种世俗道德行为，尽管并非不可以追溯到传统宗教信仰。

只有以这种人道主义、博爱主义为基础，现代人主体性的张扬才是有意义的，否则主体性的加强，便可能成为一种不健康的自我膨胀，甚至自我中心主义。以此考察"赖族人"中的布鲁姆，他之摆脱古代那种被吃的境遇、进入现代人的主体身份似乎便获得了某

---

[1] Joyce, *Ulysses*, p. 191.
[2] 同上书，第231页。

种终极性的价值根据。从这个角度看问题,"卡吕普索"章[1]中那个有着近乎纯粹生物性的布鲁姆便显示出了一种明确的道德属性。既然是社会的人,便不能没有道德上的承诺,便不能没有社会关怀。乔伊斯尽管把潜意识中布鲁姆的种种性冲动以及所表现出来的性行为写得淋漓尽致,但他终究没有把布鲁姆写成一个缺乏健全理智和慈爱之心的非道德的人。这表明,乔伊斯可能很不希望得到十九世纪法国写实主义和自然主义小说家所享有的那种"非道德"恶名。这也从反面揭示了"卡吕普索"章的布鲁姆所表现出来的那种极端世俗化倾向,甚至不乏矫枉过正的意味。也就是说,布鲁姆之被漫画化,很大程度是由于乔伊斯对传统上那个压制人性和个体性的宗教世界的厌恶和否定。

"赖族人"章所揭示的现代人主体性的加强,也表现在生命意象的使用上。对布鲁姆的食欲、性欲以及普尔弗伊太太的生产过程的详尽描写,并非不可以看作"卡吕普索"章的主题在"赖族人"章中再现时所引发的一个副主题。与奥德修斯的伙伴们被一个个吃掉恰成对照的是,现代世界是一派生命繁兴的景象(乔伊斯甚至附带讨论了人类数量增长过快的问题)。可在象征层面上,却不宜将这种对生命的讴歌看作对个体生命的无限张扬,而应视为一种对人类大我生命的和谐和幸福的关怀。现代人世俗的博爱主义在乔伊斯那里具有一种终极关怀的意味。在《尤利西斯》中,这种终极关怀的艺术媒介便是谦和、慈爱和宽容的布鲁姆,那个关心难产妇的命运、帮助盲人过街的布鲁姆。

如果说现代人生命的勃兴需要有一个现代赎罪者,布鲁姆便是这

---

[1] 在该章对布鲁姆食癖的描写中,其食癖明显带有性的意味。

样一个赎罪者。在"赖族人"章中，布鲁姆这个"以利亚来了"。[1]
他将自己的名字 Bloom 滑稽地变型成为 Blood of the lamb（羔羊之
血），[2] 这决非偶然。在否弃了那个长期以来允诺拯救、允诺另一
个世界里的永恒福乐的神以后，乔伊斯给现代人提供了一个新型赎
救者。他就是体现人的所有生物属性的布鲁姆，有着人之所以为人
的所有凡俗性的布鲁姆。尽管布鲁姆并非像耶稣基督那样，用自己
的血来救赎世间罪人，但他终归还是个救赎者。在《尤利西斯》故
事中，他助人为乐的行为之所以得到如此集中的描写，也绝非偶然。
他平易近人，是一个平凡的救赎者。他之所以给人这种印象，是因
为他原本就是每一个平凡的普通人。与乔伊斯相识的阿尔德斯·赫
胥黎说，乔伊斯曾坚持认为，"尤利西斯"这个词的希腊语形式
Odysseus（即"奥德修斯"）在词源上是由 Outis（无名之辈）与
Zeus（神，或最高之神）结合而成的。[3] 乔伊斯这个说法未免有点
牵强，却并非完全是胡说八道。在他看来，现代人的内在神性恰恰是
在其平庸性中显现的。即便这种词源研究的结果很可能是一种巧合，
这种巧合至少也反映了乔伊斯的潜意识，故未必不具有深意。

四 都市文明中的布鲁姆

布鲁姆诞生距今已有一百多年历史。在这期间，尽管发生了

---

[1] 以利亚在《旧约》中是上帝的使者。在犹太教中，是一个重要的先知和
赎罪者形象。

[2] Joyce, *Ulysses*, p. 190.

[3] Richard Ellman, *Joyce*, Oxford, 1983, p. 361.

两次欧洲大战,尽管各大国发展并拥有热核武器以确保相互毁灭,但布鲁姆表现出的那种世俗主义、人文主义和人道主义精神却没有减退。与这些精神相联系的,是现代都市的兴起。布鲁姆扮演那个世俗的现代博爱主义者的舞台,便是都柏林这一特定的现代城市。

在"风神"章中,乔伊斯借助布鲁姆职业上的方便,对现代都市文明生活作了集中的描写。作为《自由人杂志》的广告商,布鲁姆在其上班的地方稍事逗留。在其心理景观中,可以看到这样的现代文明景况:电报、电话、邮政、铁路、火车、有轨电车、充气矿泉水,金色海滩上身材匀称的游泳者,政客拉选票,"全世界最大的气球",商家送货上门,辩论会和演讲,等等。同他一道,读者从报上可以读到这些东西:赛马专讯、离婚案、酒吧营业广告、讣告、谋杀案,等等。此外,"风神"章还提到十来种报纸和杂志,其中包括《每日快报》《每日电讯》《自由人杂志》以及《都柏林一便士杂志》。还应注意的是,这一现代都市风情画轴的展开,是在隆隆印刷机声和报童的叫卖声中进行的。

思想家尤根·莫尔特曼指出:

> 传统宗教的崩溃和新的都市文明的形成与现代世界的兴起恰好重合,并且构成了现代世界的特征。在社会学意义上,世俗化指的就是城市化。在现代集合城市(特大城市、技术城市)中,自然非神性化了,历史非命定化了,宗教非个人化了,道德具有了多元性……现代集合城市成了种族、民族、宗教和文化的大熔炉。这就是无宗教的、理性主义的和多元化时

代的社会现实。[1]

乔伊斯笔下的都柏林并不大，并不具有当今集合城市的规模，也不具有所谓"大熔炉"的丰富性，但那种根本的世俗精神则与纽约、巴黎、伦敦、东京并无两样。乔伊斯并未对都市文化大加赞颂，而是如实地再现这种文化的各个方面。那种半开玩笑半认真的语气使他可以不对这种文化的是非优劣表态。但无论如何，他并非像学者路易斯·蒙福德在《都斯文化》一书中所说的那样，"表现了利奥波尔德·布鲁姆的头脑里如何反复地重复的报纸和广告的内容，生活在充满未能实现的欲望、虚妄的愿景、令人消沉的烦恼、病态的压抑和悲哀的空虚的这么一个地狱里"。[2] 这种看法与当今许多批评家认为《尤利西斯》所具有的那种乐观主义精神是相悖的，而作者乔伊斯之所以具有这种乐观主义精神，同时代人如 T. S. 爱略特却不具有，其原因应到乔伊斯的个人经历和特殊背景中去找。

与都市文化密切相关并且构成其组成部分的，是现代大众文化。整部《尤利西斯》中随处都能碰到的俚语、绰号、警句、省略表达法、职业术语、谜语、哑剧、二流歌曲、日常寒暄、流行笑话以及人所共知的引语，都是十分大众化的，使读者感到亲切。大众文化的兴起无疑是世俗化进程的又一个副产物，也可以看作人的主体性得到提升的一个重要表征。在古代世界，人是大自然的奴隶，是奴隶主的奴隶；在中世纪，人被迫服从神权统治；在现代世界，尽管人仍然面临着种种问题甚或危机，但其主体性的加强则是前所

---

[1] Moltmann, *Theology Today*, p. 18.

[2] 转引自约翰·格罗斯：《乔伊斯》（袁鹤年译），北京：生活·读书·新知三联书店，1986 年，第 81 页。

未有的，而制度化且大规模的民主政治也是前所未有的。尽管大众化并非必然意味着民主，但若无乔伊斯对通俗文化的喜爱，《尤利西斯》所隐含的自由主义价值便可能大打折扣。因此可以肯定，布鲁姆所体现的民主精神很大程度上是由他作为大众一分子的积极社会形象来传达的。大众化或通俗化本身不可能不意味着平庸，可是在乔伊斯心目中，这种平庸既是现代人灵魂拯救的前提，也是其内涵。在此意义上可以说，《尤利西斯》给人的启示是：现代文明中人为了其所拥有的相对于古代和中世纪人们的一切优越性，不得不接受布鲁姆式的"非英雄性"，不得不容忍布鲁姆式的平庸。

第十五章 从"大团圆"看现代人性
——《尤利西斯》

一 脆弱的斯蒂芬

在《尤利西斯》中，可怜又可笑的斯蒂芬·代达勒斯的尴尬处境在很大程度上源于对现代工商文明中人的非英雄性或平庸性的抗拒。这种抗拒往往不合时宜，多少是带有堂吉诃德式幻想色彩的。与他恰成对照的是利奥波德·布鲁姆。他以其善良、宽厚和宽容的品性代表了现代人的非英雄性。或者说，古代人的"英雄性"在布鲁姆这个在各个方面都被加以充分表现的现代人身上淡化成为上述诸特质。而且，正如学者约翰·格罗斯所指出的那样，布鲁姆也提醒读者，古代奥德修斯们并非不食人间烟火的神，而是有着凡人的种种弱点。[1] 在此意义上，（像许多评论者那样）只认为《尤利西斯》用古代英雄反衬出现代人的平庸这种观点就不完全站得住脚了。古代英雄是古代人类在不可抗争的大自然力量面前想象、塑造出来的对抗乃至征服大自然的理想人物。在古人眼里，他们甚至是

---

[1] 约翰·格罗斯：《乔伊斯》（袁鹤年译），北京：生活·读书·新知三联书店，1986年，第96页。

神或半神。英雄作为凡人的种种弱点只是到了近现代才在文学作品中得到充分的表现。布鲁姆便是这种表现的典范。

乔伊斯与其好友弗兰克·布金讨论《尤利西斯》时认为,从古到今文学中的完人即"完整、全面的人物"并非耶稣基督,因为他"从未与女人住过",而同女人生活在一起是一个男人所必须做的最困难的事之一;"不是浮士德,因为我们连他年龄多大也不知道,更何况他没家庭,甚至从未单独行动过,因为靡菲斯特永远跟在他身边或者背后";也不是哈姆雷特,因为尽管他是我们在现实生活中能够见到的人,但他只是一个儿子,没尝过作父亲的滋味。[1]乔伊斯认为,从古到今的文学中,只有荷马的尤利西斯及其现代翻版布鲁姆才是"完整的、全面的人物"。由此看来,乔伊斯心目中的完全的人或者说"英雄"首先必须是一个有七情六欲,尽食人间烟火的凡人。在此意义上,布鲁姆不止是一个假英雄、反英雄的笑话。乔伊斯要读者相信,现代英雄、现代完人的概念与古代英雄、古代完人大相径庭,所以要在正视人的生物属性之前提下重新树立现代英雄的观念。

如果用布鲁姆作为参照系来考查斯蒂芬,便会发现后者远不是完整的;他可能连布鲁姆意义上的"非英雄"都称不上。而这种不完整性又主要在于斯蒂芬在道德上的不成熟性。《肖像》中那种狂热现虽已大大减退,但哈姆雷特式的装腔作势依然存在。这种属于道德范畴的自负使斯蒂芬有现出一种明显的脆弱性。简言之,他本质上是缺乏生命力的。他与希腊神话中能工巧匠代达勒斯的儿子伊卡洛斯有一个共同特征:走向毁灭。所以斯蒂芬需要拯救,而作为

---

[1] Richard Ellman, *Joyce*, Oxford, 1983, p. 436.

儿子，他又需要一个敦厚、踏实的父亲来帮助他，尽管即便有了这么一位父亲也不能确保他得到拯救，或不走向毁灭。

二 斯蒂芬被"收养"

布鲁姆便是这个父亲-拯救者。当然，斯蒂芬并非没有自己的父亲，但早在《肖像》里他便把自己的父亲与具有压迫性的罗马天主教和上帝等同了起来，把父亲-上帝当作自己的反抗对象。在《尤利西斯》中，这种情形依然如故。在"普鲁透斯"章里，斯蒂芬在思考自己的"根"时有这样的心理活动："被他们即那个有着我的声音、我的眼睛的男人与那个呼吸中带有死亡灰末的鬼一般（斯蒂芬母亲已死）的女人生出来的。他们搂抱起来，又分开，遂交媾者之所欲。开天辟地以前他（原文为大写的"He"）就有把我生出来的意欲，但现在却可能没有使我存在下去直至永恒的意欲了。"[1] 这里，斯蒂芬不仅把父亲与上帝等同起来了，而且对上帝-父亲怀着与对自己的母亲相同的怨恨。在心理分析的意义上，斯蒂芬之所以恨母亲，是因为她把自己出卖给了父亲和罗马天主教的上帝。包括斯蒂芬母亲在内的整个爱尔兰不都处在天主教上帝的统治之下吗？摆脱了传统宗教，背离了跟这种宗教紧紧捆绑在一起的父亲母亲，斯蒂芬表现出了灵魂无所归依的种种症状。这里或许就是他那自大狂的根本原因，他之缺乏生命活力的根本原因吧。

从传统宗教中挣脱出来了，期蒂芬在现代世界的世俗社会中漫

---

[1] James Joyce, *Ulysses*, 1976, pp. 46 - 47.

无目的地浪荡。他寻着新的上帝、父亲和母亲，也就是他心目中不搞宗教压迫，不在宗教统治的淫威下自甘沉沦的新的世俗上帝-父亲和母亲。然而在乔伊斯小说世界中向他提供了这么一种形象的，是布鲁姆及其妻子莫莉安。如果说《尤利西斯》讲述的是布鲁姆这个现代的、世俗的、犹太的奥德修斯在社会学、宗教及哲学意义上的游历，这部小说何尝又不是斯蒂芬的一次寻找上帝-父亲和母亲的相同意义上的游历呢？当然，布鲁姆与莫莉安由于爱子卢迪早夭，也确实需要一个儿子。这种游历是达到《尤利西斯》结尾时那种神秘团圆的现实前提。正是这种团圆，才使得布鲁姆的"永恒"成为可能。[1] 这就意味着，斯蒂芬与布鲁姆的关系是一种相依为命、相互拯救的关系。但我们同时也知道，布鲁姆在这种关系中所扮演的角色，是斯蒂芬所不能比拟的。毕竟，斯蒂芬只是一个不成熟的乔伊斯，一个既传达又承受作者所有的自我嘲讽和自我批评的艺术形象，而布鲁姆则是一个成熟的乔伊斯，一个半开玩笑半认真地昭示作者的现代启示的艺术中介。

斯蒂芬摆脱传统宗教后灵魂上的骚动不安，也表现在"客耳刻女妖"章中他在妓院里砸碎那台玻璃大吊灯的举动上。鸨婆贝拉·科亨敲诈他，要他赔偿十先令，而实际上这台吊灯只值一先令。这时出来援救他，与鸨婆巧妙周旋的，正是布鲁姆。这个事件并非不具有其特殊寓意。因为它再一次重申，斯蒂芬对宗教的摈弃是彻底的、不妥协的。砸碎大吊灯完全可以视为否弃传统宗教意义上的救赎之"光"。这并不是作一种缺乏根据的比附，因为"客耳刻女妖"章的一个重要场面，是斯蒂芬在幻觉中见到自己死去的母亲，后者

---

[1] 乔伊斯本人语，见 Ellman, *Joyce*, p. 501。

要他为拒绝替临死的她祈祷之事忏悔，但他坚决不答应。母亲之灵对斯蒂芬的光顾象征着传统宗教信仰对现代人的持续影响。反过来看，这也表明现代的世俗社会急需某种非宗教意义上的信仰之光作为其精神依托。因此，有布鲁姆对斯蒂芬的救助，对他无微不至的关心。也需注意，在"客耳刻女妖"章，布鲁姆帮斯蒂芬看管好他自己的钱，以免被妓女盗走，以及斯蒂芬与英国警官卡尔发生冲突，后者要拘捕他时，又是布鲁姆出面为他辩护，使其转危为安。凡此种种说明，布鲁姆与斯蒂芬之间不止是一种心理分析意义上父亲寻找儿子的简单关系。完全可以把布鲁姆视为乔伊斯心目中的现代赎救之光。助盲人过街（"赖族人"章）这个场景同样能说明，布鲁姆以实实在在的救助行动体现了超验意义上的光亮。在此意义上，他与斯蒂芬的关系完全可视为一种精神"收养"的关系，即，斯蒂芬被布鲁姆"收养"，是其精神义子，而他则是斯蒂芬的精神义父。

另一方面，布鲁姆的救助行动是谦和的。乔伊斯既然避免了对这种行动的大声张扬和热烈歌颂，实际上也就避免了并非将其视为一种本真的目的来追求，而是将其当作一种伪目的来加以否定的危险。这种姿态本身就是对风行一时的历史理性的批判，因为它包含这样的论证：将人类幸福作为从根本上否定这种幸福的手段，其结果是无边无际的灾难。希特勒不是要建立一个人间的"千年至福王国"吗？可纳粹主义留给世界的东西，是集中营、毒气室和焚尸炉，是数千万人的死亡，是严重的精神压抑和创伤。"千年王国"这种伪目的最终成了制造空前灾难的手段。

三 现实主义的父亲与理想主义的儿子

布鲁姆作为救助者的意义，还在于让飘飘然沉醉于救世幻想中的斯蒂芬返回平凡而不乏英雄性（这当然主要是一种精神或象征意义上的英雄性）的现实。布鲁姆以自身的实际行动为斯蒂芬树立了一个榜样，一个他能够也应当成为的人的榜样。由于布鲁姆对世俗主义的现代生活有深切的体验、理解和接受，斯蒂芬与他的结合便意味着：前者沉迷普罗米修斯式的为人类而受难的虚幻情怀的情形将发生一定程度的改变。他们的结合意味着斯蒂芬对布鲁姆素质的吸取。其结果是，斯蒂芬将更接近布鲁姆的人格，即关注世俗社会芸芸生灵的根本福乐，不仅要有出世的超越心境，也要有入世的担当行动。也可以说，布鲁姆与斯蒂芬的结合的根本目的，是要指出一种能够适应并解决现代社会种种矛盾的理想人格，而理想人格的树立，对于现代人现实和超越意义上的根本福乐至关重要。

如许多评论家所注意到的那样，犹太人布鲁姆体现了一种希伯来主义气质或希伯来精神，而艺术家斯蒂芬则代表了某种希腊精神。前者蕴含着至关重要的道德关怀，后者则陶醉于对艺术的追求、对自然的认知。在马修·阿诺德看来，希腊精神的主导观念是自发的意识，而希伯来精神的主导观念则是严守良心；[1] 希腊的人性观是"不健全的"，因为它不能向人类提供精神依托，而希伯来精神则提供了不可或缺的"行为基础和自我控制的基础"。[2] 只

---

[1] Peter Keating (ed.), *Essays of Matthew Arnold*, London, 1982, p.429.

[2] Joyce, *Ulysses*, p.279.

有在这一基础上，古代希腊人孜孜以求的完美才可能实现。以此视角来观照斯蒂芬和布鲁姆形象，可以说前者是文艺复兴以来狂飙突进的唯智主义倾向的投影，而后者则表现了一种中产阶级的、浸润了商业精神的平庸；前者使人想到福斯特笔下的海伦·施莱格尔，后者使人想到他的亨利·威尔科克斯。[1] 然而，现代人的平庸不仅是现代人享有一切现代优越性的前提，而且蕴含着一种特殊意义上的英雄性。这种英雄性主要体现为健全的社会关怀和道德行动。因此，布鲁姆-斯蒂芬这一联盟所象征或包含的相依为命、相互拯救便不能没有主次之分。在很大程度上，布鲁姆的博爱主义就是阿诺德意义上的"道德心"和"自我控制"，能使人向阿诺德所谓"甜与光"或"温馨与光明"趋进。[2] 这种博爱主义也使布鲁姆获得了其在《尤利西斯》中不可动摇的主人公地位。如果在社会历史的意义上看《尤利西斯》的启示，那么传达这种启示的人物主要是布鲁姆。

事实上，乔伊斯并没像爱·摩·福斯特描写威尔科克斯家族那样，把布鲁姆写成一个全无灵性和艺术追求的近乎纯粹的工商实业人士。布鲁姆至少具有二流艺术家的种种素质。他与斯蒂芬二人"对艺术都是敏感的，对音乐比与对造型和绘画艺术则更为敏感。二者都认为在欧洲大陆生活比之在岛国上生活更为可取……二者都宣称不相信正统的宗教、民族、社会和伦理戒条"。[3] 布鲁姆与斯蒂芬的相似点正好是乔伊斯本人的写照（由于视力不好，乔伊斯在视觉描写方面明显不如十九世纪小说大师，是尽人皆知的事实）。

---

[1] 参见本书第三章的相关讨论。

[2] 参见本书第六章的相关讨论。

[3] Joyce, *Ulysses*, p. 777.

由于乔伊斯本人绝非一个威尔科克斯甚或福尔赛，要塑造一个与自己的禀性全然相悖的形象可能很困难。他所能做到的，只能是把自己的完整人格一分为二成表面上大相径庭的布鲁姆和斯蒂芬——如许多评论者所指出的那样，一个"现实主义"的布鲁姆和一个"理想主义"的斯蒂芬。

但正如斯蒂芬不可能（也不应该）长久沉浸于艺术拯救的狂热一样，布鲁姆也不是一个全无理想追求、全无超越心境的庸俗的"现实主义者"。他只不过不像斯蒂芬那样大声嚷嚷罢了。他是在用自己的行动来反抗工商文明中人们的那种不可避免的平庸。这种反抗本身已包含着超越的可能和希望。只有在这种意义上，他才能成为体现文艺复兴滥觞以来的世俗精神，离开了传统社会和谐的斯蒂芬们的拯救之光。在更广泛的意义，可以将他看作超渡现代世俗社会芸芸众生的拯救之光，而这个意义上的拯救说到底，是要消除那种传统的人神分离，使人性中固有的本真神性弘扬光大，从而达到一种全新的理想境界——人类历史上从未出现的一种世俗主义意义上的理想境界。

四 布鲁姆与莫莉安

斯蒂芬砸碎象征传统宗教的"光"之后所找到新的光，就是布鲁姆这一耶稣-上帝。斯蒂芬摈弃了传统意义上的上帝和生身父亲代达勒斯先生以后所找到的新父亲，便是布鲁姆这个新的上帝-父亲。斯蒂芬脱离天主教统治下的爱尔兰祖国后所找到的新的归依，便是布鲁所姆体现的那种世界主义，即一种超越了特定国家、民族、宗教和文化的普世性的博爱主义，而这种普世博爱主义又以现代世俗主义精神及其伴生物都市文化和通俗文化为表征。但不应忘记，布鲁姆与斯蒂芬的结合也带有互救性质。无论布鲁姆在多大程度上表现为一个现代博爱主义者的上帝，无论他在多大程度上体现了"完全"的人或现代"英雄"，就《尤利西斯》结尾时那种神秘"团圆"的前提而言，他必然是有欠缺的。他之苦苦反抗世俗社会的平庸，就是为了超越这种代价颇高的平庸。尽管他象征着超越的可能与希望，但在《尤利西斯》世界里更集中地体现超越精神的，却是斯蒂芬。虽然后者身上有种种缺失，甚至可能在走向毁灭，但他那堂吉诃德式的超越对平庸的现代社会来说却代表了一种根本的补救努力。

另一方面，"现实主义"的布鲁姆本身也不乏超越意味，他所体现的现代世俗主义精神本身就包含着一种理想主义的内在神性，或者说一种现代人自我拯救的可能性。只是在这个意义上，他与斯蒂芬所象征的那种圣父-圣子式的一体化或"团圆"才具有逻辑前提与合法性基础。对于这一点，乔伊斯本人并非没有认识，也就是说，上述阐释并非是强加给《尤利西斯》的。他在1921年2月写给好友弗兰克·布金的一封信中，对布鲁姆和斯蒂芬的超验性作了如下评论：

> 我正在以教义问答的方式写"伊卡塔岛"这一章。所有事件都被解释成宇宙般宏大与和谐的物理和精神等等的（physical、psychical）等值体。例如，布鲁姆在他房舍区域内跳来跳去，从水龙头里吸水，他们俩在花园里排尿、香柱、点燃的蜡烛，还有雕像。因此，读者不仅会知道一切，而且将在一

种不加虚饰和极其冷漠的情形中知道这一切，可布鲁姆和斯蒂芬都因此成为两个徘徊于天际的天体，正好像他们抬头凝视的两颗星星一样。[1]

这里是艺术升华中的布鲁姆和斯蒂芬。如果说在"伊卡塔岛"章里，他们依然是彷徨于天际的两个"天体"，那么最后在"佩涅洛佩"章中，圣子斯蒂芬便已"化"入圣父布鲁姆中了，因为在莫莉安的潜意识里，只有布鲁姆才是她在包括斯蒂芬在内所有男人中，唯一可以完全接受的男人；对于她而言，斯蒂芬只是一个她对之有一定情欲的儿子形象罢了。

在同一封信中，乔伊斯还对布金说："最后的话（富有人性的、人性十足的）[2]是由佩涅洛佩[3]来讲的。这是在布鲁姆进入永恒时在护照上不可或缺的会签。"[4]所谓"最后的话"显然指的是《尤利西斯》的结尾句"Yes"。这个 Yes 犹如贝多芬第五和第九交响乐胜利的结尾音符，以最强的力度激情洋溢地重申了《尤利西斯》的乐观主调和积极情绪。这一点是为多数评论家所赞同的。但许多人所忽视的一点是，这个 Yes 是莫莉安回忆十几年前与布鲁姆在直布罗陀恋爱及至结合时所说的话。过去时态的使用也可能使读者疑惑，而在现实的层面，很难说从 1904 年 6 月 17 日起，莫莉安与布鲁姆是否真能过上正常的夫妻生活——正如尤利西斯在外游历多年后终于回到家乡与妻子佩涅洛佩团聚一样。这种现实层面上的

[1] 转引自 Ellman, *Joyce*, p.501。
[2] 此处括号里为乔伊斯本人语。
[3] 按，这里荷马史诗中的人物"佩涅洛佩"指的是莫莉安。
[4] 转引自 Ellman, *Joyce*, p.501。

困惑会不会影响对整个小说象征主义的解读呢？回答是否定的。因为莫莉安太熟悉布鲁姆了，以至于不可能不接受他。她知道他收藏淫秽画片、照片和书籍的习惯，知道他新迷上一个姑娘后在饮食上会有什么表现（例如在"卡吕普索"章里，布鲁姆在格卢兹肉店对邻居的女仆产生了觊觎之心后便有买猪腰的决定，以及乔伊斯所给的布鲁姆吃猪腰的生理特写镜头[1]），知道他与某个女人有着"笔恋"关系，知道他在自己爱上其他女人后来到家门时会出于愧疚而不入，也知道其他人在背后嘲笑他被戴了绿帽子。

莫莉安之所以接受布鲁姆斯而非布莱齐斯，也因为她太熟悉与她通奸的布莱齐斯了。布莱齐斯这个给人戴绿帽的老手有许多不负责任、甚至使莫莉安厌恶的表现。所以 6 月 14 日下午 4 时许她和他在一起时，就已经断定他不可靠而在心里拒绝了他，而与此密切呼应的是恰好与此同时，布鲁姆望着格蒂·麦克韦尔成功地手淫（"瑙西卡亚"章），但心里却一直挂念着妻子。如果说，在男女关系上，布鲁姆经历了从莫莉安到玛尔莎（与他在信上调情的女人）、再到邻居的女仆和格蒂·麦克韦尔，最后又回到莫莉安的游荡的话，那么"佩涅洛佩"章里的莫莉安在下意识中也经历了从布鲁姆到马尔维、斯坦霍普先生、赫斯特、牧师、老船长格罗佛斯、众水手，再到布莱齐斯（这跟古代版《尤利西斯》中丈夫缺位的佩涅洛佩有过上百个求婚者形成了一种平行关系），最后重新回归布鲁姆的游荡。[2]

---

[1] 关于"猪腰"，参见十三章的相关讨论。

[2] 按，在这一长串"情人"中，真正可能与莫莉安发生了关系的，只有布莱齐斯一人。

五 现代文明中的大团圆

在《奥德赛》中，主人公最后秘密返回家园，暗中与儿子一起设计，将在明处向妻子求婚的一百多人全部杀死。与《荷马史诗》呼应却又不同的是，"佩涅洛佩"章根本就没有任何暗示或象征这种大屠杀的安排。布鲁姆对主要的对手布莱齐斯的态度是容忍。正是这种宽厚的现代品性，才使《尤利西斯》最后的大团圆成为可能。布莱齐斯被击败了，他是被布鲁姆的宽容与莫莉安的理智联合击败的。布莱齐斯的失败是布鲁姆、莫莉安和斯蒂芬现代大团圆的前提，而正是这种大团圆赋予《尤利西斯》以不可动摇的正面价值，故而 Yes 到底是回忆中的 Yes 还是实时（1904 年 6 月 16 日）中的 Yes 便无关紧要了。[1] 况且，整部《尤利西斯》以 Yes 来结尾这一事实本身，也可以看作一种对正面价值的强调，一种"正能量"的终极呈现。"佩涅洛佩"章以小写的 yes 开始，以大写的 Yes 告终；该章也以对布鲁姆的描述开始，再以对他的描述（当然用的是莫莉安的视角）告终。这种对称性也说明，莫莉安对丈夫是完全接受的，夫妻的和好如初是不容置疑的。

如果说莫莉安在夫妻关系上像布鲁姆一样，经历了"现代漂流"，她在生死观的世俗性上与布鲁姆也是完全一致的。"佩涅洛佩"开章时可以看见，她批评布鲁姆的姨妈里尔登太太把钱全部用于为自己去世——准确地说，为了使其死后灵魂能得到安息——时作弥撒，一个铜子也不留给布鲁姆；说她太"虔诚"，或

---

[1] Joyce, *Ulysses*, p. 871.

者说太关心死后灵魂的福乐,要是所有女人都像她那样自私自利,"都和她是一路货色,上帝救救这个世界吧。"[1] 莫莉安这些想法与布鲁姆在"冥国"章中批评把过多的钱花在修建坟墓上如出一辙。

莫莉安的世俗性还表现在她那汹涌澎湃、势不可挡的母性冲动上。用一个心理分析的术语,这里是莫莉安未受压抑、未加掩饰的"本我"。有关这一点,批评家中没分歧,但对其母性冲动的解释则有褒有贬。很少有人指出,莫莉安在许多方面都与布鲁姆形成了一种对偶关系,其中也包括其所体现的共同的世俗性。这个"巴斯妇人",这个大母神又何尝不是一个世俗意义上的圣母玛丽亚呢?Marion 这个名字本身就是 Maria 的变体。如果说布鲁姆扮演了上帝圣父的角色,那么除了莫莉安,谁还能扮演这个圣母玛丽亚角色呢?可是,这个现代圣母与传统意义上的圣母大不相同。她是一个颂扬人的肉体,充分享受肉体快乐的新型圣母。在她心目中,女人的肉体性如同男人的肉体性一样,都是神圣上帝意志的表现:"我想那是女人之为女人所应当有的东西不然他当初就不会把我们造成现在这个样子对男人们多么有吸引力呀。"[2]

尽管莫莉安有着普通人的一切弱点:小气、邋遢、嫉妒,但她表达了人类摆脱传统观念压制的愿望,预示了人类在对待其肉体性方面的一种更宽松的态度。近一个世纪过去了,莫莉安形象所体现的预言很大程度已经成为现实。至少现在没哪个评论家再像《尤利西斯》刚问世时那样,骂她为"猪猡"了。更重要的是,莫莉安是

---

[1] Joyce, *Ulysses*, p. 928.

[2] 同上书,第 929 页。按,"他"在原文里为大写的"He",即上帝。

《尤利西斯》结束时那种父亲、儿子与母亲的神秘融合或"团圆"中一个不可或缺的角色，是俄底浦式三角关系中的一个不可或缺的角。《尤利西斯》所体现的世俗主义的现代性，便将由这群凡夫俗子延续下去。

临近"佩涅洛佩"章时，还可以看见莫莉安想象着斯蒂芬长期住在她家的可能性：

> 假设他同我们住在一起为什么不可以以呢楼上有间空房米莉的床在后面的房里他可以在那里的桌子上写东西学习任他涂任他写假如他想像我一样每天早晨躺在床上读书因为他（布鲁姆）为一个人准备早点时他也可以为两个人准备。[1]

这一把布鲁姆放逐到厨房为莫莉安和斯蒂芬做早点的景观，显然不乏俄底浦式母子关系的意味。但只是在这一象征层面上，莫莉安与斯蒂芬才有母子关系可言。这里，她与布鲁姆的对偶关系也很明显：如果说布鲁姆"收养"了一个儿子，莫莉安又何尝没有"收养"一个儿子呢？严格地说，故事发展只是到这个时刻，一种基督教式的精神层面的圣父-圣母-圣子关系或心理分析意义上的父-母-子三角关系才最后形成。

乔伊斯笔下的现代漂泊至此结束，三个主要人物在大团圆中找到了各自的归宿。在现实层面，这种大团圆是恒久的稳定感和完成感的源泉。在象征层面，这是一种"团契"，一种神圣融合，一种基督教话语中人与上帝的"和解"或"修好"（Reconciliation）这个

---

[1] Joyce, *Ulysses*, p.929.

词才能加以描述的景观。按乔伊斯本人的意思，布鲁姆这个现代文明中的普通人在团契中进入了"永恒"。布鲁姆既是个普通人，进入"永恒"的，当然也就是每个普通人。

本文初稿于 1990 年 6 月，2022 年 9 月修订。

《现代英国小说》使英国小说不再可怕

1993 年《现代英国小说》出了第一版，仅仅一年后又出了一个新版本。但是，作者马尔科姆·布拉德伯里（Malcolm Bradbury, 1932—2000）[1] 并没对全书进行实质性修订，虽然增加了一个当年所写针对当年出版的小说的跋。具有实质意义的修订版一直要等到 2001 年才问世。在这个新版本中，出版商在"现代英国小说"字样后添加了年份"1878—2001"，以示这是一部"跨世纪"之书，已然"跨越"到了新世纪、新千年。事实上，《现代英国小说：1878—2001》不仅增加了一百多页篇幅，而且在时间上也横跨了三个世纪、两个千年：从十九世纪最后二十来年到二十一世纪第一年，也从第二个千年十九世纪七十年代径直进入第三个千年即二十一世纪的第一年。[2]

当然，世纪、千年都是人为的时间概念，在近代以前甚至只是

---

[1] 马尔科姆·布拉德伯为英国著名文学史学者、文学评论家、小说家、杂文家。

[2] 接受题献的小说家也在 1994 年版的安格斯·威尔逊、安吉拉·卡特、威廉·戈尔丁三人之基础上增添了艾丽丝·默多克。这四位小说家均已作古。

多个文明中的一个即西方文明所特有的时间概念。当前，西方文明所本所据的宗教信仰也正在从生活世界里日益淡出。这里更应注意的，是"现代"一词的内涵。一般认为，"现代"指的是二十世纪，一个文化上经历了激烈变革的世纪。但布拉德伯里将其所涉及作品的时间上限设在十九世纪七十年代。于是，乔治·爱略特和托马斯·哈代也成了现代小说家。可一般研究者都知道，他们的写作手法主要是现实主义的，其故事场景也为并非十分现代的十九世纪乡村小镇（当然，再偏僻的小镇都早已被资本主义生产关系所渗透），而狄更斯、萨克雷虽然比爱略特和哈代早几十年，但其所描写的却是地道的城市生活，那么可否将他们也视为"现代"，甚至不妨问：他们是否比爱略特和哈代更为"现代"？

严格意义上的"现代"，指的是现代主义运动的巅峰期，也就是激进的、前卫的、高调实验的二十世纪二十年代，以乔伊斯、伍尔夫、劳伦斯等人为"领军"人物。在这些"正统"现代派眼中，现实主义与物质主义是同义词；阿诺德·贝内特和 H. G. 威尔斯一类"爱德华时代"小说家的理念和手法不仅已过时了，甚至还沾染上了物质主义或金钱的铜臭。当然，广义一点的"现代"则指二十世纪前半叶或第二次欧洲大战前那几十年，涵括了从晚期亨利·詹姆斯、约瑟夫·康拉德到奥尔德斯·赫胥黎、伊夫林·沃和乔治·奥威尔等一大批小说家。但无论"现代"具有何种含义，也无法逃避一个问题：现代之后是什么？

或可以说，是"后现代"，即一个价值多元的时代，或一个文化呈多元样态、价值沦为相对甚或虚无、"宏大叙事"淡出、"不确定性"甚嚣尘上的时代。当然，这也是一个资本主义进入"晚期"（即所谓"晚期资本主义"）、高科技大行其道的时代。其实，仅就

前一个特征来看，在从西方世界，真理之开始具有多元的维度，
"宏大叙事"之开始被解构，"不确定性"或模糊性成为艺术创作中
的时髦，并非是二十世纪下半叶所特有的现象。二十世纪上半叶主
要的现代派人物中，谁没在创作中汲汲于"宏大叙事"的消解，谁
没玩过艺术信息的模棱两可，以此昭示真理的多元性和难以把握
性？若要进一步追根溯源，甚至可以到启蒙运动甚至文艺复兴时期
去找始作俑者。

　　暂且不论某些根本性的后现代特征其实早在前现代时期即已出
现，既然有"后现代"，也就不妨问这个问题："后现代"之后是什
么？是后-后现代。这就陷入无聊了。所以不难看出，布拉德伯里
将书名定为"现代英国小说：1878—2001"，是相当聪明的。因为
很显然，现实主义作为一种基本写作手法或一种小说家体知世界、
呈现世界的基本样式，并不因为现代主义的兴起而被逐出艺术。在
乔伊斯、伍尔夫这些"正宗"的现代主义小说里，难道没有如实呈
现人人熟知的生活这一面？在当代英国小说家如艾丽丝·默多克、
威廉·戈尔丁、约翰·福尔斯、马丁·艾米斯、朱利安·巴恩斯、
伊安·麦克尤恩，以及萨尔曼·拉什迪等人的"后现代"小说里，
也难道没有如实呈现我们所熟知的生活这一面？

　　尽管布拉德伯里比一般论者聪明，但他也未能逃脱或不愿问这
一根本问题，即，从 2001 年算起，及至何时，"现代"方可告一段
落？所谓"现代"，从根本上讲，当指言说主体因其主体性的张扬
或对其所处时代有着非常强烈的自我意识，而将之视为"现今时
代"，或"我"这个时代，或一个与"我"靠近而非离"我"太遥
远的前人或后人的时代。因而不妨设想，在未来年代里，如果有某
些自愿者追随布拉德伯里，以其所处时代为"现代"，而且不断修

订重版《现代英国小说》，使之永不过时，或永远"现代"下去，长此以往，一百年、两百年、五百年乃至一千年后，这部不朽之作所涉及的小说恐怕仍得视为"现代"的。

那么哪些英国小说可视为"非现代"的呢？按照学者伊安·瓦特的说法，小说兴起于资产阶级确立起其经济、政治和社会地位的十八世纪上半叶，距今还不到三百年。在这短暂的三百年中，既然"现代"几乎占了一半时间，那么相对于长久的未来，英国小说史上那并非"现代"的时间显然太短促了，或者说小说作为一个文类，其本身便是"现代"的。基于这一考虑，假如把书名定为《英国小说：1878—2001》，或许更合理。

事实上，新版《现代英国小说》一如 1993 年初版时那样，并没以"现代"或"现代性"立意。甚至可以说，这部研究著作并无一个一以贯之的基本理念。布拉德伯里其人，以平实著称，作惊人之论既非其所求，亦非其所长（但行文风格不乏文人型学者的细腻、含蓄和幽默），通观全书，实在找不到惊天动地之语。在其《伟大的传统》（1948）中，F. R. 利维斯所讨论的英国小说比《现代英国小说》要少得多，但利维斯有一个明显的思想立场，即凸显、张扬英国小说的社会、道德关怀传统。那么为什么利维斯最初大肆褒奖爱略特、詹姆斯、康拉德和劳伦斯，却把乔伊斯和伍尔夫晾在一边？那可能是因为在他看来，乔伊斯和伍尔夫等"正宗"现代派作家激进的形式实验，与他心目中英国小说密切关注人的社会和道德处境这一"伟大传统"是格格不入的，因而是不可取的，甚至是有害的。

布拉德伯里并非论战型学者，《英国现代小说》因而无明显的立场或倾向可言。然而对于中国或非英语世界的读者来说，这可能恰恰是其所长。这部大部头著作的非论战性恰恰意味着综合性、折衷性和包容性。对爱略特、詹姆斯、康拉德、劳伦斯与乔伊斯、伍尔夫这些思想倾向和艺术倾向不同的小说家，布拉德伯里并没有厚此薄彼。事实上，他对其所涉及的每位小说家及其重要作品，都进行了繁简得当的中性介绍。没有这种介绍，要对如此众多的英国小说进行总体把握，便非常困难。须知仅在 1995 年，便有 8000 部英国小说问世（萨尔曼·拉什迪语，见该书 507 页）！在当时中国，这个数字无论对读者、作家还是对于评论界而言，都可能会使人心生恐惧。在一个横跨三个世纪的时间段里，《现代英国小说》仅仅谈到了大约 350 个小说家、大约 2700 部小说。可见，这本书是一个过滤器。没有它，要对一百二十几年里出版的无数小说有一个基本把握，便会无从着手。可是《现代英国小说》也不像有些著者如兰道尔·斯蒂文森（《1930 年代以来的英国小说》［1986］、《二十世纪英国小说指南》［1993］）的类似著作那样过于粗略，那样浮光掠影、蜻蜓点水，甚至就是一部流水账，读之索然无味，也不能获取太多信息或教益。

那么，为什么一个人口仅 6000 来万的岛国每年会有如此巨量的小说问世？首先，英国是一个老牌资本主义国家，英国社会是一个十分富足、闲暇的社会。纵然已有现代体育、流行音乐、电影电视、互联网等新型娱乐方式（十九世纪下半叶富裕社会形成之初并没有这些东西），小说阅读仍然保留了一席之地，或者说在已分割为多个板块的娱乐市场上仍然占有一定的份额。而在一个高度富裕的社会中，该份额所蕴含的资源已足以支撑相当数量的小说写手。其次，由于种种历史和现时原因，英语国家享有经济、科技、军事和文化等各方面的优势，英语已成为一种全球性语言。这意味着什么？意味着英国小说市场拥有一个全球性的市场。以二十世纪八十年代开始走红的马丁·艾米斯为例。其小说一问世，便不仅在伦敦书市上热销，也会在纽约、多伦多、孟买、悉尼、吉隆坡和香港的书市上热销，甚至中国的出版社也会购买版权，翻译出版其小说。再次，作为老牌发达国家，英国拥有成熟的版权制度和发达的图书营销手段。也就是说，故事写手的权益享有相对充分的制度保障，故事产品的销售渠道也十分畅通。这不仅保证了写手收益的最大化，反过来也能促进故事产量的增长。最后，在一个娱乐业高度发达的社会，小说创作向戏剧、电视、电影、广播等其他领域的渗透，早已成寻常之事，也就是说，小说写手不仅享有来自传统阅读的支持，也享有其他强有力媒介的支持。仅就笔者掌握的有限情况而言，"二战"后小说家中便有乔治·奥威尔、威廉·戈尔丁、约翰·福尔斯、保罗·斯各特、石黑一雄等人的小作品被改编成戏剧、电影或电视剧广泛上演。

以上种种因素相结合，使得现代英国小说有了巨大的产能和产量，使那些并不具文学天赋可言的人也能混迹文字市场，使那些三四流甚或不入流之"人才"也能卖文为生。如此看来，一年8000部小说的产量，并非没有缘由，也并非十分可怕。实际上，在这8000部作品中，很可能有7999部是经不起时间的汰选或考验的。甚至不妨说，将几十年的小说产量累计起来，或几十个8000部中有1部能像曹雪芹的《红楼梦》、托尔斯泰的《复活》、陀思妥耶夫斯基的《卡拉玛卓夫兄弟》、福楼拜的《包法利夫人》那样流芳后世，就谢天谢地了。考虑到在这每年8000部"小说"中，有很大一个比例为通俗故事，或纯娱乐意义上的言情小说、色情小说、侦探小说、色情-侦探小说、惊险小说、鬼怪小说、科幻小说、魔幻

小说或儿童魔幻小说（如风靡全球的"哈里·波特"系列），8000
部这一数字就更不令人恐惧了。毕竟，布拉德伯里心目中的小说，
并非是《哈里·波特》意义上的娱乐性小说。娱乐性固然是小说极
重要的一面，却绝非小说的全部。作者心目中真正的小说，是既具
有较高的艺术性，同时又能反应社会主流价值观的叙事作品。它不
仅应有娱乐的功能，还应有艺术形式的探索，更应有价值担当。这
些功能同样重要，甚至更重要。如果一部小说未能承载一个民族、
一个文明、一个时代的主流价值观，未能表现出应有的社会、道德
关怀，便不是严肃的；如果一部小说未能努力开掘小说这一综合性
文类所蕴含的种种艺术潜力或可能性，便不是严肃的。考虑到这一
层因素，不难想象，《现代英国小说》所关注的范围只是严肃小说
（事实也的确如此），故而不可能是一年8000部，而只可能是平均
每年几十部。即便如此，每年几十部也仍是一个很大的数量。

　　布拉德伯里是一个对现代英国小说进行综合性评论、研究的学
者。在数量巨大的虚构作品面前，他当然要大刀阔斧地使用排除
法，否则不说进行评论和研究，就连记一部稍稍详细一点的流水账
也不可能，因而最后有幸被《现代英国小说》提及或简单讨论的小
说数量，是相对较小的。但对于一般中国读者，即便经过作者精心
拣选后的小说数量相对较小，或已大大缩小了范围，也仍令人望而
生畏。笔者以为，除了专门研究英国文学史的学者外，我国一般读
者并无必要通读全书，甚至一般英语文学专业学生也如此。可以预
见，在大多数情况下，《现代英国小说》将被当作工具书使用。好
在该书提供了详细的索引，查阅起来十分方便。如此这般，产量巨
大的现代英国小说就不那么可怕了。

关于劳伦斯、乔伊斯、康拉德的专访

采访人：高照成，中国计量大学外国语学院
被访人：阮炜，湖南师范大学外国语学院

　　阮老师，您好！非常感谢您接受专访。您是爱丁堡大学的文学博士，能否请您首先介绍一下当时留学期间的学习情况和您的博士毕业论文选题？

　　谢谢照成采访。

　　1982 年 9 月，我受教育部派遣，留学英国。学校是曼彻斯特大学，院系是普通语言学系。之所以到曼大语言学系学习，是因为之前联系爱丁堡大学英语文学系时，被告知得先拿个一语言学硕士学位，才好进入英语文学系。当时中国国门刚刚打开，英国人对于中国学生究竟如何没有概念，所以不放心。于是，通过在四川给我们上过英语课的一位英国老师，注册到了曼大，先拿个读英语文学学位的资格吧。回头看，一年的语言学训练非常重要，甚至比后来在爱大的文学训练更重要，因为多年来一直关注英语及英语"文学"，缺乏理论和研究方法的训练。语言学不是我的最爱，但理论思维和方法上的训练对文学研究至为关键。1983 年 9 月下旬，拿到语言学硕士学位后，终于注册到爱大英语文学系。

后来发现，爱大英语文学系有一些基本假定。其中一个假定是，既然你已经有了一个语文学硕士学位，就不必再专门读一个文学硕士学位而直接读博。这大概相当今天国内的"硕博连读"吧。这一假定意味着，只要你注册了英语文学系研究生，就已经读完了所有该读的书。实际上，我当时并没有系统阅读一个英国学生或美国学生所必须读的最重要的书，或者说并没有系统地修所有相关的"文学"课程。看来英国人有点"水"。不过，我可以边做论文，边补充有关知识，再加上之前在国内的积累，大体也能应付。今天看来，我得感谢英国人的"水"，给我节省了不少时间。要是在美国读博，首先得花两三年时间读一个硕士学位，通过资格考试后，才能正式读博；如此一来，可能至少得花七八年时间。

但是英国人更大的"水"还在于假定：你虽然是个中国人，却说英语，更是在英国用英语读文学学位，所以你必然跟英国人一样，用英国人的思维方式来思维，具有英国人的文化背景甚至社会历史关怀。英文系里的英国人完全不能想象，英国以外的人类有着非常不同的思维方式，有着非常不同的社会历史和文化传统。当然，不能说英国人没有责任心。大体而言，这是客观现实造成的。不能要求一般英国人对英国、西方以外的文明有很深的了解。这太难为他们了。西方的汉学或中国专家们能对中国文化有比较深入的了解就行了。可是为什么一个中国人大老远跑到英国研究英国文学？为什么英国的英语文学学者教中国人英语文学？这个问题实在太大。是改革开放使然，是全球化使然吧。

既然社会历史和文化背景大不相同，按理说我应该做"比较文学"才对。可是，爱大英语系很"保守"，当时并没有比较文学一说（我注意到，很久以后，才有少数比较型学者入职），所以选一个"纯"英语文学题目，便是理所当然。如果我真的做了比较文学，一定会很不顺利。不仅英文系老师难以驾驭这种选题，我自己也会大受其苦，论文不知猴年马月才能完成。专注于"纯粹"英语文学，研究得深一些，对以后搞一点比较型研究，是有益无害的。而实际上，以我当时的训练，并不具备做有价值的中西比较研究的能力。既然如此，就做所喜欢的小说吧。选题相当顺利。导师彼得·基廷（Peter Keating）照顾我的兴趣，推荐考虑爱德华时代的三大小说家，即高尔斯华绥、H. G. 威尔斯和阿诺德·贝内特，看看能否找到一个合适的题目。

读了几个月的高尔斯华绥和威尔斯，觉得寡淡无趣，提不起兴致。导师认为，爱德华时代的小说家 Arnold Bennett 还没什么人研究，他的写实主义还有得做。我也觉得，贝内特不仅是个出了名的法国迷（用现在的话来说，是个"法粉"），还是个承上启下的人物，上承哈代、乔治·爱略特和狄更斯等人的英国现实主义传统与福楼拜、莫泊桑和左拉等人法国写实主义和自然主义传统，下接现代主义（甚至是高光时刻的现代主义），涉及面很广，所以研究他正好，至少可以不因写一个冷僻题目而作茧自缚。贝内特的小说没有惊心动魄的情节设计，语言平实，叙事风格收敛，不搞什么"实验"，尤其不故作高深，玩晦涩，很对我的胃口。写论文也算顺利，三年就完成了，通常得四五年甚至更久。

D. H. 劳伦斯在国内是很有名的一个现实主义作家，郁达夫在1934 年的时候就曾撰文介绍他的《查泰莱夫人的情人》。但一般读者对这本书的认知是其中的性描写。对此您怎么看？劳伦斯作为经典性作家最重要的价值何在？

劳伦斯是不是一个"现实主义作家"，是可以讨论的。他的叙事风格或可以算作"现实主义"吧。他不追时髦，不搞什么"实验"，如意识流、去情节化、反讽、戏仿、文本互涉（互文性）、不确定性等。除了激进的思想立场外，从哪方面看，他都是个老老实实的故事讲述者，所以被一些人视为现实主义者。但是，很多人包括我自己在内都认为他是一个现代主义者。这既是因为他的思想立场非常超前，也是因为他那如泣如诉的抒情风格。这些似乎都不是现实主义或写实主义的特点。实际上，所谓"现实主义""现代主义"的标签都是学院人给的，没有太大的意义。

暂且不论其问题很大的社会政治立场，很大程度上，劳伦斯在中国的名气是他对性的描写奠定的。这里存在误区。事实上，他的性描写在当时就已算不上非常大胆。早在十九世纪后半叶，英国的地下黄色文学就蔚为大观了；在海峡对岸，欧洲大陆尤其是法国文学作品中的大胆程度，也明显超过了劳伦斯，是英国人完全不能接受的。劳伦斯之所以冒犯了英国公众，是因为他不仅有赤裸裸的性描写，而且借此悍然挑战英国社会的阶级壁垒。那时英国人已不是不能接受偷情，已不是不能接受一个青春正盛的女性出轨，但是把男主角安排为一个因战争瘫在轮椅上、失去了性能力的贵族，把女主角设置成一个守活寡的贵族夫人，再把底层的看林人塑造成一个可满足贵族夫人生理需要的性力十足的男子，把贵族夫人写得跟动物一样，对这个身强力壮的男人一见钟情，抑制不住欲望，在保守的英国公众看来，就太过分了。专戳社会的痛处，劳伦斯无与伦比。再加他有个德国情人，当时又正值第一次欧战，一个败坏道德又有通敌嫌疑的家伙，还能老待在英国？所以，劳伦斯必须远走高飞，浪迹天涯。除《查特莱夫人的情人》外，《儿子与情人》《虹》和《恋爱中的女人》中也有性描写，且大胆程度比《查特莱夫人的情人》有过之无不及。前三者中还有恋母情节和女同性恋、男同性恋描写，这更是后者不能比拟的。

要说劳伦斯的贡献，首先得肯定他在有着清教主义传统的英语世界，对旧伦理道德发起的猛烈攻击。他是个手舞红布的斗牛士，公众是那头公牛。他不停地挑斗公牛，招惹它、激怒它，试探它的底线。公牛虽然一度抵伤了劳伦斯，但最终说来，还是被他制服了。三十几年后，《查特莱夫人的情人》在英国和美国都解禁了，其他小说的合法化更是早得多。现在劳伦斯成了文化英雄。公众是健忘的。当初，也是他们迫害王尔德，迫使他流亡法国，很快在巴黎郊区一家破旅馆郁郁而终，后来却又把他捧为大英雄。然而劳伦斯更大的贡献在于使人们意识到，除了理性、理智，人还有原欲、直觉和本能，还有动物性甚或所谓"血性"的一面；不仅如此，原欲或"血性"比理性重要得多。所谓 blood 是劳伦斯作品中的一个高频词。这应该是为什么他不断从心理和生理两方面详细描写人类性行为，也是为什么他总是兴致勃勃地详细描写动物如马、猫、兔、蛇、驴、狗、鸟、鸡等，以至于有人认为形成了所谓劳伦斯"动物哲学"。实际上，"血性"哲学或动物哲学并不是劳伦斯的发明。追根溯源，还得回到欧洲人对理性主义的反思，回到叔本华、尼采、柏格森一系的唯意志论、生命哲学，以及弗洛伊德的心理分析。再早一点，就更得回到卢梭和欧陆浪漫主义。但，对于在英语世界普及欧陆主流思想，劳伦斯有大功。若不论其法西斯主义倾向，在对性爱的看法方面，他对英语国家的冲击之大，一味耍小把戏、故作晦涩的现代派末流未必能比。

詹姆斯·乔伊斯是二十世纪英语文学中一个最具代表性的意识流小说家。但一般读者对其作品的印象是太有难度。《尤里西斯》还好，但《芬尼根的守灵夜》真的就是一部名副其实的天书了。在奈保尔眼里，乔伊斯是"一个眼睛快要瞎了的"、不值得阅读的作家，在您看来乔伊斯的价值何在？他的哪一部作品最值得一般的文学研究者阅读？

乔伊斯患过多种眼疾，眼睛很不好，最后只有正常视力的十分之一。奈保尔这么讲是不礼貌的，而利用乔伊斯的病疾来表达对其艺术理念的不满，是文人相轻。温良恭俭让不是奈保尔的性格，或者说出言不逊是他的方略。

至于乔伊斯的价值，不妨先看看他的叙事手法。在这方面，他跟劳伦斯刚刚相反。他大搞形式"实验"，层出不穷地推出各式各样的小花招小技巧，"意识流"只是其中之一。他之所以广为人知，在很大程度上靠的就是意识流。这里有话语在起作用。一些西方人大捧意识流，使"现代主义"成了气候，于是我们也必须跟进，跟着捧意识流。那么，乔伊斯的意识流究竟是什么？不外乎是《尤里西斯》结尾处女主角莫莉安梦境的集中描写，长达四十来页无标点符号。在一些人看来，这一个伟大的创举。但这很可能是文学史上最大的一个噱头。为什么这么说？无标点符号，无疑会增加阅读的困难，可这一定是大脑中"意识"的自然流动？一定如实再现了人类的无意识心理活动？实际上，莫莉安梦境中的"意识流"十分正常，十分"理性"，或者说，很有逻辑性（这不是乔伊斯的缺点），甚至太有逻辑性了，以至于大可怀疑，那不是什么梦境。另一个理由或更具杀伤力：写一大段文字不加标点符号，并非乔伊斯的发明——十九世纪后期之前所有汉语文献都是不加标点符号的，中世纪早期之前的古希腊文和古拉丁文文献同样如此。为什么不说古代中国和希腊罗马的作家也是"意识流作家"呢？

在《尤利西斯》前，乔伊斯已经出了很多短篇小说。对于英语学生和英语文学爱好者来说，《都柏林人》很值得读。但从风格和手法上看，这部短篇小说集出版于二十世纪初，太现实主义，太中规中矩。当时西方国家不仅已完成了工业化，甚至即将开打第一次"欧战"（被误称为第一次"世界大战"），处在一个文化巨变的时代。所以，乔伊斯要想出类拔萃，就得有超出常规的大动作——像绘画领域的马奈、雷诺阿和莫奈等人用"印象主义"打破现实主义范式那样，像音乐领域的德彪西用东方式调性打破欧洲传统大小调体系那样（这也被叫作"印象主义"；如此这般，中国和东南亚等地的音乐是不是从古到今一直都在印象主义呢？）。所以就有了《尤利西斯》。对小说创作来说，这不啻是丢了一颗大炸弹，小说从此面目全非了。之后，你要是不玩乔伊斯那套东西，不搞去情节化、不确定性、意识流以及互文性、反讽、戏仿等，甚至不像乔伊斯那样让笔下人物讲脏话、粗话、方言、俗语或俚语等就不入流，就不登大雅之堂。但乔伊斯把《奥德赛》的二十四章这一结构嵌入《尤利西斯》的故事中，相当于都柏林某年某月某日的二十四小时，前者的主题、人物形象、场景和时间顺序等在后者中或显或隐地一一对应，是一个极有价值的创新，在众多实验中最有价值。再加其他革新，小说创作的视野拓宽了，小说概念完全变了。这是他的贡献吧。

至于乔伊斯的什么作品最值得阅读，那得看你的目的是什么。如果只是为了提高英语水平，或纯粹为了阅读的快乐，《都柏林人》

是很好的读物。如果文学研究是你的工作或爱好，而且做好了吃苦的准备，《都柏林人》《青年艺术家的肖像》和《尤利西斯》都值得细读，即使《尤利西斯》读起来很费劲。如果只是好奇，翻一翻《芬尼根的守灵夜》无妨。如果已无非升即走的压力，而且时间一大把，甚至做好了自我折磨的准备，也并非不可以"研究"一下这件皇帝的新衣。乔伊斯之所以被经典化，背后有一套强势话语在支撑。目前这套话语已有松动的迹象。很好奇再过三四十年，大家会如何看乔伊斯。

约瑟夫·康拉德是英语世界后殖民文学的非常重要的一个代表性作家，他的中篇小说《黑暗的心》早已成为揭露西方社会达尔文主义哲学和殖民侵略众多亚非拉弱小国家的经典性作品。您在有关文章中对于故事讲述者马洛隐瞒科兹临终话语的原因等曾进行过较好的分析，能够请您就这篇争议颇多的中篇的价值再进行一些关键性阐述？像作者对待欧洲野蛮残酷的殖民主义的立场究竟是怎样的？

对于欧洲人当时坚信不疑的进步论，康拉德有深刻的批判。他对欧洲殖民主义、帝国主义也有所揭露，这是他的功劳。在思想意识方面，康拉德领先于时代，比其他作家更为"进步"，这是没有疑问的。《吉姆老爷》在叙事手法方面的重要实验——主要是视点技巧即 point of view technique 的变换，即摈弃叙事者的全知视点，转而采用人物的视点，并不断从一个人物切换到下一个，藉此营造出一种生活的真实感——有开创之功，后来其他一些作家如弗吉尼娅·伍尔夫、威廉·福克纳、约翰·巴斯、朱利安·巴恩斯等起而效仿，把这种技巧发扬光大，甚至用到极端繁琐的地步。这也没有疑问。

可回头看，康拉德作为一个外国人，人到中年才开始用英语创作，用并不那么地道甚至满是晦涩长句的英语创作，居然取得了这么大的成功。这跟他幸运地处在十九世纪末、二十世纪初大有关系。为什么这么说？那时，大众体育才刚刚兴起，流行音乐还不知在何处，电影也还未出现，电视更要等好几十年后才普及，而由于工业革命已经完成，经济仍在迅速发展，西方国家人口中的很大一个比例现在有了一大把闲暇，已经有能力用阅读来打发时光了，所以，在报纸上连载不那么引人入胜的小说也能"吸睛"。当然，英语世界的大众对航海生活与异域风情的强烈兴趣也是一个非常重要的原因。再往后，一旦其他打发时间的方式流行起来，康拉德式的英语和讲故事方式就会受到冷落。

无论如何，因有超前的认识，也因视点技巧有开先河之功，康拉德被经典化了。可是这并不意味着他的英语非常漂亮，应该作为英语文学教学的范文。实际上，康拉德的英语并不那么流畅，讲故事的手法也有点别扭。被经典化也并不意味着，他的人物塑造和情节经营都很棒，应该作为英语写作课的教材。事实上，在这两方面，康拉德都很弱。《黑暗的心》立意固然好，但故事轮廓不清晰，人物塑造几乎为零，因此所传达的总体信息晦暗，阅读体验并不好。由于这个原因，那种似有非有的殖民主义、帝国主义批判被削弱了。尽管最近几十年来学院派（或者说大学里的英语系）将他塑造成一个批判殖民主义、帝国主义的先驱，可实际上，他从未在真正意义上正面批判过殖民主义、帝国主义。这大大超出了当时西方知识界、文化界的认知水平。康拉德所真正关切的，是哲学意义上的人性之恶。我高度怀疑，一百二十年前的读者是否会因为读了这部小说而油然生发对帝国主义的厌恶、对殖民主义的反感。我也相信，要不是为了"研究"，究竟有多少人会强迫自己读这本不大可能带来很多阅读快感的书。康拉德之所以受重视，是因为其手法很对学院派的路子，思想倾向多少也与后殖民批评相副。学院人总得有适合分析、评论的小说吧。

图书在版编目（CIP）数据

危机中的文明：现代英国小说评论/阮炜著. —上海：
上海三联书店，2024.12. —ISBN 978 - 7 - 5426 - 8783 - 8

Ⅰ. I561.074 - 53

中国国家版本馆 CIP 数据核字第 2024PU7451 号

危机中的文明：现代英国小说评论

著　者／阮　炜

责任编辑／李天伟
装帧设计／一本好书
监　制／姚　军
责任校对／王凌霄

出版发行／上海三联书店

　　　　　（200041）中国上海市静安区威海路 755 号 30 楼
邮　箱／sdxsanlian@sina.com
联系电话／编辑部：021 - 22895517
　　　　　发行部：021 - 22895559
印　刷／上海颛辉印刷厂有限公司

版　次／2024 年 12 月第 1 版
印　次／2024 年 12 月第 1 次印刷
开　本／890 mm×1240 mm　1/32
字　数／220 千字
印　张／9.875
书　号／ISBN 978 - 7 - 5426 - 8783 - 8/I・1916
定　价／68.00 元

敬启读者，如发现本书有印装质量问题，请与印刷厂联系 021 - 56152633